프라하의
도쿄바나나

오미야게 과자로 일본을 선물하다

남원상 지음

따비

第 5 章
시즈오카 — 우나기 파이

들어가며

2017년 일본에서 가장 핫한 유행어는 '손타쿠忖度'였습니다. 무슨 말인가 하면, '남의 마음을 미루어 헤아리는 것'이라는 뜻입니다. 한국어에도 발음만 달리한 '촌탁'이 있는데요. 촌탁이나 손타쿠나 한일 양국에서 자주 쓰이는 단어는 아닙니다. 낯설기만 했던 이 말이 갑자기 유행한 건 2017년 2월 불거진 '모리토모森友 스캔들' 때문입니다. 일본 오사카의 학교법인 모리토모 학원이 2016년 국유지를 헐값으로 매입하도록 재무성이 특혜를 준 사실이 드러났는데요. 이 과정에 총리 내외가 연루됐다는 의혹이었죠. 일본 총리 아베 신조安倍晋三의 아내가 이 학교의 명예교장이었습니다.

아베 부부가 대놓고 비리를 지시한 결정적 증거는 나오지 않았

습니다. 재무성 공무원이 '윗선의 마음을 헤아려 알아서 기는' 손타쿠로 아베 내외에게 특혜를 상납했다는 것입니다. 이런 내용이 연일 보도되면서 손타쿠가 유행어로 떴습니다. 얼마나 유행했냐면, 출판사나 포털사이트에서 연말에 발표한 2017년 최고 유행어까지 손타쿠가 죄다 휩쓸 정도였습니다. 그중 34년 전통의 '신어·유행어 대상'은 이 말을 유행시킨 수상자를 선정해 발표했는데요. 과자, 기념품 등을 만드는 오사카의 상품 기획사 대표 이나모토 미노루稲本ミノル가 그 주인공이었습니다.

수상 이유는 다름 아닌 오미야게お土産(토산 기념품) 과자 때문이었습니다. 그의 기획사는 2017년 6월 오사카 오미야게로 '손타쿠 만주忖度まんじゅう'를 선보였습니다. 과자는 딱히 별다를 게 없습니다. 일본에선 흔하디흔한 만주입니다. 만주 겉면에 한자로 손타쿠를 새기고, 포장지엔 이 말의 사전적 정의를 풀어 써넣은 게 고작입니다. 그런데 '하필' 문제의 모리토모 학원이 오사카에 있다는 사실 때문에 오사카 오미야게 과자 손타쿠 만주는 곧바로 세간의 관심을 집중시킵니다. 신생회사(2014년 11월 설립)의 신상품인데도 반 년 만에 10만 박스나 팔렸습니다. 덕분에 직원이 아홉 명에 불과한 이 작은 기획사는 돈방석에 앉아 보너스 잔치를 신나게 벌였고, 손타쿠를 유행시킨 공로로 유행어 대상까지 수상한 것입니다.

손타쿠는 일본 권력의 심장부를 뒤흔든 정치 키워드였습니다.

이처럼 대단한 말의 유행 과정에서 야당 의원의 발언이나 언론 기사가 아닌, 지역 명물과자의 메시지 파급력이 가장 강했다고 인정받은 셈입니다. 정치와 과자라니, 썩 어울리는 조합은 아니다 싶은데, 이게 또 일본에선 그리 신기한 일은 아닙니다. 의회 기념품점에서 아베 신조 등 극우 정치인을 미화시켜 캐릭터화한 오미야게 과자도 인기리에 팔리는 나라니까요. 손타쿠 만주가 한창 잘 팔리던 2017년 여름, 아베 내각 지지율이 뚝뚝 떨어지는 와중에도 '신짱 만주晋ちゃんまんじゅう'(신짱은 아베 신조의 애칭)는 오히려 판매가 급증했다는 소식이 화제가 됐습니다. 오미야게 과자가 정치 스캔들에 휩싸인 총리에 대한 반발이나 지지의 상징적 수단으로 격렬하게 맞붙었다고도 볼 수 있겠네요.

오미야게 과자에 대한 유별난 애착은 정치뿐 아니라 일본인의 삶 전반에서 엿볼 수 있습니다. 일본의 문학 작품, 애니메이션, TV 드라마, 영화 등을 보면 지역 명물과자를 주고받거나 먹는 장면이 자주 나옵니다. 저 역시 일본을 드나들면서 공항과 기차역에 셀 수 없이 다양한 오미야게 과자가 한가득 쌓여 있는 모습을 늘 접하곤 했습니다. 한국인, 중국인 등 해외에서 온 관광객들이 그 과자를 엄청나게 사들이는 모습도 곧잘 목격했습니다.

처음엔 그저 '일본에선 과자를 잘 만드나 보다'며 대수롭지 않게 여겼는데, 여기에 특별한 관심을 갖게 된 계기가 있었습니다. 사샤 아이센버그Sasha Issenberg의 《스시 이코노미》(2008)와 도미타 쇼지富田昭次의 《호텔》(2008), 이 두 권의 책입니다. 각각 스시와 호텔이라는, 미식가와 여행자에게 친숙한 소재를 미시적 관점에서 재조명하는데, 운송 혁명과 정교한 마케팅이 빚어낸 스시의 세계화 과정, 일본 호텔이 근대사에 끼친 영향 등 흥미진진한 내용이었습니다. 아는 만큼 보인다고, 덕분에 스시 맛이나 일본 호텔의 인테리어를 예전보다 한결 풍성하게 누리는 효과까지 얻었습니다. 일식집에서 비즈니스 미팅을 가질 때 "참치는 원래 고양이 사료로나 쓰던 싸구려 생선이었다는 사실 아세요?"라며 아는 척도 할 수 있었고 말이죠.

이 책들을 읽으면서 오미야게 과자의 탄생을 비롯해 성장 과정이 궁금해졌습니다. 일본의 지역 명물과자는 오늘날 일본인의 일상 곳곳에서 존재감을 드러내니, 그 유래나 마케팅 전략에도 분명 남다른 뒷이야기가 있을 듯싶었습니다. 하지만 아쉽게도 오미야게 과자의 역사와 산업 이야기를 아우르는 책은 일본에서조차 찾을 수 없었습니다. 그러던 중 체코 프라하에서 호텔 직원에게 도쿄 바나나를 선물하던 일본인 투숙객의 말 한마디에 직접 책을 써보기로 결심했습니다.

얼마 전까지는 저도 (퇴근하면 아무것도 하기 싫은) 월급쟁이 회사원이었던지라 출간 준비에 완전히 몰두할 수 없었는데요. 약 3년에 걸쳐 틈틈이 자료를 수집해 정리했습니다. 이를 바탕으로 규슈에서 홋카이도까지 전국을 돌며 천 년 전통의 과자점, 과자의 신을 모신 신사 등을 비롯해, 성공한 오미야게 과자의 브랜드 스토리 공간들을 직접 찾아다녔습니다. 그리고 현장에서 보고 배우고 느낀 것들을 이 견문기에 담았습니다. 이 책을 통해 오미야게 과자의 역사, 그에 곁들여진 일본 근현대사, 일본의 지역 명소 이야기 등을 산책하듯 가벼이 맛보셨으면 합니다.

책이 나올 수 있기까지 많은 분께 도움을 받았습니다. 도서출판 따비의 박성경 대표, 차소영 편집자에게 감사 인사를 전합니다. 건조했던 초고에 물과 거름을 주어 생명력을 불어넣어주셨습니다. 취재와 자료 수집에 보탬을 주신 교토야쓰하시상공업협동조합 니시오 요코 이사장, ㈜비주 시마모토 다카히로 팀장, ㈜혼케니시오야쓰하시 소가 씨, 야스 군, 현우 형, 정임 씨, 아름 씨, 문정 씨에게도 고마움을 전합니다. 아울러 글을 쓸 수 있도록 늘 정신과 육신의 휴식처가 되어준, 사랑하는 아내와 어머니에게 고맙습니다.

2018년 10월
남원상

第 1 章

오미야게 과자 이야기

도쿄바나나

프라하에서 만난

2015년 5월, 체코 프라하에서의 일이다. 아내와 나는 사흘간의 체코 여행을 끝내고 체크아웃을 하기 위해 A호텔 프런트 데스크 앞에 서 있었다. 이른 시각이라 그런지 체크아웃하는 사람은 우리 앞에 선 젊은 동양인 여성 한 명밖에 없었다. 발음이나 억양으로 보아 일본인임이 분명했다. 여행에서 스쳐 지나간 많은 순간 중 그 장면이 기억 속에 또렷이 남아 있는 건, 그녀가 호텔 직원에게 건넨 과자 상자 때문이었다.

상자를 감싼 연노란색 포장지에 앙증맞게 그려진 바나나 일러스트. '도쿄 바나나'였다. 대학 시절부터 도쿄東京를 방문할 때면 한두 상자씩 꼭 사 들고 오는 과자였다. 그걸 도쿄에서 9,070킬로미터나 떨어진, 비행기로는 10시간 넘게 걸리는 프라하의 호텔 로비에서 마주치게 될 줄이야. 예상치 못한 도쿄 바나나와의 조우에 놀란 건 아내도 마찬가지였나 보다. 나와 과자 상자를 번갈아 보며 입 모양으로만 '도쿄 바나나야!'라고 속삭였다. 낱개로 포장된 과자 한두 개가 아니라 8개입짜리 꽤 커다란 상자였다. 그녀는 프런트 직원에게 "이건 일본 과자예요. 당신들을 위한 선물입니다. 친절하게 대해줘서 고마워요"라면서 도쿄 바나나를 건넸다. 직원은 예상치 못한 선물에 놀랐는지 눈을 휘둥그레 뜨면서도 미소 띤 얼굴로 '땡큐'라는 말을 반복했다.

바로 다음이 우리 차례였다. 아내는 좀 멋쩍었는지 프런트 직원에게 선물을 준비하지 못해 미안하다고 말했다. 친절하게 대해줘서 고맙다고도. 머무는 동안 제법 친근해진 직원은 선물을 내놓지 않으면 체크아웃을 해주지 않겠다고 받아쳤다. 진담이었다면 그 이른 아침에 나가서 뭐라도 사와야 했겠지만, 당연히 농담이었다. 직원은 영수증을 내밀며 체코에 머무는 동안 행복했기를 바란다고 덧붙였다. 훈훈한 작별이었다. 나는 2006년에도 체코를 다녀온 적이 있는데, 당시 만난 현지인들에게서는 딱히 긍정적인 인상을 받지 못했다. 9년 만에 다시 찾은 체코도 별반 다르지 않았다. 식당이며 술집이며 어찌나 퉁명스럽고 불친절하던지. 하지만 A호텔 직원들은 전혀 달랐다. 직업적인 친절조차 마주하기 힘들어 그런지 그들의 상냥한 표정과 극진한 대접이 유독 반가웠다.

프런트 직원에게 도쿄 바나나를 선물한 일본 여성도 같은 인상을 받았던 모양이다. 그래서 꽤 값비싼 과자를, 그것도 박스째 건넸으리라. 체크아웃을 마친 뒤 우리는 호텔에서 제공한 차량에 올라타 공항 리무진 버스 정류장까지 이동했다. 프런트에서 본 일본 여성도 동승했다. 차 뒷좌석에 나란히 앉아 있으니 자연스레 이런저런 이야기를 나누게 됐다. 아내가 "프런트 직원에게 도쿄 바나나 줬죠? 뒤에서 기다리다가 봤어요"라고 말하자, 그녀는 도쿄 바나나를 어떻게 알고 있느냐며 놀라워했다. 이어 그녀는 자신이 머무는 동안 호텔 직원들이 너무나도 잘 대해줘서 작은 보답을 하고 싶었다고 말했다. 여행 중에 고마운 사람을 만나면 마음을 전하고자 나리타成田공항 면세점에서 도쿄 바나나를 '오미야게お土産'로 사 왔다고도.

여행 내내 짐이 될 선물을 일본 공항에서부터 사 왔다는 사실이 놀라웠지만, '오미야게'라는 말을 들으니 수궁이 갔다. 예전에 한국을 찾아온 나의 일본인 친구들 역시 반갑게 인사를 나눈 뒤엔 어김없이 '오미야게'라며 과자 상자를 건네주곤 했다. 종류는 가지각색이었다. 덕분에 도쿄에서부터 나가사키長崎, 오키나와沖繩 등 일본 각지에서 만들어진 과자를 맛봤다.

오미야게. 'お'[1]를 빼고 한자만 읽으면 '토산'이다. 토산은 어떤 지방에서 특유하게 나는 물건을 뜻한다. 언뜻 듣기에는 특산품처럼 한 지방을 대표하는 생산물을 가리키는 듯하다. 하지만 일본어 '오미야게'에는 그 이상의 의미가 담겨 있다. 일본 다이지린 大辞林 (일본어사전) 제3판에 따르면, '오미야게'는 '미야게土産'를 정중하게 표현한 단어다. 그렇다면 '미야게'는 뭘까? 일본대백과전서日本大百科全書는 이렇게 설명한다.

여행지에서 가져온 물건 또는 다른 사람의 집을 방문할 때 가지고 가는 물건을 뜻한다. 원래 미야케宮笥라고 표기했던 것에서도 알 수 있듯이, 본래는 신사 참배를 위해 방문한 여행지에서 받은 부적, 엔기모노縁起物(길운이 깃들기를 바라는 물건), 신사 인근 지역의 특산품 등을 가리킨다. 참배한 신사의 신이 내린 은혜를 공유하기 위해 이들 물건을 주변 사람들에게 나눠준 데서 비롯됐다.

요컨대 '오미야게'라는 단어에는 지역 특산품이라는 뜻에 선물이라는 뉘앙스가 더해져 있다. 오늘날에는 신사 참배만이 아니라 여

---

1) 일본어에서 명사, 동사, 형용사 등의 앞에 붙여 존경이나 공손함을 표현한다. 한자로 御라 쓰기도 한다.

행이나 출장으로 방문한 타지에서 사 온 물건을 가까운 이들에게 선물하는 풍습으로 굳어졌다. 뿐만 아니라 타지에 사는 지인이나 친척을 방문할 때 자신이 거주하는 지역의 특산물을 선물하는 것도 오미야게에 속한다(일본 여성이 체코 직원에게 도쿄 바나나를 선물했듯이 말이다). 쉽게 말하면 기념품이나 토산품을 선물하는 것이 바로 '오미야게'다.

앞서 언급한 도쿄 바나나도 그렇지만, 가장 대표적인 오미야게 상품으로 꼽히는 게 바로 과자다.[2] 선물용으로 구입하기에 가격이 아주 비싸지도, 너무 싸지도 않은 것이 가장 큰 장점이다. 가격대야 종류나 갯수에 따라 천차만별이지만 1,000~2,000엔이면 한 상자를 무난하게 살 수 있다. 더욱이 오미야게 과자는 대형마트나 편의점에서 손쉽게 살 수 있는 일반적인 과자와 달리, 판매처가 지역 내 직영점·백화점·기차역·공항 등으로 제한되어 있어 희소가치가 높다. 중량이 가볍고 부피가 비교적 작아(질소 포장되어 빵빵한 과자 봉투를 떠올린다면 낭패인데, 오미야게 과자는 쿠크다스처럼 개별 포장되어 상자에 담긴다) 여러 개 사 들고 오기에 편리할뿐더러, 달콤한 맛과 향으로 상대방에게 좋은 인상까지 남긴다. 포장지에는 지역명이 표기

---

[2] 한국에서는 '과자'라 하면 쿠키, 비스킷, 감자칩 등 주로 굽거나 튀긴 서양식 주전부리를 떠올리지만, 일본에서는 떡, 만주, 양갱에서부터 케이크, 페이스트러, 초콜릿, 사탕까지 포괄하는 단어다.

된 경우가 많은데, 도쿄 바나나처럼 아예 이름에 지역명을 넣거나 포장지 한쪽에 ○○○산, ○○○명과 등을 따로 인쇄하기도 한다. 그러다 보니 과자만 건네도 "오키나와 갔다 왔어?" 하는 식으로 자연스럽게 이야깃거리까지 생긴다. '오미야게카시お土産菓子'(오미야게 과자)라는 단어가 따로 있기는 하다. 그렇지만 지역 명물 과자를 선물하는 것이 워낙 일반적이라 최근에는 '오미야게' 하면 아예 과자를 뜻하는 말로 통할 정도다.

지역 특산품이라고 해서 일본인들만 사는 것은 아니다. 일본은 전국 각지에 다양한 관광 콘텐츠가 발달해 외국인들이 구석구석 잘도 찾아다닌다. 돌이켜보면 나도 일본 곳곳으로 여행이나 출장을 다녀올 때마다 오미야게 과자를 사 오지 않은 적이 없다. 내가 먹기 위해 사기도 했지만 가족이나 친구, 직장 동료들에게 선물하기 위해 사 온 것이 더 많았다. 종류가 워낙 다양해 매번 같은 선물을 사 온다는 핀잔을 들을 일도 없었다. 이 책에서는 다섯 가지 오미야게 과자만을 다뤘지만, 일본에서 판매되는 오미야게 과자는 그 수를 헤아릴 수 없을 만큼 다양하다. 그동안 방문했던 일본 각지의 기차역 매점이나 공항 면세점에서는 맛도, 모양도, 속에 든 재료도 제각각인 오미야게 과자가 진열대에 즐비한 광경을 마주할 수 있었다. 나리타, 간사이関西 등 일본 주요 공항에서는 늘 오미야게 과자를 한아름 든 외국인 관광객들이 계산대 앞에 길게 늘어서 있다.

삿포로역의 오미야게 과자점 '폿포 만주'.
'폿포'는 옛날 증기기관차 소리를 표현한 의성어다.

　궁금해졌다. 어째서 일본에서는 그토록 다양한 오미야게 과자가
만들어지는 걸까? 과자 포장에 어쩌면 그리도 지극정성을 들이는
걸까? 지역 명물과자가 자국민뿐만 아니라 외국인에게까지 인기
를 얻는 비결은 뭘까? 이런 질문에 대한 해답을 찾고자 오미야게
과자의 명소를 찾아다녀보기로 했다. 프랑스 와인 탐방기나 독일
맥주 탐방기처럼, 오미야게 과자를 테마로 '일본 오미야게 과자 견
문록'을 써보자는 생각에서 일본행 비행기에 올라탔다.

오미야게 과자와

일본인의 온가에시

야스는 나의 20년 지기다. 한일 간 대학생 교류 동아리 활동을 통해 맺은 인연이 지금까지 이어져왔다. 그는 대학에서 한국어를 전공하고 서울에서 2년간 주재원으로도 지내다 지금은 도쿄의 한 부동산 투자회사에서 일하고 있다. 학창시절엔 한국과 일본을 오갈 때마다 서로의 집에 신세지며 가깝게 지냈다. 나이가 들고 각자 가정을 꾸려 먹고살기 바빠지면서 자연스레 연락이 뜸해졌다. 오미야게 과자 취재 일정을 짜는데, 문득 야스 생각이 났다. 도쿄 갈 때 시간 맞으면 오랜만에 볼 수 있겠구나 싶었다. 야스에게 메시지를 보내 만날 수 있는지 물었다. 돌아온 답은 '꼭 만나!'였다.

　얼굴을 보는 건 거의 10년 만이었다. 오랜만의 만남이었는데, 취재하는 동안 악천후에 시달린 데다 체기까지 겹쳐 컨디션이 바닥을 쳤다. 결국 야스에게 양해를 구하고 생맥주 한 잔만 간단히 마시기로 했다. 그런데 도대체 이게 무슨 조화인지. 막상 속에 술이 들어가고 친구와 이런저런 이야기를 나누며 회포를 풀다 보니 신기하게도 몸 상태가 점점 나아지는 게 아닌가. 부드러운 거품이 뽀얗게 내려앉은 시원한 삿포로 생맥주는 그야말로 만병통치약 같았다. 한 모금 한 모금 넘길 때마다 추위에 잔뜩 움츠러들었던 몸과 꼭꼭 막혔던 속이 거짓말처럼 풀렸다. 결국 야키소바며 생선튀김이며 안주를 잔뜩 시켜 먹어치우고 사케까지 한 병 비우고 나니 둘 다 거나하게 취했다. 이자카야 점원에게 부탁해 휴대폰으로 기념사진을 찍었는데, 벌건 낯빛에 풀린 눈동자가 누가 봐도 술고래 아저씨 둘이었다. 우리는 화면을 보며 낄낄댔다. 20여 년 전 함께 찍었던 필름사진 속 청년들은 온데간데없이 사라졌다며……. 분명 20년 전의 나는 상상도 못 했으리라. 20년 뒤에 내가 일본, 그것도 오미야게 과자에 대한 책을 쓰게 될 줄은. 자초지종을 들은 야스는 "재밌는 소재"라며, 대뜸 "일본 사람 생각을 말해주고 싶으니 궁금한 게 있으면 물어봐"라고 말했다. 계획에 없던 현지 취중 인터뷰는 그렇게 시작됐다.

Q. 일본인들은 일상생활에서 왜 오미야게 과자를 사는지, 우선 그게 궁금해.

A. 오미야게 과자를 사 가는 경우는 무척 다양한데, 가장 먼저 떠오르는 건 역시 다른 사람의 집이나 회사를 방문할 때야. 일본에서는 타인의 영역에 들어가는 게 실례라고 생각하거든. 다른 사람의 공간에 들어간다는 것 자체만으로도 '온恩'(은혜)을 입는다고 여기지. 그래서 아무리 친한 친구의 집을 방문하더라도 빈손으로 가지 않아. 작은 선물이라도 사서 그 '온'을 돌려주는 '온가에시恩返し'를 해야 마음이 편해져.

Q. '온가에시'를 위해서라는 말이지. 그럼 하고많은 물건 중에 하필 과자를 오미야게로 사 가는 이유는 뭐야?

A. 일본에서는 남녀노소 대부분 과자를 좋아하니까. 사람마다 취향이 다 다른데, 과자는 그나마 취향 차이를 덜 타는 편이잖아? 상대방이 좋아할 만한 걸 고르기 쉽지. 지역 특산품이니 특별함도 있고. 그러니 오미야게로 줬을 때 다른 물건보다 만족도가 높을 거라고 기대하는 거야. 가격도 적당하니까 서로 부담 가질 일 없어서 좋고.

온가에시. 일본인의 인간관계를 이야기할 때 빼놓을 수 없는 표현이다. 사전적으로는 '신세를 진 사람에게 은혜를 갚는다'는 뜻으로, 우리말로 치면 '보은報恩'과 일맥상통한다. 누군가에게 사소한 것이라도 은혜를 입으면 반드시 갚아야 한다는 일본인의 인간관계

관리 방식이다. 미국 문화인류학자 루스 베네딕트Ruth Benedict가 일본 문화와 일본인의 습성에 관해 쓴 책, 《국화와 칼》(1946)에도 '온가에시'가 언급된다. 베네딕트는 일본인의 사회적 결합이나 유대관계를 지탱하는 조직 원리가 온가에시에 있다고 주장했다.

일본에 '온가에시'가 있다면 한국에는 '정情'이 있다. 인간관계에서 '정'을 중요시하며, 인정스럽다, 다정하다, 유정하다, 정감 있다, 무정하다, 비정하다, 매정하다 등 '정'에 관련된 표현도 매우 다양하다. 오죽하면 초코파이 이름에도 '정'이 들어가겠는가.

원래 초코파이는 그냥 '초코파이'였다. 지금이야 12개입짜리 상자로 팔지만 예전에는 학교 앞 구멍가게에서 낱개로 팔던 과자다. 투명한 비닐 포장지 너머로 과자가 다 보였던 그 시절에는 '情'이라는 큼지막한 글자가 없었다. '情'이 제품명에 추가된 데에는 아이러니하게도 전혀 '정'스럽지 않은 배경이 있다. 1974년, 우리가 익히 알고 있는 동양제과(현 오리온제과) 초코파이가 처음 출시됐다. 경제가 급성장하면서 고급 과자에 대한 수요가 늘던 시점이었다. 이것이 큰 인기를 끌자 1978년 롯데제과를 시작으로 해태제과, 크라운제과 등에서 각각 초코파이 유사품을 내놓았다. 이에 동양제과는 브랜드명까지 따라 한 롯데제과에 상표권 소송을 벌였지만 패소했다(법원은 '초코파이'를 보통명사로 판단했다). 결국 동양제과는 제품 차별화 및 오리지널리티 강조를 위해 '情'이라는 글자를 추가했다. 변경된 제품명에 따라 '말하지 않아도' 마음을 전할 수 있는 과자라는 테마로 TV 광고 시리즈를 선보였다. 그리고 이는 (다들 알다시피) '가장 한국적'이라는 평가 속에 폭발적인 성공을 거뒀다.

이처럼 한국인에게 남다른 의미를 갖는 '정'은 '베풂'에 기반을 둔다. 한국 전래동화에는 "지나가는 과객이온데 날이 저물어 그러하니 하룻밤 묵어갈 수 있겠소"라는 말이 곧잘 등장한다. 놀부 같은 심술쟁이라면 모를까, 우리네 정서에 해질녘 문을 두드린 나그네를 내쫓는 법은 없다. 낯선 이에게 아무런 대가 없이 숙식을 제공하는 베풂. 가진 사람이 가지지 못한 사람에게 가진 것을 나눠주는 아량. 이것이 한국인의 '정'이다.

일본의 '온가에시'는 한국의 '정'보다 '기브 앤 테이크' 개념이 강하다. 주는 자보다 받는 자의 미덕이 부각된다. '가에시返し'는 '돌려줌'이나 '답례'를 뜻하는 말이다. '온'이 왔으면 마땅히 답례해야 한다는 의미가 담겨 있는 것이다. 사람마다 차이는 있지만, 일본인들은 대개 뚜렷한 이유 없이 남에게 선심 쓰는 것을 달가워하지 않는다. 다만 부득이하게 신세를 지면 마땅히 최선을 다해 보은하는 것이 사람 된 자로서의 도리라 여긴다. 은혜를 갚지 않으면 '메이와쿠迷惑', 즉 폐 끼치는 몹쓸 인간으로 취급한다. 외적으로는 집단주의를 지향하면서도 내적으로는 개인주의를 지향하는 민족 성향도 이러한 특징을 발현시키는 듯하다.

물론 야스의 의견이 모든 일본인의 생각을 대표하는 것은 아니지만, '온가에시'가 오미야게 과자를 주고받는 풍습의 원천이라는 말은 충분히 수긍할 만했다. 프라하에서 만난 일본 여성 역시 자신이 지불한 숙박비보다 더 큰 '온'을 입었다고 생각해 도쿄 바나나를 선물했으리라.

앞서 말했듯 일본인의 '온가에시'는 인간관계가 유연하게 돌아가도록 돕는 윤활유 역할을 한다. 현대 일본인에게는 과거에 비해 오미야게를 챙겨야 할 인간관계 범위가 확장됐다. 대부분 학교, 회사 등 거대 조직에 소속되어 살아가기 때문이다. 한두 명의 소중한 인연에게 선물할 때야 다르겠지만, 여럿에게 나눠줄 오미야게라면 가격 부담이 덜하고 크기가 작을수록 좋다. 개별 포장되어 있어 한두 개씩 나눠주기에도, 여러 사람의 취향을 맞추기에도 적당하다. 설혹 단것을 좋아하지 않는 사람이라도 부담 없이 맛볼 수 있는 오미야게 과자는 그야말로 현대 일본인의 집단생활에 최적화된 '온가에시' 선물인 셈이다.

한국을 떠나기 전, 김과자와 '말랑카우'를 샀다. 야스에게 선물하기 위해서였다. 변변찮은 선물이었지만, 한국을 방문한 일본 관광객들에게 인기가 많은 과자라고 해서 준비했다. 과자를 내밀자 그는 반색하며 오미야게 과자의 또 다른 장점에 대해 이야기했다.

이렇게 오랜만에 누굴 만날 때 오미야게 과자를 선물하면 상대방의 가족에게도 작은 기쁨을 전할 수 있어. 이런 선물을 통해 잘 알지 못하는 사람에게서도 호감을 얻을 수 있지. 오늘 받은 이 과자를 내가 집에 가져가면 우리 아이들이 무척 기뻐할 거야. 처음 접하는 한국 과자를 먹으면서 만나본 적도 없는 널 좋은 이미지로 기억하겠지. 오미야게는 가격이 중요한 게 아냐. 비싼 물건이 아니더라도 상대에게 호감을 주고 좋은 관계를 형성하는 밑바탕이 되는 거지. 다음에 혹시 가족끼리 만날 기회가 생긴다면 '그때 받았던 과자 고마웠다'는 식으로 어색하지 않게 대화를 시작할 수도 있고.

한국에서 사 간 과자가 정말 별것 아니라고 얘기했는데도 야스는 자신이 아무것도 준비하지 않은 데 대해 거듭 사과했다. "일본을 찾아온 건 나니까 오미야게 과자도 당연히 내가 주는 것"이라 말했지만 소용없었다. 일본인에게는 용납할 수 없는 상황이라며 미안해하더니, 카운터 앞에서 실랑이를 벌인 끝에 술값을 전부 계산해버렸다. 헤어지기 전에는 역 앞 드러그스토어에서 소화제까지 사줬다. 이래야 마음이 편하다고, 그게 '일본 스타일'이라면서.

　몇 푼 안 되는 과자를 건네주고 비싼 술에 안주까지 얻어먹은 꼴이었다. 이번엔 내가 미안한 입장이 됐다. 다음에 만나면 내가 한턱내겠다고 약속하며 술자리를 마무리했다. 귀국한 뒤, 야스에게서 사진 한 장을 받았다. 한 손에는 김과자를, 다른 한 손에는 말랑카우를 든 채 환하게 웃는 아이들 모습이었다. 가족들이 맛있어하며 많이 먹었다는 말도 적혀 있었다. 20여 년이 지났지만 변함없이 참 좋은 친구다.

교토의 천년 과자점
이치몬지야 와스케

오미야게 과자는 일본의 오랜 전통과자 역사 속에서 탄생했다. 고대 일본인들은 기원전 조몬 繩文 시대(기원전 13,000~기원전 300) 부터 찹쌀떡 형태의 음식을 만들어 먹었다. 이후 헤이안 平安 시대 (794~1185)에 제사 문화가 발달하면서 '모치 餠'라 불리는 떡과자가 개발된다. 모치는 옛 기록에 '모치이 持ち飯(もちいい)' 등으로 남아 있는데, 이를 직역하면 '갖고 다닐 수 있는 밥'이라는 뜻이다. 밥은 식기에 담아 떠먹어야 하지만 떡은 뭉쳐진 형태라 휴대가 편하다. 뜻풀이 그대로 '갖고 다닐' 수 있도록 차지게 뭉친 주먹밥이 '모치이'였다.

　일본의 고고학자 겸 역사학자 히구치 기요유키樋口淸之가 쓴《먹는 일본사食べる日本史》(1976)에는 떡과자와 주먹밥이 한 뿌리에서 나온 전통음식이라 소개돼 있다. 도정 기술이 발달하지 않았던 고대에 현미 특유의 가슬가슬한 식감을 없애고 보존기간은 늘리면서 휴대할 수 있도록 고안된 것이 주먹밥이었다. 처음엔 실용적인 보존식이었으나 특별식으로 바뀐 것이 오늘날의 모치, 즉 떡과자다.

　당시는 쌀이 귀했다. 귀한 쌀로 만든 모치는 당연히 귀하디귀한 음식이었다. 일본 민간신앙 종교시설인 신사에서 특별한 날에만 제사용으로 만들었다. 신에게 바치는 신성한 음식이었다. 이즈음 일본은 당나라에 사신을 여러 차례 파견하며 대륙 문물 흡수에 적극 나선다. 견당사遣唐使가 귀국길에 가져온 신문물 중에는 '가라쿠다모노唐菓子'(당과자)라 불린 과자도 있었다. 당과자는 쌀가루, 밀가루 등 곡물 분말로 반죽한 것을 굽거나 튀겨 만드는 과자였다. 설탕이 없던 시대에 감미료 역할을 한 감갈甘葛로 미약하게나마 단맛을 냈다. 찰밥을 뭉쳐 만든 떡 위주였던 일본 과자는 당과자의 영향을 받아 반죽을 조리하는 형태로 바뀐다. 또한 보리, 콩, 팥 등의 재료를 더해 다채로운 맛을 내기 시작한다. 고온의 기름에 바싹 튀긴 딱딱한 과자가 개발된 것 역시 당과자의 영향이었다.

　이렇듯 당과자를 만난 일본 과자는 변화를 거듭했다. 일본 각지에 존재하는 신사에서는 과자를 만들 때 지역 특산물을 재료로 사용하기도 했다. 이것이 오미야게 과자의 시작이었다. 신에게 봉헌하기 위해 정성 들여 만든 과자이니 그 맛과 모양이 특별했다. 물론 지금 관점으로 보면 평범하고 단순하기 짝이 없는 형태다. 당시엔 조리법이 단순했으니까. 그래도 그 시절 일본인들에게 떡과자는 눈과 입이 즐거운 특별식이었다. 제의가 끝나면 신사에서는 신의 은혜를 공여한다며 참배객에게 떡을 나눠줬다. 신성한 장소에서 제삿날 맛보는 특별한 과자라니, 얼마나 황송했겠는가. 이 과자를 평소에도 먹고 싶어하는 참배객이 점차 늘었다. 결국 신사에서는 제사와는 상관없이 과자를 만들어 판매하기 시작했다. 신사를 찾은 이들은 과자를 사 먹는 데서 나아가 가족과 지인들을 위한 선물이나 기념품으로 사 가는 일이 잦아졌다. 그러면서 오미야게 과자 문화가 일상 속에 뿌리를 내렸다.

천 년 고도 교토京都에 있는 과자점 '이치몬지야 와스케一文字屋和輔'에 가면 초기 오미야게 과자가 어떻게 만들어지고 소비됐는지 가늠할 수 있다. 이곳은 헤이안시대인 서기 1000년에 문을 열어 지금까지 1,020여 년째 이어져오고 있다. 과연 가업家業과 장인의 나라답게 일본에는 수백 년 역사를 자랑하는 점포나 공방이 많다. 현지에서는 이를 '시니세/로호老鋪'(노포)라 부른다. 천 년 묵은 떡과자 전문점 이치몬지야 와스케는 일본 요식업 노포 중에서도 가장 오래된 가게로 꼽힌다. 다만 교토역에서 북쪽으로 8킬로미터 떨어진 곳에 위치해 찾아가기가 녹록지 않다. 교토역 역무원에게 가는 방법을 물었더니, 내가 잡은 숙소에서는 한 번에 가는 버스가 없어 중간에 갈아타야 하는 데다 꽤 멀다는 답변이 돌아왔다. 교토는 십자로에 명칭이 같은 시내버스 정류장이 네 군데나 있기도 해 환승 과정이 퍽 복잡했다. 빗속에 엉뚱한 곳에서 버스를 기다리는 등 우여곡절 끝에 이치몬지야 와스케에 도착했을 때에는 출발한지 한 시간이 훌쩍 지난 뒤였다.

가게는 수수하면서도 말끔했다. 정갈한 잿빛 기와지붕 아래에 짙은 갈색 목재로 단장한 전통적인 2층 건물이었다. 예상보다 규모가 컸다. 타임머신을 타고 에도江戸시대(1603~1868)로 돌아간 듯 옛 정취가 물씬 풍겼다. 건물 한구석에 걸려 있어 자세히 들여다봐야 겨우 눈에 들어오는 나무 간판이며, 색 바랜 낡은 노렌暖簾(일본 상점 출입구에 내걸린 가림용 천)은 과자점의 유구한 역사를 자랑하고 있었다. 이런 고풍스러운 외관과 달리 젊은 여성 종업원이 캐주얼한 차림으로 가게 앞에 서 있는 모습은 묘한 대조를 이뤘다.

가게에 가까이 다가가니 숯불향에 이어 떡과자를 굽는 구수한 냄새가 호객행위를 대신하고 있다. 먹지 않고서는 견디기 힘든 냄새다. 접근성 떨어지는 위치에, 비바람이 꽤 거센 날이었는데도 손님이 많았다. 천 년의 과자 맛이 궁금해 멀리서 찾아온 관광객들이 대부분인 듯했다. 한쪽에서 포장 판매도 하고 있었지만, 가게에서 먹고 가는 이들이 더 많았다. 포장해 가더라도 하루가 지나면 변질될 수 있다니, 먼 고장에 오미야게 과자로 사 가기에는 무리가 있다. 유리창으로 밖을 내다볼 수 있는 실내 좌석과 떡과자 굽는 모습을 옆에서 지켜볼 수 있는 실외 좌석으로 나뉘어져 있다. 바깥 자리에 앉자 종업원이 녹차가 담긴 주전자와 잔부터 내주었다.

메뉴는 '아부리모치ぁぶり餠'(구운 떡) 한 가지뿐. 콩가루 골고루 묻힌 엄지손가락만 한 찹쌀떡을 기다란 대나무 꼬치에 꽂아 숯불에 직화로 구운 것이다. 큼지막한 숯불화로에 가까이 다가가면 매캐한 연기에 미간이 절로 찌푸려진다. 군데군데 까맣게 탈 정도로 바싹 구운 다음, 흰 미소(일본 전통 된장) 소스를 끼얹어 내놓는다. 생김새는 꼭 인절미를 꼬치구이로 만든 듯하다. 1인분을 주문하면 이런 꼬치가 15개 나온다. 가격은 500엔. 적당하다.

실외 좌석 옆에는 창업 당시 떡을 반죽하는 데 넣는 물을 길었던 커다란 우물이 자리하고 있다. 직경이 자그마치 3미터에 이른다. 사진을 찍어도 되는지 묻자 비가 와서 돌계단이 미끄러우니 조심하라는 말뿐, 제재는 없었다. 우물은 비좁은 계단 아래쪽에 있어 몸을 잔뜩 웅크리고 내려가야 했다. 널빤지로 막아놓아 끝까지 들어가볼 수는 없었다. 어두컴컴한 가운데, 우물 앞 바위 위에 작은 목재 제단과 제기로 보이는 그릇이 놓여 있었다. 천 년 동안 번창

이치몬지야 와스케의 아부리모치와 녹차.
맛보다는 멋.

하는 데 대한 감사로 우물 신에게 제사라도 올리는 걸까. 물은 탁했다. 위생 문제로 더 이상 우물물을 길어 쓰지는 않는다고 했다. 가게 뒤편에는 일본식 정원도 있었다. 규모는 작지만 정교하게 다듬은 정원수며 바위, 짙푸른 이끼가 만들어내는 풍경이 이채로웠다.

이곳저곳 구경한 뒤 자리로 돌아오자 주문한 아부리모치가 나와 있었다. 종업원은 따뜻할 때 먹어야 맛있다며 얼른 먹어보라고 권했다. 손에 꼬치를 쥐고 앞니로 떡을 깨물어 빼 먹는 방식이다. 쫀득한 떡은 담백하면서도 고소했다. 촉촉한 흰 미소 소스는 짭짤하면서도 적당히 단맛에, 숯불향도 은은하게 났다. 대단히 특별하다고는 말할 수 없어도 소박한 참맛이 느껴졌다.

이 떡꼬치구이에서 천 년 전 일본의 초기 오미야게 과자 제조 및 소비 양상을 그려볼 수 있다. 이와 관련해 이치몬지야 와스케의 점주이자 25대 당주인 하세가와 나오長谷川奈生 씨와도 잠시 이야기를 나눌 수 있었다. 종업원이 꽤 많은데도 화로 앞에 앉아 떡꼬치를 직접 굽고 있던 그녀는, 내게 큰 비밀을 알려주듯 이치몬지야 와스케가 일본에서 가장 오래된 과자점이자 진짜 아부리모치를 먹을 수 있는 유일한 가게라고 말했다. 상당한 자부심이 느껴졌다. 그도 그럴 것이, 천 년 동안 한 자리를 지킨 가게라니 어쩐지 초현실적인 이야기로 들렸다. 아부리모치를 변함없이 유지하고자 분점은 내지 않았지만, 맛은 창업 당시와 다소 달라졌다고 한다. 그 옛날 일본에는 설탕이 없었기 때문이란다. 구운 떡에 바르는 흰 미소 소스는 에도시대에 설탕이 널리 쓰이기 시작하면서 개발된 것이다. 그러니까 지금의 맛은 300~400년 전에 완성된 듯하다. 이어 그녀는 이 가게가 이마미야今宮 신사의 역사와 궤를 같이한다고 말했다. 오래전 이마미야 신사 제단에 올랐던 떡꼬치구이가 바로 이 가게의 아부리모치라는 설명과 함께.

이치몬지야 와스케는 이마미야 신사의 옛 입구 맞은편에 자리하고 있다. 시내버스를 타고 과자점을 찾아갈 때에도 '이마미야진자마에今宮神社前'(이마미야 신사 앞) 정류장에 내렸다. 하세가와 씨와 이야기를 나눈 뒤, 이마미야 신사로 발길을 옮겼다. 규모는 그리 크지 않았다. 방문객도 드물었다. 큰 볼거리는 없었지만 사람들의 왕래가 뜸해 고즈넉한 분위기를 만끽하기에 좋았다. 994년에 창건된 신사이니, 1000년에 개업한 이치몬지야 와스케와 거의 동년배다.

이마미야 신사는 신에게 역병 퇴치를 기원하기 위해 세워졌다. 당시 교토에서는 역병이 자주 발생했다. 사찰 안내문에도 '역신疫神에게 기원하기 위해 창건된 신사'라고 쓰여 있다. 신사 가장 안쪽에 무병장수를 기원하는 본당이 있고, 바로 옆에는 역신을 기리는 사당인 에키샤疫社가 자리한다. 여기서 천 년 전 몹쓸 전염병에

이마미야 신사의 에키샤, 쥔 단 명세 마련은 부냐양는
액막이의 사랑이라는데 과연 열마나 진통할는지

시달리던 교토 주민들이 떡꼬치를 올리며 무병장수를 기원했을 것이다. 일본 전통문화 연구자 이노우에 유리코井上由理子가 쓴《교토의 화과자京都の和菓子》(2004)에서도 이치몬지야 와스케의 아부리모치가 역신에게 바치는 제사상에 오르던 떡과자라는 사실이 언급된다. 참배객들은 제의가 끝나면 이 떡과자를 받아 귀가해서는 가족에게도 나눠주었다. 아부리모치를 먹으면 역병에 걸리지 않는다고 믿은 것이다. 모든 재화 중 으뜸인 쌀로 만든 떡과자. 게다가 신의 은혜까지 입은 특별식이다. 오미야게 과자는 본디부터 귀한 음식이었다.

이치몬지야 와스케가 번창하자 바로 앞에 유사한 과자점이 생겨났다. '카자리야かざりや'다. 이치몬지야 와스케와 똑같은 떡꼬치구이를 팔고 있다. 맛도 대동소이하다. 짝퉁 가게라고 무시할 수 없는 게 이곳 역사도 400여 년에 이른다. 내가 이치몬지야 와스케를 찾은 날, 카자리야를 찾은 손님도 적지 않았다.

다도 문화와
다이토쿠지 낫토 과자

헤이안시대에 제사용으로 만들어졌던 일본 과자는 무로마치室町 시대(1336~1573)와 아즈치모모야마安土桃山시대(1568~1603)를 거치며 대중화된다. 상점가에 다과를 판매하는 찻집이나 과자점이 들어선 것이다. 이즈음 교토에서는 다도茶道 문화가 꽃피웠다. 차를 마시며 심신을 수련하는 다도는 과자 제조 및 소비에 영향을 끼쳤다. 쌉쌀한 차에 곁들여 먹을 만한 과자를 찾는 이들이 늘어난 것이다. 자연히 과자 종류도 다양해졌다.

다도는 선종禪宗이 빚어낸 문화였다. 일본 불학자 고바야시 마

사히로 小林正博가 쓴《일본 불교의 흐름日本仏教の歩み》(2009)에도 이와 관련된 내용이 언급된다. 참선수행을 중시하는 선종은 무로마치시대에 종교, 철학을 넘어 문화 전반에 지대한 영향을 미친다. 특히 '젠禅'이라 불리는 일본 선종 양식은 다도를 비롯해 미술, 건축, 공연, 화도華道(전통 꽃장식) 등을 발달시켰다.

어쨌든 교토 다도 문화를 이야기할 때 빼놓을 수 없는 명소가 있다. 선종 사찰 다이토쿠지大徳寺다. 이치몬지야 와스케에서 별로 멀지 않은 곳에 위치해 있다. 이마미야 신사를 나와 3분쯤 걷자 다이토쿠지가 나왔다. 사찰은 '닷추塔頭'라 불리는 작은 사원 20여 개로 구성되어 있어 규모가 상당했다. 쭉 뻗은 참배길参道을 따라 담이 서 있고, 그 너머로 닷추나 대나무숲이 보였다. 비바람이 거센 탓인지 몇몇 벽안의 외국인 관광객 말곤 지나는 사람도 없어 조용했다.

사찰 안내문에서 간략한 역사를 확인할 수 있었다. 1315년 선종 승려 슈호묘초宗峰妙超가 이곳에 작은 사원을 마련한 것이 시초로, 전국戦国시대(15세기 말~16세기 말) 혼란기에 정쟁에 휩쓸리면서 황폐해졌다. 하지만 (우리에게는 임진왜란의 원흉으로 악명 높은) 도요토미 히데요시豊臣秀吉가 오다 노부나가織田信長[3]의 장례를 치르면서 다

---

3) 100년 넘게 지속된 전국시대의 혼란을 진압하고 안정적인 중앙집권체제의 기틀을 마련한 무장이다.

다이토쿠지의 참배길.
잘 닦인 돌길 위로 비가 내려 한결 차분하다.

이토쿠지는 옛 번영을 되찾았다. 더욱이 얼마 지나지 않아 일본의 '다성茶聖'이라 추앙받은 센리큐千利休가 이곳에서 '와비차ゎび茶' 다도를 완성시켰다.

다도는 단지 차 마시는 방법을 가리키는 게 아니다. 다실을 어떻게 꾸밀지, 어떤 도구를 선택할지, 차를 마실 땐 어떤 대화를 나눌지 등을 포괄하는 개념이다. 고즈 아사오神津朝夫가 쓴 《센리큐의 「와비」란 무엇인가千利休の「ゎび」とはなにか》(2005)에 따르면, 와비차는 '젠'의 미학을 반영해 화려함을 지양하고 소박함을 추구하는 다도였다.

센리큐는 절제와 여백을 강조한 와비차 다도를 다이토쿠지 곳곳에 담아내고 실현하려 했다. 차에 곁들이는 과자도 단순한 것을 선호했다. 센리큐가 생전에 차를 마실 때 자주 곁들이던 과자가 바로 이치몬지야 와스케의 아부리모치였다. 맛도 모양도 수수한 떡꼬치 구이. 와비차와 썩 어울리는 조합이다.

재력가였던 센리큐는 다이토쿠지 중건에도 공을 들었다. 사찰은 이에 보답하는 차원에서 그의 목상을 만들어 '긴모카쿠金毛閣'(다이토쿠지 정문 중 하나) 2층에 안치했는데, 이 문을 통과해 다이토쿠지를 드나들 때마다 센리큐 목상의 발밑을 지나야 한다는 사실에 발끈한 도요토미 히데요시는 결국 자신의 다도 스승이었던 센리큐에게 할복을 명했다. 일각에서는 조선의 문화를 존경한 센리큐가 임진왜란에 반대하다 미움을 샀다는 주장을 제기한다. 과시욕이 커 사치를 일삼던 도요토미 히데요시가 센리큐의 다도를 못마땅하게 여겨 제거했다는 주장도 있다. 이유가 무엇이든 센리큐는 자결로 비극적인 최후를 맞았다.

이렇듯 많은 이야기를 품고 있는 다이토쿠지의 닷추들은 아쉽게도 대부분 입장 불가였다. '즈이호인瑞峯院'이라는 닷추만이 개방 중이었는데, 입장권을 사자 매표원이 안내 책자를 함께 내밀었다. 즈이호인은 1535년 규슈九州 부젠豊前·분고豊後의 영주 오토모 요시시게大友義鎮가 건립했다 한다(그의 법명이 즈이호인이었다). 부젠·분고는 지금의 오이타大分현에 해당하는 곳이니 당시 교통 요건을 생각하면 교토에서 상당히 먼 지역이었다. 오토모 요시시게의 불심이 대단했나 보다. 재밌는 건 자신의 법명을 따 사원까지 세운 그가 나중에는 천주교에 심취해 1578년 세례를 받았다는 사실이다.

설립자의 개종과는 무관하게, 즈이호인은 세월에 허물어지지 않고 굳건히 보존되어 있었다. 입구에서 신발을 벗고 들어가 마루를 따라 이동하며 관람하는 구조였는데, 규모는 그리 크지 않지만 방장方丈(고승이 거처하는 방) 앞에 펼쳐진 가레산스이枯山水 정원이 볼 만했다. 가레산스이는 바위와 자갈만으로 자연 풍경을 묘사하는 양식을 말한다. 바닥에 깔린 작은 자갈이 물결처럼 잔잔한 무늬를 이루고 있었다. 중국 산둥山東반도의 펑라이산蓬萊山과 황해, 섬들을 재현했다고 한다. 펑라이산은 예로부터 신선들이 사는 산이라 불렸다. 선종의 가치관에 맞게 잘 꾸며진 정원이었다. 자갈 위로 자박자박 빗물 떨어지는 소리를 감상하며 짧은 참선을 즐긴 뒤 다시 주위를 둘러봤다. 방장 가장 안쪽에는 오토모 요시시게의 목상이 안치되어 있었는데, 목상 양옆에 산수화가 멋들어지게 그려진 후스마에襖絵(장벽화)가 늘어서 있었다. 안내 책자를 들여다보니, 뜻밖에도 조선의 금강산을 33간에 걸쳐 담아낸 그림이란다. 그림에는 조선의 명산을, 정원에는 중국의 명산을 반영한 것이다. 요시시게가 조선·명나라와의 무역업을 통해 재력가로 부상했다더니, 사원에도 그 자취가 남은 모양이다.

방장을 한 바퀴 돌아 복도에 들어서면 다실이 나온다. 나무바닥에 다다미가 깔린 다실은 센리큐의 8대손과 12대손이 선조를 기리며 만든 곳이다. 소박하면서도 정갈한 다실 한쪽에는 수백 년 전 차를 마실 때 사용했던 낡은 찻상도 그대로 남아 있다. 다도의 성지답게 이 다실에서는 정기적으로 다회茶会도 열린다. 참석자에게는 진한 말차와 '무라사키노紫野'라는 과자 두 개가 제공된다고 한다. 무라사키노는 다이토쿠지가 위치한 동네 이름이다. 과자 이름을 지명에서 그대로 따온 것이다.

즈이호인을 나오면서 보니, 매표소에서도 이 과자를 판매하고 있었다. '무라사키노'는 '다이토쿠지 낫토大徳寺納豆'[4])에 속하는 과

가레산스이 정원. 다도가 유행하면서 교토의 다인茶人(다도를 즐기는 사람)들은
이곳 밍장 앞마루에 앉아 가레산스이 정원을 감상하며 다과를 즐겼으리라.

자다. 다이토쿠지 낫토는 무로마치시대부터 다이토쿠지 다도에 등장했다. '낫토'라 하면 보통 청국장처럼 끈적끈적한 발효콩을 떠올리지만, 다이토쿠지 낫토는 조금 다르다. 꼭 건포도 같은 생김새에, 콩을 소금물에 절였다가 말린 것이라 무척 짜다(미소 같은 맛이 난다). 요컨대 썩 먹기 편한 과자는 아니다. 지금은 주로 일본식 전통 설탕과자인 와산본和三盆[5] 안에 다이토쿠지 낫토 한 알을 넣은 형태로 만든다. '무라사키노' 역시 이런 형태다. 자그마한 찹쌀떡처럼 동그랗게 부풀어오른 겉모습이 영락없는 사탕이다. 하지만 속에 든 까만 콩알은 정신이 번쩍 들 만큼 짜다. 극강의 '단짠'이라 일본인들 사이에서도 호불호가 극명하게 갈린다고 한다. 왜 이런 걸 다과로 먹었을까? 지금이야 달달한 과자를 다과로 선호하지만 원래는 과일, 견과류, 버섯, 문어, 참마, 다시마 등 다양한 음식을 차에 곁들였다고 한다(차에 문어라니, 생각지도 못한 조합이다). 설탕이 없던 시대에 심심한 입을 달래주는 주전부리로는 짜디짠 다이토쿠지 낫토가 제격이었을지도 모르겠다.

---

4) 대두를 누룩균으로 발효시켜 제조하는 낫토. 중국의 콩 발효 음식인 더우츠豆豉에서 유래했다. 다이토쿠지의 승려 잇큐소준一休宗純이 중국에서 배운 제조법을 전래했다 하여 이 같은 이름으로 불린다.

5) 일본 시코쿠四国 지방의 가가와香川현, 도쿠시마德島현에서 에도시대부터 생산한 설탕이다. 색을 입혀 사탕처럼 먹기도 한다.

근현대의 양과자 발달

한편, 교토에서 다도가 퍼져나가고 있던 아즈치모모야마시대에 규슈에서는 포르투갈, 네덜란드 등 유럽 국가와의 교류로 커다란 변화가 일어나고 있었다. (뒤에서 더 자세히 다루겠지만) 서양 문물이 유입됨에 따라 식탁 위에도 서구 식문화가 스며들었는데, 대표적인 예가 '빵'이다. 우리가 사용하는 '빵'이라는 단어는 일본어 '팡パン'에서 온 것인데, 이 '팡'은 포르투갈어 '파오pão'를 어원으로 한다. 특히 16세기 중반 이후 빵을 비롯해 밀가루, 버터, 설탕으로 만든 서양식 '남만과자南蛮菓子'[6]가 들어오면서 일본 과자는 한층 발전

하게 된다. 홍차에 스콘이나 케이크를 곁들이는 영국의 '애프터눈 티'처럼 쌉쌀한 녹차에 달콤한 과자를 즐기는 문화가 자리 잡기 시작했다. 주로 지배계급과 종교인이 즐기던 다과 생활은 이제 상인 등 서민들에게까지 확산됐다.

에도시대에 도시 규모가 커지고 상점가가 발달하면서 당시 수도였던 에도(현 도쿄)와 문화 중심지였던 교토에 찻집이 속속 들어섰다. 이들 찻집은 차에 어울리는 과자를 경쟁적으로 만들어 내놓았다. 여행객들은 찻집에서 맛본 과자가 마음에 들면 집에 돌아갈 때 포장해 가곤 했다. 에도나 교토까지 찾아와 다도를 배운 지방 영주들은 영지로 돌아가 과자 만들기를 장려하며 일본 오미야게 과자 산업의 싹을 틔웠다. 에도시대 중기에는 제당製糖 기술이 발달하면서 설탕이 흔해졌다. 이에 따라 과자 제조 기술도 한층 발전했다. 예나 지금이나 설탕은 제과에 핵심적인 재료다. 과즙이나 꿀과 달리 적은 양만 넣어도 단맛을 극대화할뿐더러, 가루 형태라 반죽에 녹여 넣어 가공식품을 만들기에도 용이하다. 설탕의 공급 확대는 자연스레 제과 산업 발달로 이어졌다. 특히 이 시기에는 과자 디자인 면에서 엄청난 변화가 일었다. 형형색색의 화려한 모양새로 유명한 지금의 화과자는 에도시대에 완성된 것이다. 채색 삽화

---

6) '남만'은 '남쪽 오랑캐'를 뜻하는 표현이지만, 일본에서는 남쪽 바다에서 찾아오는 교역국(유럽 국가)을 통칭하는 말로 쓰였다.

가 실린 화과자 제과책까지 등장했다고 하니, 과자 제조에 대한 관심이 얼마나 높았는지 알 수 있다.

메이지明治시대(1868~1912) 즘하여 오미야게 과자는 또 한 번 크게 변모한다. 일본 근대화의 기점이 된 '페리의 내항'으로 개국이 이뤄지면서 양과자가 유입되기 시작한 것이다.[7] 일본의 개국은 불리한 교역 조건으로 인해 금전적인 면에서는 큰 손실을 봤지만, 한편으로는 아시아에서 가장 먼저 서구식 근대화의 발판을 마련하는 토대가 됐다. 여러 개항지 중에서도 요코하마橫浜에 교역이 집중됨에 따라 외국인 거류지가 마련됐고, 구미 열강에서 온 사람들의 수가 급증했다. 곧이어 이들의 취향에 맞춘 서양식 호텔, 상점, 식당 등이 속속 들어섰다. '요가시洋菓子'라 불리는 양과자도 벽안의 이방인들을 위한 상품 중 하나였다.

일본의 전국과자공업조합연합회 자료에 따르면, 1859년 요코하마의 과자 상인 이케다 간페이池田寬平가 양과자를 만들어 팔기

7) 1853년 미국의 매슈 페리Matthew Calbraith Perry 제독이 군함 4척을 이끌고 일본 우라가浦
賀 앞바다에 정박해 공포탄을 쏘며 무력 시위를 벌인 사건. 일본은 이미 네덜란드, 포르투갈 등
유럽 국가들과 교역하며 서양과의 접촉을 유지해왔지만 관계의 주도권은 빼앗기지 않았다(기
독교 확산을 막기 위해 개항지를 나가사키로 제한하는 등 사실상 쇄국을 고집했다). 그러던 중
페리 제독이 몰고 온 검은 빛깔의 거대한 미국 군함(흑선黑船)에 겁을 먹고 1854년 굴욕적인
미일화친조약을 맺으며 개국을 단행한다. 이를 계기로 영국, 러시아, 네덜란드, 프랑스와도 동
일한 조약을 체결하게 된다. 1858년엔 불평등한 미일통상조약을 체결하고 1859년 요코하마,
나가사키, 하코다테箱館 등을 시작으로 각지에서 개항이 진행된다. 이 과정에서 개국을 주도
한 막부와 이에 반대하는 존왕양이尊王攘夷파가 격돌해 결국 막부가 무너지고 메이지유신이
이뤄진다.

에도시대 초기 조닌(도시 상인) 거주지의 풍경을 재현해놓은 미니어처.
에도도쿄박물관의 전시물이다.

시작했다고 한다. 서양의 사상과 생활방식이 일본 깊숙이 스며든 것처럼, 양과자 역시 화과자 일색이던 일본 제과업계에 침투했다. 초콜릿, 캐러멜 등 새로운 맛과 향이 첨가됐다. 앞서 아즈치모모야마시대의 남만과자가 포르투갈, 네덜란드의 영향을 받아 일본식으로 재탄생한 화과자인 반면, 메이지시대의 양과자는 영국, 프랑스 등의 과자를 본떴다는 점에서 달랐다. 이에 따라 오미야게 업계에서도 유럽 쿠키나 비스킷 스타일의 과자가 늘었다. 또한 이 시기에는 근대화의 영향으로 도로 및 철도가 확충돼 타 지역 방문이 수월해지면서 지역 특산물 산업 발전에 불이 붙었다. 그 수혜 품목 중에 오미야게 과자가 있었음은 물론이다.

이처럼 오랜 역사와 전통을 지닌 오미야게 과자는 이제 일본 어디서든 만날 수 있다. 전병, 생과자, 쿠키, 초콜릿 등 종류도 많지만 브랜드 수도 어마어마하다. 신사에서 만든 신성한 음식이 시초였던 만큼 오미야게 과자는 일본인에게 특별한 의미를 지닌다(비록 시대가 달라졌다 해도 말이다). 특유의 '온가에시' 정서에 장인 정신까지 반영되면서 오미야게 과자는 일본인의 일상에 스며들어 하나의 문화가 됐다. 이를 방증하듯 일본 문학작품이나 영화, 애니메이션 등에는 오미야게 과자가 심심찮게 등장한다.

그로부터 사흘간은 아무 일도 없었지만, 나흘째 되는 날 저녁에 도고道

後라는 곳까지 가서 당고団子를 먹었다. 이 도고란 곳은 온천이 있는 마을로, 성안에서 기차로 10분, 걸어서도 30분이면 갈 수 있다. 음식점도, 온천장도, 공원도 있는 데다 유곽도 있다. 내가 들어간 당고 가게는 유곽 초입에 있는데, 맛이 대단하다고 평판이 자자해 온천에서 돌아오는 길에 잠깐 들러 먹어보았다. 이번에는 아무도 모를 것이라 생각하고 다음 날 태연한 얼굴로 학교에 가서 첫 수업에 들어가니 칠판에 '당고 두 접시 7전'이라고 쓰여 있다. 실제로 나는 두 접시를 먹고 7전을 냈다. 정말 성가신 놈들이다. 둘째 시간에도 분명히 뭔가 있을 거라 생각했는데 '유곽의 당고, 맛있다 맛있어'라고 쓰여 있다. 정말 어처구니없는 놈들이다.

– 나쓰메 소세키夏目漱石, 《도련님》(1906)

일본 근대문학의 대가로 꼽히는 나쓰메 소세키의 소설, 《도련님》은 촌구석인 시코쿠 지방 마쓰야마松山시의 한 중학교에 발령받은 도쿄 출신 교사 '도련님'의 이야기를 다룬다. 가뜩이나 시골 학교에 적응하는 것도 힘든데, 학생들마저 지역 물정에 어두운 도련님을 조롱거리로 삼아 괴롭힌다. 위 인용문에서 언급되는 당고(일본식 경단) 가게는 도련님이 놀림감이 된다거나 갈등이 전개되는 중요한 장면에 배경으로 등장하는데, 당시 마쓰야마 도고 온천 관광지에 실존했던 오미야게 과자점이다. 이름은 '쓰보야つぼや 과자점'.

1883년 창업한 이래 지금까지 영업을 이어오고 있다. 위치를 옮겨 더 이상 유곽 앞에 자리하고 있지는 않다.

이 쓰보야 과자점은 《도련님》으로 유명세를 타자 아예 '원조 도련님 당고'라는 오미야게 과자를 만들어 팔고 있다. 나쓰메 소세키 소설의 인기에 힘입어 도고 온천 인근 과자점들이 '도련님 당고'를 너도나도 내놓으면서 이름에 '원조'를 강조해 넣은 모양이다. 온천 관광지의 130여 년 전통 과자점에서 파는 소설 속 과자로 이야깃거리 삼기에 딱이라 선물용으로 좋다. 가게 안에는 나쓰메 소세키의 사진이며 당고 가게가 묘사된 부분을 확대한 원고 등이 걸려 있다. 온천 관광지에서 맛있다고 소문난 실제 과자점이 소설 속으로 들어가고, 그 소설에 나온 당고가 현실에서 오미야게 과자로 재탄생한 것이다. 재밌는 광경이 아닐 수 없다.

오미야게 과자는 애니메이션에서도 자주 등장한다. 그 유명한 추리 만화, 〈명탐정 코난〉에도 나왔다. 〈명탐정 코난〉에 오미야게 과자라니, 언뜻 상상하기 어려운 조합이다. 추리물 특성상 매회 살인사건이 벌어져서 아슬아슬하게 범인을 찾아내곤 하는데, 한가로이 오미야게 과자나 선물할 여유가 있을까?

있었다. 교토의 오미야게 과자점을 배경으로 한 '사라진 노포의 화과자' 편이다. 〈명탐정 코난〉의 작가 아오야마 고쇼青山剛昌는 작품에서 일본 전통문화, 가령 고찰이며 전통음식, 전통의상, 전통놀이 등을 지나칠 정도로 미화하고 찬양해 우익 논란에 휩싸이기도 했는데, '사라진 노포의 화과자' 편도 그런 냄새를 풍긴다. 이 에피소드에서는 이례적으로 아무도 죽지 않는데, 매장 안에서 감쪽같이 사라져버린 과자의 행방을 추적하는 비교적 가벼운 내용이다. 어쨌든 사건은 이렇다. '교노토리'라는 전통 있는 오미야게 과자점이 있다. 이 가게에서 지역 한정으로 신제품(초콜릿맛 과자)을 선보이는데, 발매 당일 신제품이 모조리 사라져버린다. 어떻게 된 일일까.

뜻밖에도 범인은 교노토리의 과자 장인들이다. 이들은 선대 사장의 아들이 가게의 새 주인이 되고 나서 개발한 초콜릿맛 신제품에 불만을 품는다. 초콜릿이 일본 고유의 전통과자 맛을 해친다고 여겼기 때문. 교노토리의 새 사장이 과자 장인들의 화과자에 대한 애착에 감복하며 〈명탐정 코난〉에서는 보기 드문 훈훈한 결말로 끝맺는다. 이 한 편의 에피소드에서도 고집스러운 장인 정신과 더불어 오미야게 과자의 전통성에 대한 일본인들의 자부심을 엿볼 수 있다.

과자의 신을 기리는 신사

일본인들은 과자를 정말로 사랑한다. 정말로. 전국 곳곳에 '과자의 신'을 모시는 신사까지 세워져 있을 정도이니 말 다했다. 교토의 가소菓祖 신사도 그중 하나다. 글자 그대로 과자菓의 조상신祖을 기리는 신사로, 시내에서 북동쪽 방향에 자리한 요시다吉田 신사 내에 있다. 요시다 신사는 가소 신사를 비롯해 몇몇 작은 신사를 총괄하는 신사로, 규모는 아담한 편이다. 인근에 교토대학교가 있다. 버스에서 내려 요시다 신사를 향해 걸어가다가 교토대학교 정문을 지나게 됐다. 일본 대학생들은 사회 문제에 관심이 없을 거라 생각했는데, 정문에 반정부 구호가 적힌 현수막이 걸려 있어 의외였다.

학교 정문에서 2~3분 더 걸어가니 요시다 신사의 붉은 도리이鳥居(신사 입구에 세워진 기둥 문으로, 신과 인간의 영역을 구분 짓는다)가 나타난다. 신사 앞에 마련된 주차장에는 차량이 얼마 없었는데 꽤 넓었다. 아무래도 걸어서 찾아오기는 힘든 신사다. 도리이를 지나 신사로 들어왔다고 생각했는데, 도리이가 또 나온다. 두 번째 도리이 뒤편에 놓인 계단을 따라 올라갔다. 언덕배기에 자리해서인지 요시다 신사는 이마미야 신사처럼 조용했다. 관광객으로 보이는 이들은 거의 없었다. 참배하러 온 듯한 주민 몇 명만이 눈에 띄었다. 가소 신사에 가려면 짚과 종이를 엮어 만든 시메나와注連縄(신사 장식용 줄)가 걸린 세 번째 도리이를 거쳐 언덕을 더 올라가야 했다. 정말이지 꼭꼭 숨어 있는, 은둔의 신사다. 세 번째 도리이 앞에는 표지석('菓祖神社'라 쓰여 있다)과 가소 신사 안내판이 서 있다. 안내판 가장 위쪽에는 제신祭神, 즉 가소 신사에서 모시는 과자 신 이름이 적혀 있다. 다지마모리田道間守와 린조인林浄因이다. 아래에는 유래가 적혀 있다.

다지마모리노미코토田道間守命(たじまもりのみこと)[8]는 제11대 일왕 스이닌垂仁의 명을 받아 불로불사의 나라에서 도키지쿠노카구노코노미非時

香菓를 일본으로 가져왔다. 하야시조인노미코토林淨因命(はやしじょういんのみこと)는 최초로 팥소를 넣은 만주를 만들어 널리 퍼지게 했다. 두 신은 예로부터 과자의 조상신으로서, 넓은 의미에서는 문화의 신으로서 숭배받는다. 교토 과자업계의 총의總意에 의해 가소 신사 창건 후원회를 결성해 1957년 11월 11일 제를 올렸다.

린조인 중 '린林'의 독음을 어째서 '하야시'로 표기했는지는 의문이다. '린'을 일본인 이름에 쓸 때는 '하야시'로 읽는데, '린조인'은 중국에서 건너온 도래인渡來人이라 일본에서도 '린'이라 읽는다. 일본인으로 보이게 하기 위함인 걸까? 어쨌든 중국인인 그는 선종 승려들과 함께 일본으로 건너와 다양한 대륙 문물을 전해주었다고 알려져 있다. 만주도 그중 하나였다. 뒤에서 더 자세히 다루겠지만, 린조인은 14세기에 중국의 고기만두를 일본에 만주로 변형시켜 퍼뜨린 인물로 전해진다. '만주의 신'인 것이다.

한편 '다지마모리'는 일본 고대 사서史書에 등장하는 인물이다. 《고사기古事記》(712)와 《일본서기日本書紀》(720)에 모두 나온다. 그렇지만 이 두 사서는 후대에 왜곡과 날조가 이뤄져 신빙성이 상당히 떨어질뿐더러, 설혹 신빙성이 있다 하더라도 다지마모리의 출생에

---

8) '命'(노미노코토)는 신, 귀인의 이름에 붙이는 존칭어다.

대해 서로 다르게 말하고 있기 때문에 어느 것을 믿어야 하는지도 알 수 없다. 단지 '설화'로 받아들인다면 다지마모리의 출생은 자못 흥미롭기도 한데, 그는 신라 왕자 천일창天日槍(일본명은 '아메노히보코アメノヒボコ')의 후손으로 기록되어 있다. 천일창은 1세기경 왜倭에 건너가 초기 국가 설립에 기여한 인물로 전해진다. 가소 신사에서 숭상하는 두 신 중 한 명은 중국인, 다른 한 명은 신라인인 셈이다.

어쨌든 이 다지마모리가 일본 과자의 신이 된 것은 귤 때문이다. 옛 기록에 따르면, 일왕 스이닌은 다지마모리에게 불로불사의 열매, 귤을 구해올 것을 명한다. 귤은 2,000여 년 전에도 건강식품으로 명성이 자자했던 모양이다. 그는 상세국常世國(일본어로는 '도코요노쿠니.' 불로불사의 나라로, 일부 학자들은 제주도라고 추측하기도 한다)에서 들여온 귤나무를 현재의 와카야마和歌山현 가이난海南시에 심었다. 이곳에는 훗날 다지마모리의 공덕을 기리며 과자가 번영하기를 기원하는 기쓰모토橘本 신사가 세워졌다. 가소 신사 안내판에 적혀 있던 의미 모를 긴 단어, '도키지쿠노카구노코노미'가 바로 귤이다.

기쓰모토 신사의 유래는 《닛케이신문》 기사[9]에 상세히 소개된

---

9) "과자의 신, 왜 와카야마에?お菓子の神様」なぜ和歌山に", 《닛케이신문》, 2014.8.20.

가소 신사. 과자 축제가 열리는 날이면 신사 앞마당에서 나눠주는
과자를 맛보러 온 참배객들로 발 디딜 틈 없이 북적거린다.

바 있다. 기사에 따르면, 설탕이 없었던 고대 일본에서는 귤을 말리는 등 가공해서 과자로 먹었다. 이러한 연유로 다지마모리는 '과자의 신'이 된 것이다. 기쓰모토 신사가 설립된 연대는 불분명한데, 1437년에 존재했다는 기록이 남아 있다. 작은 사당과 (다지마모리가 심었다는) 귤나무 한 그루만 남은 신사는 오랜 세월 방치된 채 간신히 명맥만 이어왔다. 메이지시대에 이르러서야 지역 주민들이 과자의 신을 모시는 신사로 재건하며 주목받기 시작했다. 이후 고도성장이 한창이던 1961년, 과자 및 과일 업체들이 자금을 대서 대대적으로 개축해 명소로 부상했다. 덧붙이자면 기쓰모토 신사가 자리한 와카야마현은 지금도 일본에서 귤이 가장 많이 나는 지역으로 유명하다.

'과자의 신'을 숭상하는 신사는 가소 신사나 기쓰모토 신사 말고도 효고兵庫현 도요오카豊岡시의 나카시마中嶋 신사 등 일본 각지에 상당수 설립됐다. 기쓰모토 신사와 나카시마 신사에서는 매년 4월 '가시 마쓰리菓子祭'(과자 축제)가 열린다. 가소 신사에도 매년 4월 19일에 봄 축제가, 11월 11일에는 가을 축제가 열린다는 안내문이 붙어 있었다. 기쓰모토 신사에서는 축제 기간 중에 과자의 신에게 제물을 바치는 봉헌식을 올리는데, 오미야게 과자회사며 메이저 과자회사며 가릴 것 없이 일본 각지의 수많은 과자업체가 참여한다. 이들은 자사의 대표 상품을 신에게 바치며 사업이 번창하

기를 기원한다.[10]

다시 교토의 가소 신사로 돌아가자. 표지석과 세 번째 도리이를 지나 짧은 언덕길을 돌아 올라가면 네 번째 도리이와 사자상 뒤로 다섯 번째 도리이가, 그리고 붉은색 담에 둘러싸인 가소 신사가 보인다. 요시다 신사 입구에서부터 띄엄띄엄 세워진 도리이만 다섯 개(기부자가 많을수록 도리이도 많아진다)나 거쳐야 다다를 수 있는 교토의 과자 성지. 꽤나 힘들게 찾아갔는데 첫인상은 '애개' 소리가 절로 나온다. 신사라기보다 산중의 자그마한 사당에 가까웠다. 사진을 찍으며 둘러보는 동안 오가는 이가 아무도 없어 썰렁했다.

외관은 실망스러웠지만 이 작은 사당 주변에 빼곡히 박힌 미즈가키瑞垣(돌로 만든 울타리)만큼은 눈길이 갔다. 각각의 미즈가키에는 신사 창건에 봉납한 이들, 각종 조합이며 협회 등의 명칭이 적혀 있었다. 도리이 뒤에도 당당히 이름을 올렸던 교토야쓰하시상공업협동조합에서부터 교토콩과자공업조합, 교토전병조합, 교토생과자협동조합, 교토반생과자협회 등 지역 과자업계 조직이 정말 다

---

10) 가소 신사에서 열리는 축제도 이와 비슷한 형태다. 그렇지만 몇 가지 차이점이 있는데, 우선 가소 신사는 다지마모리와 함께 '만주의 신'인 린조인도 섬긴다. 또한 기쓰모토 신사는 (본문에서 언급했듯이) 일본 전국에서 몰려든 수많은 과자업체의 성지인 반면, 가소 신사의 관장 범위는 교토의 오미야게 과자업계에 한정된다. 가령 가소 신사의 도리이 뒤쪽에는 '교토야쓰하시상공업협동조합京都八ツ橋商工業協同組合'만 검은색 글씨로 명기되어 있다. 뒤에서 다루겠지만 '야쓰하시八ツ橋'는 교토의 대표적인 오미야게 과자다. 야쓰하시 생산업자들이 조직한 협동조합에서 가소 신사 설립에 가장 많은 자금을 댔다고 추측할 수 있는 부분이다. 신사 설립에 도움을 준 개인 및 단체의 명칭을 도리이, 미즈가키 등에 새기기 때문.

양했다. 오미야게 과자회사는 셀 수도 없을 정도였다. 신사 둘레만으로는 공간이 모자랐는지 계단과 주변부에까지 이 미즈가키가 세워져 있었다. 오랜 역사에 걸쳐 문화 깊숙이 스며든 오미야게 과자 시장 규모가 실로 어마어마하다는 사실을 다시금 확인할 수 있었다.

잃어버린 2000년도 이겨낸 오미야게 과자

일본 오미야게 시장 규모는 연간 약 2조 7,000억 엔 수준으로 집계된다. 이 중 오미야게 과자 시장 규모만 약 9,400억 엔 이상인 것으로 알려져 있다. 한화로 10조 원에 가까운 액수다. 2018년 서울시 복지 예산이 10조 원이다. 요컨대 1년 동안 오미야게 과자를 팔아 벌어들이는 돈이 인구 1,000만 도시의 한 해 복지 예산에 버금가는 것이다. 엄청난 돈이다. 더욱이 외국인 관광객이 지불한 외화가 포함된다는 점도 무시할 수 없다.

오미야게 시장에서 오미야게 과자가 차지하는 비중은 34.9%로 화장품, 의약품 등을 제치고서 1위를 차지했다. 일본 과자 시장 규모가 연간 3조 4,000억 엔 수준이니, 오미야게 과자는 일본 과자 시장의 3분의 1가량을 떠받치고 있는 셈이다.

앞서 말했듯이 오미야게 과자는 일반 과자와 달리 특정 지역에서만 판매된다. 가령 도쿄 바나나는 도쿄 내 지정된 매장에서 살 수 있으며, 다른 지방에서 구하기는 쉽지 않다. 지역 내 판매를 우선시하기 때문이다. 품목 면에서도 메이저 제과회사에 비해 제한되어 있다. 가령 일본 과자업계 1위 기업인 에자키글리코江崎グリコ의 경우 초콜릿, 비스킷, 껌, 사탕 등 다양한 종류의 과자는 물론, 아이스크림, 요구르트, 푸딩 등 유제품이나 화장품, 스포츠 보충제까지 취급한다. 자회사를 대거 설립해 몸집을 불리며 양적 확대에 몰두한 결과다. 반면 오미야게 과자회사는 본업인 제과사업에 치중해 선택과 집중을 추구한다. 요즘은 온라인 판매를 하는 오미야게 과자회사도 늘고 있긴 하지만, 상당수는 여전히 지역 내 판매를 고집한다. 아무데서나 살 수 있다면 '오미야게 과자'로서의 차별성을 잃기 때문이다. '오미야게 과자'라는 특성상 주요 타깃으로 삼는 소비자층 역시 여행자 등 타지에서 방문한 이들이다. 이러한 한계 때문인지 대다수 오미야게 과자회사는 중소기업으로, 규모가 그리 크지 않다. 어쨌든 유통, 판매망, 품목에 족쇄가 채워진 오미야게 과자가 10조 원에 가까운 연 매출을 기록하고 일본 과자 매

출의 30%가량을 차지한다는 사실은 놀랍기 짝이 없다.

이렇듯 오미야게 과자 시장의 덩치가 커진 배경 중 하나는 일본을 찾는 외국인 관광객이 급증한 데서 찾을 수 있다. 일본 국토교통성에 따르면 2017년 일본을 방문한 외국인 관광객 수는 2,869만 명으로, 이는 매해 늘고 있다. 한편 일본 농림수산성이 발표한 '2017년도 외국인 관광객 식료품 구입 현황 조사'에 따르면, 외국인 관광객들이 가장 많이 구입한 상품은 과자류였다. 2017년 한 해 동안 외국인 관광객이 일본에서 산 과자의 매출액은 1,589억 엔에 달했다. 국적별 분석에서는 중국인 방문객이 사들인 오미야게 과자 값만 563억 엔에 이른 것으로 나타났다. 현재 일본을 찾는 외국인 관광객 중 가장 많은 수를 차지하는 것은 중국인이다. 손도 큰 편이다. 일본관광청이 발표한 바에 따르면 중국인 관광객들이 2017년 일본에 머물며 1조 6,947억 엔을 썼는데, 이는 일본 관광산업 전체 수입에서 무려 40%를 차지하는 금액이다. 이들이 일본에서 가장 많이 구매하는 품목은 화장품, 의약품, 과자류다. 오미야게 과자가 일본 관광업에서 중요한 콘텐츠가 됐다는 사실을 짐작할 수 있는 대목이다. 불과 20~30년 전만 해도 일본 여행을 가면 워크맨이나 카메라, 코끼리 밥솥 등 전자제품이 필수 쇼핑 품목이었는데, 이제는 그 자리를 과자가 대신하고 있다.

한국에서도 일본 오미야게 과자에 대한 관심이 높아지는 추세다. 2017년 일본을 방문한 한국인 수는 약 714만 명이었는데, 이는 매년 최고치를 경신하고 있다. 한국인 관광객들은 오미야게 과자에 대한 선호도가 무척 높다. (같은 조사에 따르면) 한국인 관광객들이 가장 많이 사는 품목은 화장품도, 의약품도 아닌 과자류였다.

과자가 애들 음식이라는 인식 때문이든, 과자가 가진 가벼운 이미지 때문이든, 어쩐지 과자는 만만해 보인다. 그렇지만 오미야게 과자 산업이 창출해내는 경제적 가치, 또 경제적 가치로 환산하기 힘든 관광업 기여도를 보면 결코 만만하게 여겨지지 않는다. 더욱이 오미야게 과자 산업은 일본의 '잃어버린 20년' 속에서도 무너지지 않고 성장을 거듭했다. 정말이지 달콤하기 짝이 없는 이야기인데, 과연 그 속은 어떨까?

한없이 우아하고 부드러워만 보이는 마카롱을 만들기 위해서는 머랭을 치는 데 엄청난 공을 쏟아부어야 하듯, 겉보기에는 만만한 일본 오미야게 과자도 속은 만만치 않다. 물론 변변찮은 오미야게 과자도 많지만, 그건 이 책에서 다룰 부분이 아니다. 지금부터 시작하려는 건 치열한 경쟁을 뚫고 일본인은 물론 전 세계인을 사로잡은, 아름답고 맛있는 오미야게 과자의 이야기다. 그들의 남달랐던 탄생 비화에서부터 달콤살벌한 성공담까지 흥미진진한 뒷이야기를, 출출한 오후에 한 입 베어 무는 쿠키처럼 가볍게, 또 즐거이 읽어주셨으면 한다.

第 2 章

교토 — 야쓰하시

八ツ橋

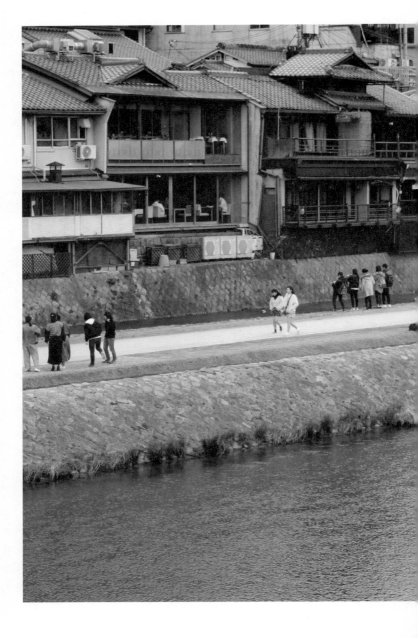

교
가
시

교
토
의
전
통
과
자

교토에서는 취재해야 할 곳도, 만나야 할 사람도 다른 어떤 지역보다 많았다. 오미야게 과자의 역사가 시작되고 발전한 곳이 바로 교토다. 체류 기간은 짧은데 일정은 빡빡했다. 앞서 살펴본 천 년 과자점 이치몬지야 와스케, 다도 문화가 탄생한 다이토쿠지, 과자의 신을 모시고 있는 가소 신사 등이 전부 교토에 있었다. 하지만 아무리 조급해도 잊지 말아야 할 속담이 있다. 금강산도 식후경. 우선 먹어야 한다.

교토역에 도착하자마자 캐리어를 끌고 향한 곳은 역과 연결된

지하상가 포루타ポルタ의 '교료리 만시게京料理 萬重'라는 일식집이었다. '교료리京料理'는 교토 전통음식을 뜻한다. 다이쿄大饗(궁중), 쇼진精進(사찰), 혼젠本膳(손님 접대), 가이세키懷石(연회), 오반자이お番菜(가정식) 등 다섯 가지가 있으며 가다랑어, 다시마 등으로 낸 육수를 베이스로 조리하는 게 특징이다. 상호명에 '교료리'를 내세운 점에서도 알 수 있듯이 이 식당은 정갈하면서도 고급스럽기로 유명한 교토식 상차림을 내놓는다. 점심에는 상차림을 간소화해 만든 교토식 벤토弁当(도시락)를 먹을 수 있는데, 비교적 저렴한 가격에 맛이 좋다고 해서 찾아갔다. 인기 있는 곳인 만큼 자리가 날 때까지 다소 기다려야 했다. 나는 벤토 메뉴 중에서 가장 저렴한 (1,700엔이었다) '만시게 벤토萬重弁当'를 주문했다. 음식은 기대 이상이었다. 식기를 빈틈없이 채운 찬들은 하나같이 모양새며 빛깔이 화려해 먹음직스러웠다. 생선을 즐겨 먹는 나라답게 생선구이는 물론 생선회, 도기 주전자에 담긴 맑은 생선탕이 나왔다. 구수하고 쫄깃한 떡꼬치, 향긋한 핑크빛 안닌도후杏仁豆腐(살구씨 가루를 넣어 푸딩처럼 만든 일본식 연두부), 소금과 설탕에 살짝 절여 입에 착착 달라붙는 게살 밑반찬 등 가짓수도 다양했다.

식사 내내 좋은 식재료로 만들었다는 게 느껴졌다. 일본 음식답게 간은 담백했다. 살짝 달달한 맛이 맴돌았지만 과하지는 않았다. 디저트로 나온 삼색 당고까지 먹고 나니 교료리 미식이 끝났다. 식

교토리 만시게에서 맛본 교토식 벤토의 반찬들.
구성이 알차고 정갈하다.

사를 마칠 때까지 따뜻함이 유지된 덕분인지, 식당을 나서는데 몸이 가뿐했다.

물론 교토에서의 미식 체험은 '교료리'만으로는 부족하다. '교가시京菓子'(교토 전통과자)도 맛보아야 한다. 교토 오미야게 과자를 보통 '교가시'라 부른다. 유구한 역사 속에 완성된 교토 식문화에 대한 자부심이 느껴지는 명칭이다. 이처럼 전통음식이며 전통과자를 가리키는 단어가 따로 있을 만큼 교토에는 전통음식점도, 전통과자점도 유난히 많다.

그도 그럴 것이 일본 전통문화의 본고장이 바로 교토다. 이곳은 5~6세기 한반도 및 중국에서 선진 문물을 갖고 건너온 도래인이 대거 정착하며 발전했다. 이후 794년 일왕 간무桓武(737~806)가 나라奈良에서 교토로 천도하면서 새로운 정치·행정 중심지로 부상했다. 이때부터 1868년 일왕 메이지明治(1852~1912)가 메이지유신을 통해 에도(도쿄)로 거처를 옮길 때까지, 교토는 천 년이 넘도록 일왕(이빨 빠진 호랑이 신세이기는 했지만)이 거주하는 수도였다. 왕족과 귀족이 모여 살던 곳이니 먹고 입고 거주하는 것도 고급을 갈구했을 터. 전국 각지에서 내로라하는 자재가 교토에 집중됐다. 음식, 복식, 건축이 융성할 수밖에 없는 환경이었다.

태평양 무역시대가 열리면서 내륙에 위치한 천 년 도읍은 나날이 쇠락해갔다. 교토는 수도를 에도에 내준 데 이어, 서부 중심지로서의 입지도 상공업 도시로 부흥한 오사카大阪에 빼앗겼다. 그럼에도 왕궁을 비롯해 2,000여 개에 달하는 사찰과 신사 등 수많은 사적은 고스란히 남았다. 덕분에 교토는 여전히 일본 전통문화의 심장으로 여겨진다. '교토' 하면 다른 무엇보다도 옛 정취 어린 건축물과 풍경이 먼저 떠오르듯이 말이다. 관광객들을 실은 인력거며 나룻배가 오가는 아라시야마嵐山, 붉은 주칠을 한 도리이가 터널처럼 늘어서 있는 후시미 이나리伏見稲荷 신사…… 온 도시가 박물관인 교토에서도 빼놓을 수 없는 곳이 기온祇園 거리다.

붉은색 야사카八坂 신사 앞에 4차선 대로 시조도리四条通가 뻗어 있는데, 이 양옆에 작은 상점들이 빽빽하게 들어선 거리를 가리켜 기온 거리라 한다. 시조도리에서 빠져나온 골목길 중 하나미코지도리花見小路通, 시라카와미나미도리白川南通, 신바시도리新橋通 등에는 여전히 옛 기와집이 즐비하다. '마치야町家'라 불리는 이 기와집은 에도시대에 상인들이 장사하고 거주했던 전통가옥이다. 밑단에 목판을 덧댄 잘 다듬어진 미색 흙벽에, 세월에 빛바랜 목재 기둥이며 창틀이 고풍스러운 분위기를 자아낸다. 오늘날 이들 건물에는 요정(술을 파는 요릿집), 술집, 전통음식점, 찻집 등이 입점해 관광객들을 끌어들이고 있는데, 이 일대는 예전에 유흥가로도 유명했단다. 새하얀 분칠을 한 얼굴에 입술만 빨간 앵두처럼 칠한 게이샤들이 요정에서 춤과 노래를 팔던 곳이 기온이었다. 과거에 비하

시조도리 곳곳에서 볼 수 있는 오미야게 과자점들.
가게도 많지만 과자 종류도 다양하다.

면 많이 퇴색했지만 여전히 이런 가게들이 몇 군데 남아 있어, 알록달록한 기모노를 차려입은 게이샤가 굽 높은 나막신을 신고 또각거리며 걷는 모습을 볼 수 있다. 요즘은 전통의상 대여점에서 기모노를 빌려 입은 여학생들이 훨씬 많이 보이긴 하지만.

과거의 교토 거리 풍경은 호칸지法観寺 사찰 뒷골목인 야사카도리八坂通에서도 볼 수 있다. 교토를 처음 방문했다면 반드시 찾게 마련인 기요미즈데라清水寺 인근에 위치한 곳이다. 기요미즈데라는 산 중턱에 자리한 본당을 비롯해 크고 작은 사당과 탑이 많아 장대한 규모를 자랑한다. 호칸지는 이에 비할 수 없을 만큼 작다. 전국시대 혼란기에 불타 사라졌기 때문이다. 현재 남아 있는 것은 5층 목탑인 야사카탑八坂の塔이 거의 전부다. 야사카탑이라는 명칭은 한반도에서 건너간 도래인인 야사카八坂 가문의 성을 딴 것으로 전해진다. 이곳을 비롯해 교토의 미경은 도래인의 손길을 거쳐 완성된 곳이 참 많다. 이 야사카탑 뒤편의 좁은 언덕길로 올라가 아래를 내려다보면 우뚝 솟은 목탑을 중심으로 마치야가 가지런히 늘어선 야사카도리 골목의 예스러운 풍경이 펼쳐진다.

그중 교가시 가게가 차지하고 있는 면적은 적지 않다. 한 가게 건너 한 가게꼴로 오미야게 과자를 팔고 있다. 특히 시조도리에는 과자점이 밀집해 있어서인지 곳곳에서 고소하고 달콤한 냄새가 진동했다. 만주, 찹쌀떡, 생과자, 모나카 등 종류도 다양했다. 종업원

교토의 손꼽히는 랜드마크인 야사카탑과 야사카도리 골목.
저녁 무렵이면 야경을 찍으려는 사진가와 관광객이 몰려든다.

들이 거리로 나와 시식용 과자를 건네는가 하면, 매장 앞 작은 노점에서 야키모치燒き餅(구운 떡과자)나 풀빵을 즉석에서 구워 냄새로 호객 행위를 하는 곳도 적지 않았다. 오미야게 과자의 발상지답게, 과자점들은 하나같이 손님이 넘쳐나고 활기가 가득했다. 과자가 만들어지는 모습을 호기심 어린 눈빛으로 바라보는 행인들. 학생부터 노인까지 다들 천진난만한 아이 같은 표정을 짓고 있었다. 일본인은 과자를 정말 좋아하는구나…….

교토 오미야게 과자, 교가시는 언제부터 이처럼 번성했을까? 교토시에서 펴낸《교가시 문화京の菓子文化》에 그 역사가 소개되어 있다. 애초에 신사에서 제사용으로 쓰였던 교가시는 교토의 왕실 및 귀족 문화와 함께 발달했다. 9세기경(헤이안시대) 교토에는 일왕의 인척이 된 '헤이안 귀족平安貴族'이 모여 살기 시작했다. 이들은 막강한 권세를 누리며 호화로운 생활을 영위했다. 신사의 신성한 음식으로 귀한 대접을 받던 과자는 이즈음 헤이안 귀족의 밥상에도 오른다. 가라쿠다모노(당과자)가 대표적 사례다. 12세기 이후엔 선종의 영향으로 교토 상류사회에서 차 마시는 문화가 생겨난다. 이때 다도와 함께 과자도 그 존재감이 커져갔다.

1장에서 다도 문화를 잠깐 언급했는데, 다도가 그처럼 '문화'로 자리 잡을 만큼 유행한 것은 시간이 좀 더 흐른 뒤였다. 하지만 이에 앞서 이미 12세기경 선종의 영향으로 교토의 상류층과 승려들

은 차에 곁들이는 간식 '덴신てんしん'을 즐기기 시작한다. '덴신'은 중국의 '딤섬点心'에서 비롯된 말이다.[1] 중국 음식에서 영향을 받아 처음에는 고기를 넣은 만두, 양갱羊羹 등 요리에 가까운 형태였으나 팥이 고기를 대신하면서 만주, 양갱 등의 과자 형태로 변한다.[2] 이 변화 과정에 대해서는 6장에서 좀 더 자세히 다룰 것이다.

덴신의 유행과 함께 다도가 일상화됐다. 차를 마실 때 과자를 곁들이면서 새로운 맛의 교가시가 속속 등장했다. 신사와 상류층에서만 즐겼던 과자가 점차 일반 대중에게로 확산되면서 교토 번화가 곳곳에 과자점이 들어섰고, 과자 생산량 및 소비량도 급증했다. 1685년 발간된 교토 명소 가이드북 《교하부타에京羽二重》에는 과자점 23곳과 지마키ちまき[3] 가게 2곳이 소개되어 있다. 그런가 하면 1693년 발간된 남성용 교양서 《난초호키男重宝記》에는 250여 종에 달하는 과자의 이름과 제조법이 실려 있다. 잠깐, 여기 사무라이의 나라 아니었나? 칼 휘두르며 힘자랑하던 남자들의 교양서에 과자 레시피라니, 다소 뜻밖이다. 당시 교토에서는 남자라면

---

1) 여기서 '딤섬'은 중국식 만두만을 가리키지 않는다. 선종 사찰에서 아침 식사와 저녁 식사 사이에 먹던 간식을 총칭하는 단어다.
2) '양갱'은 기원전 중국에 존재하던 음식으로, '양고기羊를 넣어 끓인 국羹'이다. 일본에서는 살생을 금하는 불교의 영향으로 양고기 대신 팥을 넣어 양갱을 만들었다. 팥이 양고기처럼 붉은 색을 내는 식재료였기 때문. 현재 우리가 아는 부드럽고 달콤한 '양갱'은 16세기에 일본인들이 팥앙금에 한천을 넣어 고체 형태로 만든 과자다 (물론 양고기는 들어가지 않는다).
3) 띠(볏과에 속하는 식물)나 대나무잎에 싸서 찐 찹쌀떡. 단오에 절기 음식으로 먹는다.

250여 가지 교가시 정도는 만들 수 있어야 했던 걸까. 전국시대가 끝나고 겨우 평화를 되찾은 교토에서 열혈남아들의 들끓는 기세를 과자 만들기 같은 우아한 취미로 잠재우려 했던 걸까. 어쨌든 17세기에 이미 엄청나게 다양한 과자가 있었다는 건 분명해 보인다. 일본식 과자를 가리키는 '와가시和菓子'(화과자)라는 단어가 있는데도 '교가시'라 구분해 부를 만큼 교토 전통과자에 대한 자부심은 대단했다.

지금부터 살펴볼 것은 수많은 교가시 중에서도 대표로 꼽히는 '야쓰하시'다.

쌀과 계피 그리고
교토가 빚어낸 과자

야쓰하시八ッ橋는 '도쿄 바나나'처럼 특정 회사에서 만들어낸 오미야게 과자 이름이 아니다. 교토 전통과자의 한 종류를 일컫는 단어다. 오늘날 야쓰하시라 불리는 과자에는 '야쓰하시'와 '나마야쓰하시生八ッ橋'(생야쓰하시) 두 가지가 있다. 야쓰하시는 센베이せんべい 과자[4]로, 길쭉한 직사각형 형태에 양옆이 살짝 말려 있어 흡사 기왓장 같은 모양새다. 쌀가루, 설탕, 계피로 반죽한 다음 바싹 구워

---

4) 센베이는 밀가루에 달걀, 설탕을 넣어 만든 반죽을 틀에 넣고 굽거나, 쌀가루를 쪄서 만든 반죽을 넓게 펴서 굽거나 튀겨 만든 일본의 전통과자다.

아쓰하시.
니시오 아쓰하시노 사토 식당에서 디저트로 나왔다.

만들기 때문에 식감이 바삭하다. 구수한 쌀반죽 풍미에 달콤한 설탕맛, 쌉싸름한 계피향이 절묘하게 어우러져 꼭 비스킷처럼 건조하게 만든 호떡을 먹는 듯하다.

한편 나마야쓰하시는 다시 두 종류로 나뉜다. 일반 '나마야쓰하시'와 '팥소 넣은 나마야쓰하시'다.[5] 나마야쓰하시는 쌀가루, 계피 등 야쓰하시와 거의 동일한 재료로 만들어지지만, 이들을 배합하는 방식이나 만들어진 과자의 형태가 다르다. 화덕에 구워 만드는 야쓰하시와 달리 쪄서 만드는 나마야쓰하시는 기다란 만두피처럼 생겼는데, 식감이 부드럽고 촉촉하다. 팥소 넣은 나마야쓰하시는 이름 그대로다. 만두를 빚듯 나마야쓰하시 위에 팥소를 얹고서 삼각형 모양으로 싼다. 얇고 투명해 속이 어렴풋이 비치는 나마야쓰하시 아래로 동그랗게 뭉쳐 있는 팥소가 보인다. 요즘은 나마야쓰하시 반죽에 계피가 아닌 장미, 녹차, 흑임자 등을 넣어 다채로운 색과 맛을 내기도 한다.

야쓰하시와 나마야쓰하시의 유래는 《초보자를 위한 교토의 격식一見さんのための京都の流儀》(2016)이란 책에 상세히 소개되어 있

---

5) 일본에서는 팥소 넣은 나마야쓰하시를 '앙이리나마야쓰하시あん入り生八つ橋' 혹은 '쓰부앙 이리나마야쓰하시つぶあん入り生八つ橋'라 부른다. 엄밀히 따지자면 나마야쓰하시와 팥소 넣은 나마야쓰하시는 다른 종류의 과자다. 나마야쓰하시는 직사각형 꼴의 보들보들한 떡과자 이며, 팥소 넣은 나마야쓰하시는 나마야쓰하시에 팥소를 올려서 접어 만든 과자다. 삼각형 꼴 의 팥소 넣은 나마야쓰하시가 큰 인기를 모으면서, 현재는 '나마야쓰하시'라고 해도 팥소 넣은 나마야쓰하시를 가리키는 명칭으로 흔히 쓰인다.

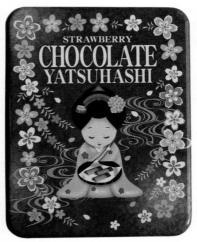

다양한 야쓰하시 패키지.

다. 야쓰하시가 탄생한 것은 1689년, 교토에서 상공업 발달이 전성기를 맞은 시기였다. 전국시대에 권력가들의 싸움터로 전락해 황폐해진 천 년 고도는 17세기 에도 막부가 들어서면서 안정을 되찾았다. 도쿠가와 이에야스德川家康(1542~1616)가 거처로 쓴 니조성二条城이 건립된 것도, 내란 속에 소실됐던 기요미즈데라 본당이 재건된 것도 17세기였다. 대규모 건축사업을 비롯해 도시 재건이 성공적으로 마무리되자 상공업이 활짝 꽃피우기 시작했다. 상인 계급인 조닌町人의 위상이 높아지면서 지역 경제가 활성화됐고, 도시 주민들의 생활은 윤택해졌다. 앞서 언급한 전통 기와집 '마치야'도 이 시기 상인들이 지은 것이다. 이러한 변화 속에서 귀족과 승려들이 선종 사찰에서 향유하던 다도 문화는 조닌들에게, 이어 일반 대중에게로 퍼져나갔다.

유서 깊은 사원 '쇼고인聖護院' 앞길에도 참배객이 쉬어 갈 수 있는 찻집과 과자점이 속속 들어서기 시작했다. 찻집들은 손님을 끌기 위해 차에 어울리는 과자를 만들어 내놓았고, 전문성을 갖추고자 아예 과자점을 따로 내는 곳도 생겼다. 300년 넘는 역사를 지닌 야쓰하시도 그런 과자들 중 하나였다. 처음에는 입소문을 타고서 참배객들이 자주 사 가는 과자였지만, 1889년 프랑스 파리 만국박람회에 출품되어 은상을 수상하며 해외에도 이름을 알린다. 일본에서 '교토 대표 오미야게 과자'로서 입지를 굳힌 건 1912년. 그해

팥소 넣은 삼각 나마야쓰하시.
오타베 사진 제공.

에 교토에서는 일왕 다이쇼大正(1879~1926)의 즉위 축하 행사가 성대하게 열렸다. 자연히 전국에서 인파가 몰려들었는데, 행사가 끝난 뒤 이들이 집으로 돌아가면서 오미야게 과자로 사 간 것이 야쓰하시와 '고시키마메五色豆'(콩과자)[6]였다. 요컨대 일본 각지에서 수많은 사람들이 '교토 과자'로서 야쓰하시를 맛본 셈이다. 이를 계기로 야쓰하시는 전국적인 유명세를 떨치게 된다.

반면 나마야쓰하시는 20세기 중반, 교통망이 확충된 후에[7] 상품화된 과자다. 생과자라 상하기 쉬워 지역 간 이동시간이 길었던 시절에는 오미야게 과자로 적절하지 않았던 탓이다. 1949년에 개발된 팥소 넣은 나마야쓰하시는 신칸센新幹線(일본 고속철도)이 개통된 지 2년이 지난 1966년에야 오미야게 과자로 팔리기 시작했다.

이렇듯 야쓰하시에 비해 뒤늦게 소개된 나마야쓰하시는 1970년 오사카 만국박람회를 통해 전국적인 인기 과자로 부상했다. 야쓰하시에 비하면 역사가 짧지만 요즘 일본에서 '야쓰하시'라 하면 '나마야쓰하시'나 '팥소 넣은 나마야쓰하시'를 떠올리는 이들이 대부분이다(이는 한국에서도 마찬가지다. 야쓰하시로 검색하면 흔히 팥소 넣은 나

---

6) 콩을 설탕에 조린 과자로, 지금도 생산·판매되고 있다. 하지만 야쓰하시만큼의 인기는 누리지 못하고 있다.
7) 1963년 일본 최초의 고속도로인 메이신名神고속도로의 일부 구간이 개통된다. 이어 1964년엔 도쿄역과 신오사카역을 잇는 고속열차 도카이도 신칸센東海道新幹線이 운행을 시작한다.

마야쓰하시가 나온다). 사람들 입맛과 유행이 변하면서 굴러온 돌이 박힌 돌을 빼낸 셈이다.

처음 사 먹어본
오미야게 과자의 맛

나마야쓰하시가 대세라지만, 나는 야쓰하시가 더 좋다. 한입 깨물면 '오도독' 청량한 소리를 내며 부서지는 식감에 쌓였던 스트레스가 확 풀리는 기분이다. 입안 가득 퍼지는 알싸한 계피향의 매력은 또 어떻고. 내가 처음 사 먹어본 일본 오미야게 과자도 야쓰하시다.

대학생이었던 1998년 8월, 나는 일본으로 첫 배낭여행을 떠났다. 인터넷 항공권 예매가 대중화된 지금으로서는 좀 낯설게 들리겠지만 당시 내가 다니던 학교 학생회관에는 여행사가 입점해 있

었다. 학생들을 대상으로 이런저런 여행상품을 팔던 곳이었는데, 어느 날 여행사 앞에 29만 9,000원으로 열흘 동안 일본 전역을 여행할 수 있다는 홍보 포스터가 붙었다. 저가항공이 없어 일본을 오가는 항공기 운임이 지금보다 훨씬 비싼 시절이었다. 29만 9,000원이라는 가격이 가능했던 건 비행기 대신 부산항과 시모노세키下關항을 연결하는 배편을 이용했기 때문이다. 여기에 도쿄의 저가 호텔(싸구려 여관 수준이었지만) 2박 숙박권, '청춘 18' 기차 이용권이 포함됐다. 청춘 18은 교통비가 살인적인 일본에서 학생들이 부담 없이 여행할 수 있게 나온 할인 티켓인데, 기차를 총 5회 이용할 수 있다('내일로'와 비슷하다고 보면 된다). 신칸센 등 고속철도는 탈수 없어 작은 시골역까지 정차하는 완행열차를 주로 이용하게 되는데, 속도가 워낙 느려 야간열차를 타면 기차에서 자면서 도시를 넘어갈 수 있다. 요컨대 이 티켓이 있으면 5박 숙박비를 해결하는 셈이다. 그렇게 후쿠오카福岡에서부터 나가사키, 오사카, 교토, 나라, 도쿄까지 6개 도시를 훑고 다녔다.

교통비와 숙박비 이외의 여비도 최소화하기 위해 은행 세 군데를 돌며 엔화 동전으로 환전했다. 휴대가 불편한 동전은 매매기준율의 60% 금액만 주고도 환전이 가능했다(지금은 70% 금액이다). 비교적 단위가 큰 100엔, 500엔 동전은 이미 떨어져서 10엔 동전으로 바꿔야 했다. 여행 전날 이 엄청난 양의 동전을 10개씩 스카치

테이프로 일일이 묶어 가방 하나를 가득 채웠다. 2만 엔 남짓한 돈을 10엔짜리 동전으로 가져갔으니, 고생도 그런 고생이 없었다. 그렇지만 진짜 고생은 출입국 심사에서 했다. 수화물을 검사하는데 동전 뭉치가 걸렸다. 항구 직원들은 엑스레이 화면에 비친 길쭉한 동전 묶음을 총알 같은 위험한 금속물질로 인식했다. 가방을 열어 동전을 일일이 보여주고, 동전은 저렴하게 환전할 수 있다는 설명을 한 뒤에야 일본 땅을 밟을 수 있었다.

어쨌든 그렇게 도착한 일본에서 나는 청춘 18 티켓으로 야간열차를 타고 이동하면서 쪽잠을 자고, 공원 화장실에서 머리를 감고, 컵라면으로 끼니를 해결했다. 물론 열흘 내내 컵라면만 먹을 수는 없었다. 당시 일본 롯데리아에서 이벤트로 팔던 100엔짜리 햄버거를 사 먹거나 백화점 식품매장에서 시식 코너를 돌며 배를 채우기도 했다. 말이 배낭여행이지 실은 배낭 말곤 아무것도 없었다고 해도 좋을 만큼 가난한 여행이었다. 게다가 계획한 일정보다 며칠 더 머물게 되면서 숙박비를 아끼기 위해 노숙까지 했다(불행히도 그땐 게스트하우스처럼 저렴한 숙박시설이 없었다). 나가사키의 관광명소인 하우스텐보스ハウステンボス(테마파크)를 구경한 날이었다. 해가 저문 뒤 주차장 인근 코인로커 시설 안에 돗자리를 깔고 잠을 청하는데, 관리인이 들어왔다. 밤엔 시설을 폐쇄해야 한다고 해 주차장 한쪽으로 자리를 옮겼는데, 하필이면 그날 새벽 규슈에 폭풍우

가 몰아쳤다. 거센 바람에 가림막이 마구 흔들릴 정도였다. 비바람 속에서 불안해하던 중 관리인이 다시 찾아왔다. 손에는 큰 우산이며 도넛, 과자 등 먹을거리가 한가득 들려 있었다. 그는 괜찮냐고 몇 번을 묻더니 힘들면 언제든 관리실에 와서 자고 가라며 들고 온 먹을거리를 건네주고 갔다. 큰 우산을 펼치니 비바람을 막을 수 있었다. 지친 속에 도넛을 밀어 넣으니 당이 보충된 덕분인지 허기가 가시면서 속이 따뜻해졌다. 퍽퍽하고 기름에 절은 도넛인데도 관리인의 온정이 담겨 있어서인지, 아니면 타지에서 사서 고생을 하고 있어서인지 그렇게 맛있을 수가 없었다.

그렇게 짠내 나는 여행을 하면서도 기념품을 사기는 샀다. 당시 일본에서 엄청난 인기 가수였던 아무로 나미에의 음반 세 장, 록밴드 미스터 칠드런의 음반 한 장, 그리고 야쓰하시였다. 음반은 한국을 떠나기 전부터 쇼핑 리스트에 올라 있었던 것이지만, 야쓰하시는 그야말로 충동적으로 샀다.

살 계획은커녕 먹어보기 전까지는 그런 과자가 있는 줄도 몰랐다. 그때만 해도 과자에는 별 관심이 없었으니. 교토에서 상점가를 둘러보던 중 과자점 점원이 시식해보라며 과자 한 조각을 내밀었다. 나는 그게 무슨 과자인지도 모른 채 받아먹었다. 분홍색 딸기 초콜릿을 입힌 야쓰하시였다. 워낙 배고픈 여행이라 그랬는지, 점원이 내민 과자는 물론 시식대 위에 올라 있던 과자까지 상당량을 집어 먹고 말았다. 점원에게 미안하기도 했지만 이 낯선 과자가 너무 맛있기도 해서 결국 지갑을 열어 야쓰하시 한 상자를 샀다. 거지여행을 하면서도 그냥 지나치기 어려울 만큼 야쓰하시가 지닌 마성은 대단했다.

한국에 돌아가 꺼내보니 덥고 습한 날씨에 딸기 초콜릿 부분이 녹아 있어 아쉬웠지만, 특유의 바삭한 식감과 향긋한 계피향은 여전했다. 가족들도 야쓰하시를 좋아해 사 온 보람이 있었다. 이 과자가 관광객들에게 인기 높은 '오타베おたべ'라는 브랜드의 '스트로베리 초콜릿 야쓰하시'라는 사실을 알게 된 건 세월이 한참 지난 뒤였다.

앞서 언급했듯 야쓰하시의 역사는 1689년으로 거슬러 올라간다. 조선에서는 장희빈이 인현왕후를 내쫓고 중전 자리를 꿰찬 해였다. 상표권이나 실용신안 같은 개념이 없던 시대였다. 근대에 등장한 다른 오미야게 과자들처럼 특정 회사가 고유의 브랜드 제품으로 독점할 수 없었다. 많은 제조업체가 야쓰하시라는 똑같은 이름에 모양까지 흡사한 과자를 교토 오미야게라며 팔게 된 이유다.

'야쓰하시'라는 이름의 유래에 대해서는 두 가지 설이 있다. 1689년 야쓰하시를 처음 선보인 가게는 '본가 니시오 야쓰하시本

家西尾八ッ橋'와 '쇼고인 야쓰하시 본점聖護院八ッ橋総本店' 이렇게 두 곳으로 전해지는데 어디가 먼저인지는 알 수 없다.[8] 다만 이들 두 곳이 자신이 원조라며 이름의 유래를 놓고 서로 다른 주장을 내놓고 있어 두 가지 가설 모두를 받아들이고 있다.

니시오 야쓰하시 측은 일본 고사故事에 등장하는 '야쓰하시八橋'라는 다리를 과자로 재현한 것이 이 전통과자의 시초라고 주장한다(야쓰하시에서 하시橋는 다리를 뜻한다).[9] 이들은 야쓰하시 탄생 비화를 다양한 콘텐츠로 제작해 매장 안 전시물이며 제품 패키지 등에 활용하고 있는데, 그 이야기는 이렇다.

주인공은 젊은 나이에 남편을 떠나보내고 두 남매를 키우는 과부다. 여자 홀몸으로 아이 둘을 키워야 했기에 그녀는 아침 일찍부터 밤늦게까지 죽어라 일만 하며 겨우 생계를 꾸려간다. 그러던 어느 날, 엄마가 보고 싶었던 두 남매는 일터에 직접 찾아가겠다는 생각으로 집을 나선다. 아이들은 도중에 강을 맞닥뜨린다. 손을 맞잡고 조심조심 강을 건너지만 미끄러진다. 물속에서 허우적대던 남매는 결국 익사하고 만다. 졸지에 남편과 자식을 모두 잃은 여자

---

8) 일본에서 가게 이름에 '본점'이나 '본가', '본포本鋪'를 넣는 것은 원조임을 강조하기 위해서다.

9) 설화집 《이세 모노가타리伊勢物語》(이세 이야기, 9~10세기경 편찬)와 요쿄쿠謠曲(중세 전통극에서 부르는 노래) '가키쓰바타カキツバタ'(제비붓꽃)에 나오는 고사, '미카와노쿠니 야쓰하시三河国八橋'에서 비롯됐다고 한다. 미카와노쿠니三河国는 아이치愛知현 동부 일대의 옛 명칭이다.

는 슬픔과 죄책감을 견디지 못해 머리를 깎고 비구니가 된다. 하지만 속세를 떠나서도 자식 생각을 도저히 떨쳐낼 수가 없다. 그녀는 강에 다리가 놓였더라면 아이들이 죽지 않았을 것이라며 원통해한다. 그러던 중 꿈에 한 도사가 나타나 "내일 아침 강가에 나가거라. 거기 나무판들이 있을 테니 그것으로 다리를 만들어라. 죽은아이들에게 공양이 될 것이다"라고 말한다. 다음 날 강가에 가보니 정말 나무판들이 떠다니고 있었다. 여자가 이 나무판을 모아 다리를 만들고 나니, 그제야 아이들에 대한 한이 풀렸다는 애달픈 이야기다. 다리는 8개의 나무판으로 이루어져 야쓰하시八橋라 칭했다 한다.

니시오 야쓰하시에서는 니시오 가문의 선조가 이 이야기에 감복해 1689년 설화 속 다리 모양으로 과자를 만들어 선보였다고 주장한다. 자식을 향한 부모의 마음은 세상 그 무엇보다 귀중하다는 교훈을 과자를 통해 많은 이들에게 알리고자 했다는 것이다. 니시오가문은 1687년부터 쇼고인 앞길에서 찻집을 운영한 것으로 전해지는데, 개업 2년 뒤 야쓰하시를 내놓았다는 게 이들의 주장이다.

한편 쇼고인 야쓰하시 측은 야쓰하시가 에도시대 쟁箏(전통 현악기) 연주가인 야쓰하시 겐교八橋檢校(1614~1685, 겐교는 직책명이다)에서 따온 이름이라고 주장한다. 1689년 쇼고인 앞 찻집에서 야쓰하시 겐교를 기리고자 쟁 형태를 본뜬 과자를 선보였다는 것이다. 쟁

니시오 야쓰하시노 사토 안에 있는 히나닌교ひな人形 제단.
여자아이의 행복을 기원하는 일본의 전통축제 히나마쓰리ひな祭り를 위한 장식물이다.

은 (거문고나 가야금처럼) 목판 위에 현이 걸려 있는 악기인데, 이 길쭉하면서도 아치 형태로 살짝 구부러진 목판이 야쓰하시를 닮았다. 이들은 당시 찻집이 쇼고인 야쓰하시 본점과 같은 위치에 있었다는 점을 들어 '야쓰하시 겐교 유래설'을 주장하고 있다.

정통성을 입증하려는 듯, 쇼고인 야쓰하시 본점은 1949년부터 매년 야쓰하시 겐교의 기일인 6월 12일에 추모 행사를 연다. 호넨인法然院(긴카쿠지銀閣寺에서 가까운 작은 사찰)에서 열리는 이 행사는 야쓰하시 겐교가 생전에 작곡한 곡의 쟁 연주, 전통무용 등 공연으로 이루어진다. 더불어 이날 아침에는 전 직원이 야쓰하시 겐교의 묘를 찾아 참배한다. 야쓰하시가 야쓰하시 겐교를 기리는 데서 비롯된 과자임을 강조하기 위해서다.

이처럼 각기 다른 이야기로 '원조'임을 주장하는 니시오 야쓰하시와 쇼고인 야쓰하시는 여전히 1689년 과자를 처음 팔았던 자리에 본점을 두고 있다. 쇼고인 앞 골목에 있는 두 가게를 찾아갔다. 재미있게도 두 가게는 서로 몇 발자국 떨어져 있지 않을 만큼 가까이 자리해 있었다. 쇼고인 야쓰하시 본점 바로 맞은편에 '니시오 야쓰하시노 사토西尾八ッ橋の里'(니시오 야쓰하시가 본점 옆에서 운영하는 식당으로, 교토 향토음식을 내놓는다) 입구가 있을 정도였다.

쇼고인 야쓰하시 본점은 작은 단층 기와집이었다. 이곳에서 멀지 않은 쇼고인산노초聖護院山王町 사거리에 2층으로 된 대규모 매장이 있으니, 본점은 상징물로서의 역할만 하지 않나 싶다. 노렌이 길게 드리워져 있는 입구 옆에는 거대한 제등提燈이 서 있었다. 바랜 나무 간판이 특히 인상적이었는데, 한껏 멋을 부려 흘려 쓴 한자는 알아보기 힘들었다. 이곳도 그렇고 일본 노포에서 흔히 볼 수 있는 오래된 나무 간판은 이제까지 한 가게가 지탱해온 장구한 역사를 증명하는 표지로 쓰이는 듯했다. 노렌을 들추고 안으로 들어갔다. 내부는 다소 좁지만 적당히 밝은 톤의 목재로 꾸며져 있어 편안한 느낌을 자아냈다. 야쓰하시와 팥소 넣은 나마야쓰하시 등이 진열된 쇼케이스 뒤로 통유리창이 나 있었는데, 창 너머로는 작은 일본식 정원이 보였다.

반면 니시오 야쓰하시는 본점 뒤편에 미색 타일로 덮인 5층짜리 사옥이 있다. 바로 옆에는 앞서 언급한 식당이 자리해 전체 규모가 상당했다. 사옥 꼭대기에는 숙명의 경쟁자에게 선전포고라도 하듯이 '야쓰하시가 태어난 곳八ッ橋發祥の家'이라는 큼지막한 초록색 글자판이 붙어 있다. 본점은 2층짜리 마치야에 자리해 있었는데, 쇼고인 야쓰하시 본점에 비해 노포 분위기가 더욱 짙었다.

단연 시선을 사로잡는 건 입구 옆에 서 있는 마메다누키豆狸 조각상이다. 마메다누키는 일본 설화에 등장하는 너구리 요괴로, 재밌게도 술에 탐닉하는 데다 엄청나게 거대한 음낭(다다미 8장 길이라는데, 그럼 11미터가 넘는다)을 뒤집어쓰거나 펼쳐서 둔갑술을 선보인

단다. 니시오 야쓰하시 본점에 놓인 마메다누키 역시 양손에 술병을 들고 있었다. 다리 사이에는 발밑까지 늘어진 음낭(머리 위에 쓴 것도 모자가 아니라 음낭이다)이 현실감 넘치게 조각되어 있었다.

입구 앞 검은 노렌에는 '八ッ橋(야쓰하시)'라는 흰색 글자가 쓰여 있다. 휘갈겨 쓴 듯 강렬한 인상을 주는 글씨체다. 나무를 짜서 만든 쇼윈도에서부터 독특한 문양이 새겨져 있는 나무 간판, 1층 기와 위에 놓인 녹슨 근대식 전등 등 운치 있는 장식물이 많았다. 과거부터 써오던 것이 고스란히 남아 있는 듯했다. 노렌을 들추고 안으로 들어가도 마찬가지다. 오래된 나무 창틀이며 기둥을 보니 세월을 거슬러 올라간 듯했다.

니시오 야쓰하시 본점.
입구 옆에 서 있는 것이 (곰처럼 보이지만) 너구리 요괴인 마메다누키 조각상이다.

식당 안의 작은 과자 전시관

한국을 떠나기 전, 나는 니시오 야쓰하시노 사토 식당에 점심식사를 예약해뒀다. 앞서 말했듯 이곳은 교토 전통 음식점이다. 음식점이 자리한 건물 역시 1919년에 세워져 100년에 가까운 역사를 자랑한다. 처음에는 일본 화학기업 도레이TORAY 창립 멤버이자 학자였던 가와라바야시 데이이치로河原林樺一郎의 저택으로 지어졌지만, 이후 도시바TOSHIBA에 팔려 임원 전용 휴양시설로 활용됐다. 식당이 된 건 얼마 전의 일이다. 니시오 야쓰하시는 2013년 이 근대식 저택을 개조해 식당을 냈다.

니시오 야쓰하시노 사토의 정원,
8개의 목판으로 설화 속 야쓰하시 다리를 재현해놓았다.

고풍스러운 대문을 지나 안으로 들어가자 마루며 서까래, 장지문 등 100여 년 전 일본 목조가옥 형태가 고스란히 남아 있어 볼만했다. 심지어 예약한 자리에서는 당시 조성된 일본식 정원이 눈앞에 펼쳐졌다. 아, 참 근사하다. 널따란 유리창을 통해 연녹색 정원 풍경이 쏟아져 들어온다. 작은 폭포에서부터 거목, 이끼 긴 석등, 수풀, 꽃, 잔디 등이 정갈하게 조화를 이루고 있다. 정원은 원래 출입할 수 없지만, 식당에 양해를 구한 뒤 들어가봤다. 폭포 아래쪽에 놓인 다리가 눈에 띄었다. 설화에서처럼 목판 8개를 이어 만든 '야쓰하시' 다리다. 아마 니시오 야쓰하시가 건물을 개조할 때 추가한 조형물이리라.

그림 같은 정원 풍경에 감동해 음식 맛이 별로더라도 그러려니 할 생각이었다. 과자점에서 낸 향토음식 식당이니 큰 기대도 없었다. 그런데 웬걸, 음식 맛이 생각보다 괜찮았다. 내가 주문한 건 채소절임, 버섯 등을 넣어 향긋하게 지은 영양밥, 연한 두부가 동동 떠 있는 일본식 된장국, 교토식 반찬 6가지, 야쓰하시 2조각으로 구성된 정식이었다. 고소한 치즈고로케와 달짝지근한 닭고기 간장 조림이 별미였다. 무엇보다 중요한 야쓰하시는 구수한 쌀맛에 계피향이 더해져 풍미가 남달랐다. 가게 메뉴엔 정식 말고도 덮밥, 우동, 소바 같은 단품을 비롯해 전통 디저트류도 다양했다.

100년 고택에 정원, 맛깔나는 전통음식 등 전체적으로 가볼 만

한 식당이긴 한데, 사실 내가 이곳을 예약까지 하면서 찾은 이유
는 따로 있었다. 식당 안에 니시오 야쓰하시의 '야쓰하시 전시관'
이 마련돼 있기 때문이다. 전시관이라고는 해도 2평 남짓한 방 두
개에 불과하지만, 다양한 전시물이 과자점의 역사를 생생하게 전
해준다. 한쪽 벽에는 1824년 교토 구마노熊野 신사에 봉납한 에마
絵馬가 걸려 있다. '에마'란 일본인들이 신사나 사찰에 무언가를 기
원할 때 바치는 현판으로, 말 그림이 그려져 있다. 원래는 살아 있
는 말을 바쳤으나 점차 말 그림이 그려진 현판을 바치는 것으로 바

꿰었다고 한다. 200여 년 전에 만들어진 에마는 군데군데 칠이 벗겨져 있기는 해도 전체적인 보존 상태가 훌륭했다. 에마를 감싼 나무틀에는 '쇼고인 마을 야쓰하시 가게 다메지로聖護院村 八ッ橋屋 為治郎'라 적혀 있다. 당시 당주였던 니시오 다메지의 이름이다. 본점에서 멀지 않은 곳에 자리한 구마노 신사에 가면 니시오 다메지의 동상과 함께 '야쓰하시 발상지' 기념비도 볼 수 있다. 이 밖에도 1820년 교토 왕궁 내 진열 증서라든가 메이지시대 쌀 매상 전표, 납품 증서, 각종 국내외 전시회에서 받은 상장, 표창장, 해외 박람회 초청장, 19세기에 촬영한 가게 및 종업원들의 흑백사진 등 니시오 야쓰하시에 관한 옛 자료가 진열되어 있었다. 그야말로 한 과자가 거쳐온 역사였다. 손때 묻은 전시물들을 찬찬히 보고 있자니 300년 넘게 대를 이어가며 야쓰하시를 팔아온 과자 장인으로서의 자부심과 과자에 대한 애착이 대단하게 느껴졌다.

치열한 경쟁 속에

탄생한 협동조합

니시오 야쓰하시, 쇼고인 야쓰하시 말고도 '원조'를 내세우는 곳은 또 있다. 이들 역시 회사 이름에 '본포' 같은 표현을 넣어 자신이 원조임을 주장한다. 공인된 기록이 없어 누가 분명한 원조인지 알 수 없으니, 누구나 원조를 주장할 수 있는 것이다. 더욱이 야쓰하시가 교토 대표 오미야게 과자인 만큼 이를 생산, 판매하는 업자들은 상당수에 이른다. 무엇 하나 잘된다 하면 너도나도 뛰어드는 세태는 일본도 마찬가지인 모양이다. 과열된 상전商戰은 무리한 원가 절감 등 출혈경쟁으로 이어져 자칫하면 업계 전체의 몰락을 불러올 수 있다. 교토의 야쓰하시 업자들은 협동조합을 결성함으로써 이러한 위기의 돌파구를 마련했다.

때는 제2차 세계대전 이후, 야쓰하시의 정상적인 생산 및 판매 체계가 무너지자 업계는 큰 타격을 입는다. 폐업하는 곳이 속출했다. 이런 상황 속에서 '교토 야쓰하시 상공업 협동조합京都八ツ橋商工業協同組合'(이하 야쓰하시 협동조합)이 설립된다.[10] 현재 니시오, 쇼고인을 비롯해 주요 야쓰하시 업체 14곳이 조합원인데 이들은 '전통을 지키며 교토 오미야게 과자 생산에 임한다'는 문구를 내걸고 활동 중이다. 야쓰하시 협동조합이 교토 오미야게 시장에서 갖는 비중은 앞서 소개했다. 가소 신사 입구에 있는 메인 도리이를 세운 주역이 바로 이 협동조합이다. 도리이 뒤쪽에 '교토 야쓰하시 상공업 협동조합'과 함께 '1958년 1월 길일 봉납'이라는 문구가 큼지막하게 적혀 있다.

'협동조합'은 한국에서 친숙하면서도 여전히 낯선 단어 중 하나다. 농협이나 생협 같은 말은 자주 들었지만, 일반적인 가게에서는 찾아보기 힘든 단어이기 때문이다. 그렇지만 일본에서는 다양한 업계에서 협동조합을 찾아볼 수 있다. 교토 오미야게 과자 협동조

---

10) 이미 1920년대에 야쓰하시 가게들이 '교토 야쓰하시 제조조합京都八ツ橋製造組合'을 발족시켰다. 교토 야쓰하시 상공업 협동조합이 설립된 것은 1948년인데, 애초에는 임의 조합이었다가 2006년 11월 공식 협동조합으로 개편됐다.

합만 해도 교가시협동조합, 교토부생과자협동조합, 교토화과자제조협동조합 등 나열하자면 끝이 없다. 궁금해졌다. 그렇다면 이 야쓰하시 협동조합은 어떤 활동을 하고 또 어떤 역할을 맡고 있는 걸까? 나는 협동조합 이사장을 만나 이야기를 들어보기로 했다. 이사장은 조합원 업체가 돌아가면서 맡는데, 현 이사장은 니시오 야쓰하시 14대 당주인 니시오 요코西尾陽子 씨였다. 그녀는 15대 당주인 아들에게 회사 살림을 물려준 뒤 협동조합 이사장 등 외부 활동에 참여 중인 듯했는데, 말투며 행동이 시원시원하고 거침없었다.

Q. 야쓰하시 협동조합에 대한 소개를 부탁드려요.

A. 원래는 '교토 야쓰하시 제조조합'이었는데 2006년에 이름을 바꿔 '교토 야쓰하시 상공업 협동조합'이 됐어요. '교토부과자공업조합京都府菓子工業組合' 산하에 있고요. 이 조합에는 야쓰하시를 비롯해 전병, 콩과자 등 여러 종류의 제과업체가 속해 있습니다. 저희 협동조합은 교토시에 본사를 두고 영업하는 야쓰하시 생산·판매업자라면 누구나 가입할 수 있는데, 지금은 14개 회사가 가입해 있죠.

Q. 보통 협동조합이라 하면 공동 구매, 이익 분배 등을 하게 마련인데 교토 야쓰하시 상공업 협동조합은 어떤가요?

A. 그렇게 운영하진 않습니다. 다만 일본에서는 올림픽이나 월드컵처럼 4년에 한 번 '전국과자대박람회'라는 큰 행사가 열려요. 전국 각지의 오미야게 과자회사 수백 곳이 참가할 정도로 중요한 이벤트죠. 이때 조합 차원에서 공동 부스를 마련하고, 조합원 회사들의 과자를 홍보합니다. 이게 조합원으로서 가장 두드러지게 협력하는 부분이고요. 또 박람회에서는 각종 상이 수여되는데, 상이야 개별 업체가 받지만 수많은 오미야게 과자 중에서 주목을 받기 위해서는 협동조합으로서 어필하는 편이 한결 수월합니다. 저희는 각 조합원 회사가 돌아가며 수상할 수 있도록 서로 돕는 거죠.

Q. 박람회 이외의 분야에서는 어떤 협력이 이루어지나요?
A. 회사마다 서로 다른 신제품을 내놓더라도 야쓰하시 맛의 근본만큼은 변하지 않도록 기초적인 제조 가이드라인을 고수하는 데 협력하고 있어요. 지역에 큰 이벤트가 열릴 때 조합에서 후원이나 협찬을 하는 활동도 하고 있고요.

Q. 협동조합에 속해 있다고는 해도 같은 야쓰하시를 만들어 판매하는 입장이니 서로 경쟁하면서 다툼, 분쟁 같은 것은 없는지 궁금한데요.
A. 드러나게 그런 것은 없습니다. (웃음) 하지만 가게는 전장이니까요. 장사는 치열하게 하죠. 그렇더라도 회사 간에 불미스러운 일은 만들지

않습니다. 대표들끼리 다 친해요. 저희 모두의 장사 터전인 교토에서 시끄러워지면 서로에게 좋을 것 없으니까요. 마음속으로야 뭐, 많이 싸우겠죠. (웃음)

마음속으로는 경쟁자들과 싸울지라도 겉으로는 서로 시끄러운 일 만들지 않는다는 말. 과연 혼네本音와 다테마에建前가 뚜렷한 일본 다운 장사 방식이 아닌가.[11] 더욱이 교토는 일본 내에서도 혼네와 다테마에가 극명한 고장으로 유명하다. 어느 정도냐 하면, 각 지방 출신 연예인들이 자기 고향 특색에 대해 말하는 한 예능프로그램 에서 다들 "교토 사람들의 말은 절대 곧이곧대로 들어서는 안 된 다"고 입을 모을 정도였다. 가령 공공장소에서 이리저리 뛰어다니 며 떠드는 아이가 있다 치자. 교토 사람이 아이 부모에게 미소 띤 얼굴로 "자녀 분이 참 활발해서 보기 좋군요"라고 말한다. 이건 절 대 칭찬이 아니다. 낯 붉히는 상황이나 언쟁을 피하기 위한 다테마 에일 뿐. 혼네에는 '너희 애 너무 시끄러우니까 빨리 혼내서 조용 히 시켜'라는 경고가 도사리고 있다.

---

11) '혼네'는 속에 감춘 마음, '다테마에'는 겉으로 드러나는 언행을 가리킨다. 일본에서는 속마음 을 감추고 언행을 달리하는 것을 성숙한 어른의 행동 양식이라 여긴다. 환희, 분노, 슬픔 등의 감정을 느껴도 그 표현을 자제하거나 둘러서 말하는 것이 미덕이다. 가령 장례식에서도 오열 하는 등 비통함을 그대로 내보이지 않으며, 거래 관계에서 상대의 요구를 들어줄 생각이 없 더라도 '신중히 고려해보겠다'는 식으로 완곡하게 말한다.

좋든 싫든 교토 오미야게 과자 시장에서 오랜 세월을 함께해온 야쓰하시 업체들. 갈등과 반목이 없을 수 없다. 하지만 볼썽사납게 다투기보다는 발톱 숨긴 채 공생하는 편이 장기적으로 더 이롭다는 것을 체득한 걸까. 속마음이야 어떻든 겉으로는 미소 짓는 것을 미덕이라 여기는 일본이라면 더더욱 그랬을 법하다. 다음 장들에서도 다루겠지만, 일본인들은 기업 윤리에 대단히 민감한 편이다. 이윤 추구가 기업의 존재 이유라 하더라도 '이득을 취하기 위해서라면 무슨 짓이든 하는' 기업에 대해서는 가차없다. 야쓰하시 협동조합은 어쩌면 시끄러운 일을 피하려는 일본 특유의 혼네와 다테마에에서 비롯된 것은 아닐까?

한국 제과제빵 업계에서도 협동조합을 찾아볼 수 없는 건 아니다. 다만 일본과 달리 한국에서는 대기업 프랜차이즈 빵집이 골목상권을 집어삼키는 것에 대항해 설립되는 경우가 대부분이며, 그만큼 조합에서 좀 더 적극적인 역할을 맡고 있는 듯하다. 2013년 대구 서구의 동네 빵집 6곳이 결성한 '대구서구맛빵협동조합'이 대표적인 사례다. 이 조합은 제품 개발, 제조, 원재료 구입 등을 공동으로 진행할뿐더러, '메종 드 샤베르'라는 공동 브랜드를 만들어 별도 생산시설과 매장까지 마련했다. 야쓰하시 협동조합에 비해 역사는 짧지만 결속력은 한층 단단하다고 평가할 수 있다.

이야기를 마치면서 나는 니시오 요코 씨에게 야쓰하시가 300년

이 넘도록 사랑받는 비결, 또 교토 대표 오미야게 과자로 자리매김한 비결은 무엇이라 생각하는지 물었다. 그녀는 웃으며 당당하게 대답했다.

A. 우선, 맛이 없었다면 그 오랜 세월 장사를 계속할 수 없었겠죠. 당연한 말이지만, 맛있으니까 한 번 맛본 손님들이 두 번, 세 번 사 가고 소문이 퍼지면서 성공할 수 있었다고 생각합니다. 일본 음식의 근본은 쌀입니다. 쌀을 좋아하는 취향은 일본인의 DNA에 새겨져 있다고 생각해요. 그 쌀을 기본으로 계피, 설탕 등의 재료를 넣어 완성한 것이 야쓰하시입니다. 저희 선조들은 긴 세월에 걸쳐 더 맛있는 과자를 만들고자 꾸준히 노력했고, 저희도 그 뜻을 이어받아 최고의 맛을 내기 위해 열심히 임하고 있습니다. 그 결과 교토 하면 야쓰하시, 야쓰하시 하면 교토라는 확고한 브랜드 이미지가 만들어진 게 아닐까요?

세월 따라 변하는 입맛
입맛 따라 변하는 음식

입맛은 세월에 따라 변한다. 변한 입맛에 따라 음식이 달라진다. 한국 대표 전통음식인 김치도 지금과 같은 형태로 만들어지기 시작한 건 불과 100여 년 전이라 한다. 200~300년 전 조선 사람들이 먹었던 김치는 재료도, 양념도 지금과 사뭇 달랐다. 배추 종류가 달라지고 고춧가루며 젓갈 등 다양한 식재료가 가미되면서 오늘날에 이르렀다. 이러한 변화는 여전히 진행 중이다. 애초에 김치는 염장한 채소를 발효시켜 장기간 먹을 수 있도록 고안된 음식이었다. 하지만 하우스 재배가 대중화된 데다 냉장고가 진화를 거듭하는 이 시대에는 소금을 덜 넣고도 충분히 신선한 김치를 즐길 수 있다. 이런 추세라면 100년 뒤에는 식탁 위에 전혀 다른 김치가 올라올지도 모른다. 한반도 기후가 점차 아열대로 바뀌어가고 다문화 인구가 늘고 있으니 어쩌면 망고 김치를 먹는 날이 올지도 모른다. 물론 그렇다고 해서 '김치'가 사라지는 건 아니다.

야쓰하시 역시 변화를 거듭해왔다. 니시오 요코 씨가 야쓰하시의 변함없는 인기 비결로 '더 맛있는 과자를 만들기 위한 노력'을 꼽았듯이, 바뀌는 입맛이며 유행에 맞춰 새로운 스타일을 선보인 것도 300년 넘게 사랑받은 이유다. 가령 니시오 야쓰하시에서는 기존 야쓰하시에 더해 말차 야쓰하시, 흑임자 야쓰하시, 바나나 야쓰하시 등 다양한 야쓰하시를 개발해 판매 중인데, 특히 주목받는 건 '금박 야쓰하시'다. '오히로메おひろめ'(첫선)라는 이름을 가진 이 야쓰하시는 겉면에 식용 금박이 입혀져 있다. 24개입 상자 가격이 540엔으로, 고급스러운 느낌을 내면서도 큰 부담 없이 구입할 수 있다.

'오히로메'의 모형은 니시오 야쓰하시 전시관에도 진열되어 있다. 니시오 야쓰하시가 1987년 창업 300주년 기념으로 내놓은 이래 30여 년의 역사를 써내려가고 있는 제품이다. 과자 상자 안에 든 제품 소개 팸플릿에는 2009년 벨기에 몽드셀렉션Monde Selection(세계적인 식음료 및 미용 제품 품평회)에서 금상을 수상했다는 내용도 있다. 빛에 반사되어 반짝이는 식용 금박에, 과자 형태는 고상하고 우아했다. 다만 식용 금박에 특별한 향이나 맛이 없는 만큼, 맛은 일반 야쓰하시와 크게 다르지 않다.

쇼고인 야쓰하시 본점이 2011년에 선보인 신규 브랜드 '니키니키nikiniki'도 야쓰하시 시장에 새 바람을 불러일으켰다. 계피가 일본어로 '닛키ニッキ'라는 점에서 착안한 명칭이다. '야쓰하시를 즐기는 새로운 방식'을 캐치프레이즈로 내건 이 브랜드는 론칭 이후 현지 언론으로부터 많은 주목을 받았다. '니키니키'는 서양 과자에 야쓰하시를 결합한 퓨전 스타일 제품을 판매한다. 이를 보여주듯 브랜드 로고는 현대적인 감각을 자아내는 영문 디자인을 채택했다. 기온 시조도리에 있는 매장 역시 백색과 파스텔톤을 활용해 묵직한 전통이 느껴졌던 본점과 차별화했다. 이곳은 쇼고인 야쓰하시 분점과 나란히 들어서 있는데, 규모가 상당히 작다. 겉보기에는 2층 건물이지만 영업은 1층에서만 한다. 매장 안은 쇼케이스 하나가 전부로, 좌석이 없어 테이크아웃을 하거나 매장 한편에서 후딱 먹어야 한다. 진열된 과자들은 하나같이 화려했다. 알록달록한 무늬로 장식되어 있거나 인형처럼 만들어진 과자가 시선을 끌었다.

그중에서도 대표로 꼽히는 건 '카레 드 카넬carré de cannelle'이라는 생과자다. 프랑스어로 '카레'는 정사각형을, '카넬'은 계피를 뜻한다. 카레 드 카넬은 이름 그대로 계피를 넣은 정사각형의 나마

카레 드 카넬.
깨물어 먹기 미안한 질도로 앙증맞은 모양새다.

야쓰하시로 만든 과자다. 주문하면 직원이 로제(장밋빛), 말차, 시나몬, 흑임자, 아주르azur(쪽빛) 등 화려한 빛깔의 나마야쓰하시를 작은 컵에 꽃잎 모양으로 끼워 넣는다. 이때 나마야쓰하시가 접히면서 생기는 틈에 자두, 망고, 레몬, 복숭아 등 8가지 콩피튀르confiture(잼)를 넣어 건네준다. 흡사 꽃송이 같다.

이런 독특한 디자인이 처음부터 의도된 것은 아니었다. 매장을 오픈하던 당시만 해도 컵에 나마야쓰하시와 콩피튀르를 담아내기만 했다. 그러나 동그란 컵에 정사각형 나마야쓰하시가 예쁘게 담길 리 없다. 모양새가 영 탐탁지 않아 고민하던 중, 회사 직원이 모서리를 구부려 꽃잎 모양으로 접어 넣자는 의견을 냈다. 그렇게 만들어진 꽃잎 모양 카레 드 카넬은 SNS에서 눈으로 먹는 과자로 소문나면서 비주얼 덕을 톡톡히 보고 있다.

나는 직접 먹어보기로 했다. 점원에게 카레 드 카넬을 주문하니 나마야쓰하시와 콩피튀르의 종류를 고르라고 한다. 사진에 가장 잘 나올 만한 핑크색 로제 나마야쓰하시에 노란색 사과 콩피튀르를 선택했다. 예상대로 촉촉하고 달콤한 맛이다. 테이크아웃을 하는 게 아니면 계산대 옆에 서서 한입에 털어 넣고 컵을 반납해야 하니 여유 있게 즐길 수 있는 디저트는 아니다. 가격은 150엔으로 크기나 만듦새를 고려하면 아주 비싸지도 싸지도 않다.

니키니키 사업을 진행한 주인공은 쇼고인 야쓰하시 본점의 스즈카 가나코鈴鹿可奈子 전무다. 그녀는 현 사장인 스즈카 가쓰히사鈴鹿且久의 외동딸이자 유일한 가업 계승자로, 니키니키를 론칭한 2011년에는 겨우 29세였다. 300년 넘은 정통 오미야게 과자회사의 젊은 계승자가 신제품 사업을 주도한 것은 세간의 이목을 집중시킬 만한 이야깃거리였다. 더욱이 미국에서 pre-MBA 과정을 수료한 유학파인 데다 미인이기까지 해 여러 방송이며 신문, 잡지 등에 인터뷰 기사가 앞다투어 실렸다. 그녀의 사업 비하인드 스토리는 온라인 잡지《닛케이 스타일NIKKEI STYLE》에 상세히 소개된 바 있다. 이 잡지에 따르면, 스즈카 가나코 전무는 교토대 경제학부에 다니다 2004년 미국으로 유학을 갔다. pre-MBA 과정을 마친 뒤 귀국해 신용조사회사에서 잠시 일하다 2006년 쇼고인 야쓰하시 본점에 입사한다. 이유식으로 야쓰하시를 먹고 자란 그녀에게 가업 계승은 이미 정해진 삶이었다. 입사 6개월 만에 경영기획실장이 됐다. 금수저의 배부른 소리로 들리기는 하지만, '사장 딸'이라는 시선은 그녀에게 상당한 압박감을 주었다고 한다.

물론 사장 딸이라고 해서 모든 걸 제 맘대로 할 수 있었던 건 아니다. 니키니키를 론칭하는 동안 스즈카 가나코는 부친과 의견 일치를 보지 못했다. 20대 여성이었던 그녀는 니키니키의 소비자층을 트렌드에 민감한 젊은 여성으로 정했고, 이에 맞춰 브랜드 컬러도 분홍색으로 결정했다. 깜찍하고 귀엽게 만든 과자는 주로 젊은 여성이 사 갈 것이라는 판단에서였다. 하지만 스즈카 가쓰히사 사장은 이에 반대를 표했다. 타깃 고객 설정은 중요하지만, 다른 고객의 취향을 소외시켜서는 안 된다는 주장이었다. 아버지는 딸에게 교토에서 장사하려면 지역 주민 모두가 받아들일 수 있어야 한다고 충고했다. 딸은 이 말에 납득할 수 없었지만, 막상 가게를 열고 나니 뜻밖에도 중년 고객과 남성 고객이 많았다. 이에 브랜드컬러는 누구나 거부감 없이 받아들일 만한 연녹색으로 바뀌었다. 내가 니키니키 매장을 찾았을 때에도 간판이며 포장 박스, 브랜드홍보용 카탈로그 등이 전부 연녹색이었다. 점원에게 고객의 연령대나 성별이 어떻게 되는지 물었더니, 다양하다는 답변이 돌아왔다. 그 말대로 몇몇 중년 여성이 컵에 담긴 카레 드 카넬의 사진을찍으며 "예쁘다"는 말을 반복하고 있었다.

가부키에서 비롯된 나마야쓰하시

앞서 언급했듯 현재 교토 오미야게 과자 시장에서 대세는 나마야 쓰하시다(특히 팥소를 넣은 것이 인기 있다). 뜻밖에도 팥소 넣은 나마야 쓰하시는 니시오 야쓰하시나 쇼고인 야쓰하시에서 만든 과자가 아 니다. 1949년 후발 주자인 '이즈쓰 야쓰하시 본포井筒八ッ橋本舗'가 내놓은 '유기리夕霧'가 시초다. 1949년 당시에는 지금처럼 삼각형 이 아닌 도톰한 반달 모양이었다.

후발 주자라고는 하지만 1805년 개업한 이즈쓰 야쓰하시도 200 년 넘는 역사를 자랑한다. 현재 주식회사로 운영되는 이곳은 원래 다과, 쌀 등을 파는 '이즈쓰井筒'라는 작은 식료품 가게였다.[12] 가게가 처음 문을 연 곳은 기온 가와바타초川端町의 시조도리 인근이다. 지금도 같은 자리에 본사가 자리해 있다. 교토시를 남북으로 관통하는 가모鴨강이 내려다보이는 장소로, 기온시조祇園四条 전철역이 있고 두 개의 대로가 교차하며 다리까지 놓인 교통의 요지다. 그래서인지 늘 발 디딜 틈 없이 붐비는 곳이다. 사람들이 모이는 곳에는 유흥가가 번성하게 마련. 가와바타초 근처에서는 이미 20세기 초부터 가부키 극장이며 게이샤가 공연하는 고급 요정, 술집, 찻집 등이 성업 중이었다.

팥소 넣은 나마야쓰하시는 1949년 기온의 가부키 극장 미나미자南座에서 관객들에게 제공할 고급 과자로 개발됐다. 이즈쓰 야쓰하시 본점에서 미나미자까지는 걸어서 2~3분 거리로 매우 가까운데, 당시 이즈쓰 야쓰하시 사장은 하루가 멀다 하고 미나미자를 찾을 만큼 가부키 공연에 대한 애정이 대단했단다. 이러한 애정은 과자 제조로까지 이어졌다. 극장 관계자들과 상의한 끝에 가부키를 모티브로 한 팥소 넣은 나마야쓰하시를 개발한 것이다. 반달 모양은 가부키 등장인물이 쓰는 삿갓에서 본떴고, '유기리'라는 이름 역시 여주인공에게서 딴 것이었다. 지역의 고유한 특성이며 전

<hr />

12) 원래는 1603년 '이즈쓰 찻집'으로 문을 열었다가 식료품 가게로, 다시 야쓰하시 과자점으로 업종이 바뀌었다.

통문화 요소까지 반영해 만든 과자가 바로 '팥소 넣은 나마야쓰하시'였다. 실제로 이즈쓰 야쓰하시 본점 안쪽에는 가부키 용품을 판매하는 코너가 있다. 무대에서 쓰는 부채나 화장도구에서부터 가부키 배우 사진 등이 진열되어 있다.

이렇듯 가부키에서 비롯된 나마야쓰하시가 전국적인 인기를 끌며 교토 대표 오미야게 과자로 부상한 건 좀 더 나중의 일이다. 사카이야さか井屋에서 1966년 선보인 '오타베おたべ'라는 과자가 팥소 넣은 나마야쓰하시의 대중화에 불을 붙였다. 이 과자가 바로 ('야쓰하시' 하면 흔히 떠올리곤 하는) 반투명한 삼각형 과자, 팥소 넣은 나마야쓰하시다. 오늘날 교토의 나마야쓰하시 대부분이 이 과자와 유사한 형태로 만들어져 팔리고 있다.

사카이야는 사카이 세이조酒井清三 씨 부부가 1946년 개업한 과자점이다. 부부는 앞서 1938년 교토에서 '비주美十'라는 찻집을 열어 운영하다 제과업으로 눈을 돌렸다. 이제까지 역사가 200년 넘은 곳들을 소개해서인지 70년 된 가게는 노포라고 부르기가 애매하지만, 이곳도 사카이 집안 후손들이 가업으로 이어가고 있다. 사카이야에서 야쓰하시 판매를 시작한 건 1949년. 업계에서는 가장 늦은 편이다. 하지만 오타베가 대박을 터뜨리면서 사세가 급격히 확대됐다.

사카이야는 1969년 사명을 '오타베'로 변경했다가 2015년 다시

찻집 '비주'의 옛 매장 모습.
오타베 사진 제공.

'비주'로 바꿨다(헷갈릴 테니 사명은 계속 '사카이야'로 표기하겠다. '오타베'는 이 회사의 과자사업 브랜드명이기도 하다). 사카이야는 1966년 삼각형의 팥소 넣은 나마야쓰하시를 발매하면서 고급스러운 패키지와 독특한 광고로 눈길을 끌었다. 당시 인기 만화가이자 일러스트레이터로 이름을 날리던 오바 히로시おおば比呂司에게 포장 및 광고 디자인을 맡겼다. 오미야게 시장에서는 패키지 등 디자인 요소가 중요하다는 사실을 일찌감치 파악한 것이다. 20년 전 짠내 나는 여행을 하면서도 충동 구매했던 게 바로 이 사카이야의 '스트로베리 초콜릿 야쓰하시'였는데, 당시에도 패키지가 놀랄 만큼 예뻤다. 종이 상자에 담기는 다른 오미야게 과자와는 달리 새빨간 틴 케이스에 담겨 있었으니까.

사카이야 본사는 교토시 남서쪽 다카하타초高畠町에 있다. 본사 건물에는 본점 매장과 공장이 함께 들어서 있다. 공장은 견학 신청을 하면 둘러볼 수 있는데, 체험 공방 프로그램도 운영되는 모양이다. 나는 야쓰하시 제조 과정을 직접 보고자 공장을 찾았다. 교토역에서 버스를 타고 20분 정도 걸려 오전 9시쯤 도착했다. 이른 아침이었는데도 이미 본사 앞 주차장에는 관광버스가 서너 대나 서 있었다. 공장은 물론이고 '교토 명과 오타베京都銘菓 おたべ'라는 간판이 걸린 본점 매장도 단체관광객들로 시끌벅적했다. 매장 안은 현대식으로 깔끔하게 꾸며져 있었다. 대표 상품인 팥소 넣은 나마

교토 — 야쓰하시
129

야쓰하시를 비롯해 생크림 케이크, 롤케이크, 쿠키 등 서양 과자가 눈에 띄었다. 매장 한편의 오픈키친에서는 제빵사들이 반죽을 하거나 케이크 위로 생크림 장식을 하는 모습이 보였다.

안내를 받아 본점 매장과 연결된 계단을 올라가니 공장이 있었다. 통유리가 설치된 통로를 따라 공정을 견학하는 식으로, 팥소 넣은 나마야쓰하시의 제조 공정만 공개한다. 관람객이 이해하기 쉽도록 8단계에 걸친 공정을 상세하게 설명한 안내문이 붙어 있었다. 과자를 만드는 이들은 방호복 같은 특수복으로 온몸을 감싼 채 일하는 중이었다. 불순물이 섞이지 않도록 철저히 관리하는 것이겠지만, 전통과자를 만드는 공방이라기보다 첨단 연구실 같은 인상을 주었다. 야쓰하시 업계에서는 막내급인 사카이야가 삼각형 나마야쓰하시로 대성공을 거둔 비결은 뭘까. 공장을 견학한 뒤 사카이야 마케팅팀의 시마모토 다카히로島本崇弘 팀장을 만나 이야기를 들어볼 수 있었다.

Q. 야쓰하시 사업에 늦게 뛰어든 만큼 어려운 점이 많았을 듯한데요.

A. 실적이 없는 게 가장 큰 문제였어요. 역사가 오래된 다른 업체들이야 그동안 시장에서 쌓아온 실적이 있으니까요. 그래서 오히려 새로운 야쓰하시 개발에 더 박차를 가할 수 있었던 것 같아요. 원래 교토 야쓰하시는 딱딱한 형태가 주류였어요. 그런데 야쓰하시를 굽기 전에 부드

러운 반죽 상태에서 먹어도 맛있다는 이야기가 있었어요. 여기서 아이디어를 얻어 만든 과자가 나마야쓰하시예요.

Q. 요즘 인기 있는 팥소 넣은 삼각 나마야쓰하시의 상품화는 1966년 사카이야가 최초로 시도했다고 들었습니다.

A. '야쓰하시' 하면 바삭한 과자로 통하던 때에 시가滋賀현에서 삼각 나마야쓰하시를 처음 내놓았습니다. 거기서 호응을 얻어 본격적으로 생산하게 됐고요. 과자 디자인을 많이 고민했어요. 결국은 아시다시피(웃음) 사각형인 나마야쓰하시 반죽 안에 팥소를 넣고 접어서 삼각형으로 만들게 됐죠.

Q. 신제품 개발 말고도 라이벌들과 경쟁하기 위해 세운 전략들이 있나요?

A. '오타베'라는 브랜드명을 붙인 것 자체가 나름의 전략이었어요. 오타베는 교토 사투리로 '드셔보라'는 뜻인데, 고객들에게는 명령처럼 들릴 수 있어 반대하는 목소리도 있었습니다. 하지만 짧은 데다 강한 인상을 남기기도, 기억하기도 쉬워서 밀어붙였어요. 교토 느낌이 다분해 오미야게 과자로서는 좋은 이름이기도 했고요.

물론 품질 향상에도 공을 들이고 있습니다. 쌀가루는 일본산 고시히카리를, 반죽에 넣는 물은 '일본 명수 백선日本名水百選'에 선정된 우리와

리瓜割 물을, 팥은 질 좋기로 유명한 홋카이도北海道 산을 고집하고 있어요. 공급 계약을 맺은 농장들과 '오타베 모임おたべ会'을 만들어 재료에 관해 끊임없이 소통하며 믿을 수 있는 재료만으로 과자를 만듭니다. 농장 정보도 홈페이지에서 전부 찾아볼 수 있고요.

Q. 팥소 넣은 삼각 나마야쓰하시가 나온 지 벌써 50여 년이 흘렀는데요. 요즘 일본 젊은이들 사이에서는 전통 과자 선호도가 갈수록 낮아지는 추세라는 기사를 본 적이 있습니다.

A. 네, 시대 변화에 따라 과자 소비 패턴이 달라지고 있죠. 저희 부모님 세대만 해도 '오미야게 과자'라 하면 여행지에서 사 온 과자를 주변 사람들에게 나눠주는 것이 일반적이어서 한 상자에 가능한 한 많은 과자를 담아야 했죠. 그런데 요즘은 혼자 즐기기 위해 오미야게 과자를 사는 젊은이들이 늘었어요. 패키지 크기나 과자 개수보다 다양한 취향을 맞추는 게 더 중요한 시대가 된 거죠. 가령 저희 제품 중에 '고타베こたべ'는 여성들이 한입에 먹을 수 있게 만든 미니 사이즈 나마야쓰하시인데, 반응이 아주 좋았어요. SNS에 능숙한 젊은 소비자의 트렌드를 반영해 사진이나 동영상이 예쁘게 나올 수 있도록 패키지 디자인에도 신경 쓰고 있고요. 지금까지도 그랬지만, 저희는 시대나 시장 상황에 따라 달라지는 기호를 감지하고 맞춰나가고자 노력하고 있습니다.

취재를 마친 뒤 교토역으로 향했다. 외벽에 교토역 건물 20주년을 축하하는 대형 현수막이 걸려 있었다. 생각해보니 20년 전 배낭여행을 할 때 마주쳤던 교토역은 휘황찬란했다. 엄청난 내부 규모에 편의시설이 다양해 기차역 여기저기를 쏘다니며 구경한 기억이 떠올랐다. 아마 개축된 지 얼마 안 됐을 때 발을 디뎠던 모양이다. 한여름이었던 그때는 햇살이 너무 뜨겁고 무더웠다. 이번엔 비바람과 추위에 시달렸다. 그럼에도 1998년에나 2018년에나 교토는 좀 더 머물고 싶다는 아쉬움을 남기는 도시였다. 20년 만에 다시 찾은 교토, 20년 만에 다시 맛본 야쓰하시. 전통의 멋과 맛이 살아 숨 쉬는 교토는 여전히 매력적인 천 년 고도였고, 야쓰하시 역시 다시 먹게 되어 반가운 오미야게 과자였다.

第3章

도쿄 ─ 도쿄 바나나

東京ばな奈

도쿄 바나나
발〜견했닷

일본의 수도이자 세계적인 경제 도시 도쿄. 10년 만이다. 10년 전이나 지금이나 복잡한 건 여전하다. 아직 느긋하게 늦잠을 즐길 주말 이른 아침인데도 도쿄역 야에스八重洲 북쪽 출구 앞은 발 디딜틈 없이 인파에 뒤덮여 있다. 고령화에 저출산으로 울상이라는데, 도쿄역만 봐서는 실감이 나지 않는다. 이 많은 사람들이 저마다 뚜렷한 목적지를 정해놓은 듯 재빠른 걸음으로 지나간다. 신기하게도 작은 충돌 하나 없이 서로의 몸을 잘도 비껴간다. 한국처럼 미세먼지에 시달리는 나라가 아닌데도 마스크를 쓴 행인이 무척 많다. 일본에 왔다는 걸 새삼 깨닫는다. 다른 지역에서도 그렇기는 했지만 특히 도쿄역은 어두운 옷을 입은 행인이 많아서 그런지, 하얀 마스크가 허공에 둥둥 떠다니는 것 같다. 물론 호흡기 질환을 두려워하는 나도 마스크 행렬에 한몫 거들고 있기는 했지만.

2020년 도쿄 올림픽을 앞둔 도쿄역은 공사가 한창이었다. 천장이나 벽에는 건축자재가 노출된 곳이 많았다. 어수선하고 무표정한 도쿄역 지하 통로를 지나는데, 발랄한 파스텔톤 노란색과 분홍색이 어우러진 광고판이 시선을 끈다. 브랜드명만 봐도 어느 지역 오미야게 과자인지 바로 알 수 있는 '도쿄 바나나東京ばな奈'의 광고판이다. '바로 저기すぐそこ'라는 문구와 함께 화살표를 따라오라며 기둥마다 과자 사진이 붙어 있다. 몽키바나나를 연상시키는 작은 바나나 모양이 깜찍하기도 하다.

원래 이 과자의 공식 명칭은 '도쿄 바나나「발~견했닷」(東京ばな奈「見いつけたっ」, 독음: 도쿄 바나나「미~쓰케탓」)'이다. 사실 '미~쓰케탓'은 어법에 어긋나는 표현이다. '미쓰케타見つけた'로 쓰고 읽어야 맞지만, 발음을 살짝 바꿔 발랄한 어감을 살렸다. 무언가를 '찾았다!'는 반갑고 기쁜 감정도 실려 있다. 브랜드명이 워낙 길다 보니 줄여서 '도쿄 바나나'라고 부른다.

바나나 이미지가 그려진 화살표를 따라가니 도쿄역 오미야게 편집숍 '도쿄미타스TOKYO Me+'에 다다랐다. 2013년 문을 연 이곳

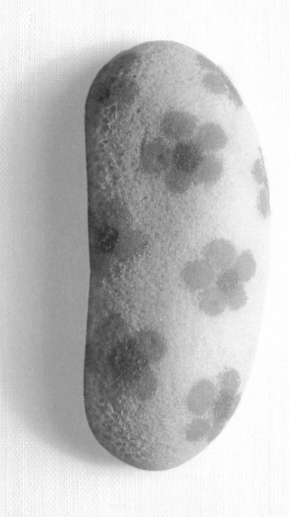

꽃무늬가 그려져 있는 도로 바나나노 하나.
계절상품으로 바나나 셰이크맛이다.

에는 20여 개의 과자점이 입점해 있는데, 도쿄 바나나 매장도 큼지막하게 들어서 있다. 워낙 유명한 과자라 일본 여행을 다녀오지 않은 사람도 한 번쯤 들어봤을 법한 '도쿄 바나나'. 이름 그대로 바나나 커스터드 크림이 들어간 바나나 모양(물론 색깔도 노랗다) 스펀지케이크다. 밀가루, 설탕 등에 달걀을 많이 넣어 만든 스펀지케이크는 씹을 필요가 없을 만큼 부드럽고 폭신폭신하다. 바나나 페이스트와 바나나 퓌레로 만든 커스터드 크림은 향긋하고 달콤하다. 한입 깨물어 먹었을 때 단맛이 강하게 느껴지는 게 아니라 딱 기분 좋을 정도로 은은하게 퍼진다. 크기가 조금 작은 편이지만 한꺼번에 많이 먹기엔 부담스럽다. 크림이 다소 느끼하다.

원형은 이러한데, 스펀지케이크에 하트 무늬를 그려 넣고 커스터드 크림에 메이플 시럽을 가미한 '도쿄 바나나 하트'를 비롯해 팬더 얼굴이 그려진 '도쿄 바나나 팬더'(바나나 요거트맛), 기린처럼 얼룩 무늬가 그려진 '도쿄 바나나 기린'(바나나 푸딩맛) 등도 있다. 뒤에서 더 자세히 설명하겠지만, 현재 도쿄 바나나 브랜드를 달고 판매 중인 오미야게 과자는 17종류에 이른다. 이들 중 스펀지케이크는 생과자이기 때문에 유통기한이 7일로 짧은 편이다. 예쁘장한 패키지에 반해 여행 중 덥석 샀다가는 낭패를 볼 수 있다. 시간이 지나면서 검은 반점이 생겨나는 바나나 껍질처럼, 도쿄 바나나 역시 날짜가 지나면 크림 색깔이 변하기도 한다.

선물용 오미야게 과자로 낱개 판매는 하지 않는다. 4개, 8개, 12개, 16개 단위로 패키지가 구성된다. 개당 가격은 4개입 패키지가 121엔, 8개입 이상 패키지가 129엔으로(도쿄 바나나 기린처럼 다른 맛이 더해진 것은 가격이 더 높다), 오히려 개수가 많은 것이 더 비싸다. 이는 포장재에서 비롯한 차이인 듯하다. 4개입 상자는 꼭 두부 곽 같은 투명한 플라스틱 재질인 반면, 8개입 이상은 종이 상자에 담아 바나나 일러스트가 그려진 고급스러운 포장지로 싼다. 어차피 포장지는 뜯겨 나갈 테고, 상자는 열고 나서 버려질 테니 4개입을 여러 개 사는 것이 실속 있다. 그래도 역시 보기에 예쁜 것은 8개입 이상 상자다. 물론 포장지가 다르다고 해서 맛이 다르지는 않다.

이 도쿄 바나나는 1991년생이다. 채 서른이 안 됐다. 다른 유명 오미야게 과자에 비하면 나이가 어린 편이다. 내가 이 과자를 처음 접한 것은 벌써 17년 전인 2001년 가을이다. 도쿄 우에노上野역 안에 있는 도쿄 바나나 매장을 지날 때(지금도 있다) 일본인 친구가 "엄청나게 맛있는 과자"라며 추천하기에 별 생각 없이 한 상자 구입했다. 한국으로 돌아와 가족들과 이 과자를 나눠 먹으며 눈이 동그래졌던 기억이 지금도 생생하다. 세상에 이렇게 신기한 맛의 과자가 다 있구나 싶었다.

당시만 해도 도쿄 바나나를 파는 곳이 흔치 않았다. 도쿄역, 우에노역 등 유동인구가 많은 주요 역에서만 매장을 볼 수 있었다.

2002년 다시 도쿄를 방문했을 때에도 도쿄 바나나를 사기 위해 일부러 도쿄역을 찾아가야 했다. 이름처럼 '발견'해야 하는 과자였다. 하지만 지금 이 오미야게 과자는 과거에 비해 발견하기가 훨씬 쉬워졌다. 찾는 이가 급증했음을 입증한다. 일본 전국 국제공항 및 항구의 면세점에서부터 도쿄 내의 기차 및 전철역, 고속도로 휴게소, 인기 관광지, 백화점 등 취급 점포가 130여 곳에 이른다.[1] 도쿄역만 해도 크고 작은 가게 10여 곳에서 도쿄 바나나를 판매하고 있다.

---

1) 도쿄 바나나는 도쿄 내 일부 백화점 매장에서도 살 수 있다. 하지만 대부분이 해외 관광객을 겨냥한 백화점 내 면세점에 있어 내국인은 접하기 어렵다. 도쿄 이외 지역에서는 수도권인 요코하마의 백화점 한 군데에만 일반 매장이 마련돼 있으며, 후쿠오카의 백화점 내 면세점에 매장 한 곳이 더 있다. 또 최근에는 부관훼리 선박(부산 - 시모노세키 노선) 면세점과 한국인 관광객이 급증한 쓰시마對馬의 면세점 두 곳 등에서도 판매 중이다.

도쿄
바나나
스
고
이

젊은 오미야게 과자임에도 그 존재감은 대단하다. 2017년 마케팅 컨설턴트 기업인 네오마케팅ネオマーケティング이 발표한 오미야게 과자 인지도 조사에서 '도쿄 바나나'는 82개 품목 중 5위를 차지했다. 앞선 순위를 차지한 다른 오미야게 과자들이 짧게는 40여 년, 길게는 300여 년에 이르는 역사를 지닌 점을 고려하면 서른도 안 된 도쿄 바나나가 매우 선전했음을 알 수 있다. 더욱이 도쿄 바나나의 인지도(71.8%)는 2위를 차지한 '우나기 파이うなぎパイ'(이 책 5장에서 다룰 과자이기도 하다)의 인지도(73.7%)와 겨우 1.9%밖에 차이

가 나지 않았다. 사실상 일본에서 가장 잘 알려진 오미야게 과자 중 하나라고 말할 수 있다.

도쿄역 야에스 중앙 출구 부근에 위치한 '도쿄 바나나 붉은 벽돌 관東京ばな奈 赤レンガ館'에서도 높은 인기를 실감할 수 있었다. 가게는 이름처럼 매장 외관이 붉은 벽돌 무늬로 꾸며져 있다. 붉은 벽돌로 지어진 도쿄역을 모티브로 한 것이다.[2] 오전 9시 20분. 이른 아침인데도 벌써 줄이 늘어서 있다. 캐리어를 들고 서 있는 중년 여성에서부터 백팩을 멘 남학생, 커다란 여행가방을 든 중국인 관광객 등 연령대도, 성별도, 국적도 다양하다. 기차에 올라타기 전에 선물이나 기념품 용도로 사는 듯했다. 앞서 들렀던 도쿄미타스 매장에도 손님들이 있었지만 유독 붉은 벽돌관 쪽 줄이 길다. 인기리에 판매 중인 도쿄 바나나 팬더(바나나 요거트맛)를 이곳에서 살 수 있기 때문이다(뒤에서 다시 설명하겠지만, 도쿄미타스에서는 이 제품을 팔지 않는다).[3]

붉은 벽돌관 매장 옆에 마련된 도쿄 바나나 포토존도 행인들의 눈길과 발길을 사로잡는 역할을 톡톡히 해내고 있었다. 과자 포토

---

2) 일본의 전통 건축물은 목조가 주류였으나 메이지유신 전후로 근대화가 진행되면서 서양식 벽돌 건축물이 전국 각지에 늘어났다. 특히 19세기 말부터 20세기 초에 걸쳐 영국식 붉은 벽돌 赤レンガ 건축물이 각광받았는데, 1914년 준공된 도쿄역은 대표적 사례로 꼽힌다.

3) 도쿄 바나나 팬더는 도쿄토온시우에노東京都恩賜上野 동물원에서 2017년 6월 탄생한 자이언트 팬더 샹샹香香의 일반 공개일(2017년 12월 19일)에 맞춰 우에노역 도쿄 바나나 매장에서 발매된 오미야게 과자다.

역의 커다란 도쿄 바나나 조형물.
한 역사 안에서 만남의 장소로도 활용된다고.

존이라니 어쩐지 유치할 것 같지만 장인의 나라 일본답게 참 정교하게도 만들어놓았다. 커다란 유리 상자 안에 리본을 매단 도쿄 바나나가 세워져 있는데, 스펀지케이크 질감을 세밀하게 재현해놓은 퀄리티가 대단했다. 젊은 중국인 여성들이 앞에 서서 기념사진 촬영 삼매경에 빠져 있었다.

도쿄 바나나는 일본을 찾는 중국 여행객들 사이에서 상당히 유명한 과자다. 현재 일본을 가장 많이 찾는 외국인 관광객은 중국인인데, 이들이 가장 많이 구입해 가는 오미야게 과자가 바로 도쿄 바나나다. 중국에서는 '동징샹자오東京香蕉'라 불린다. 이 단어를 검색하면 도쿄 바나나에 관련된 동영상이며 사진 등 수없이 많은 자료가 쏟아진다.

한국에서도 마찬가지다. 포털사이트에서 도쿄 바나나를 검색하면 수만 건에 가까운 결과가 나온다. 일본을 찾는 한국인이 연간 700만 명에 달하는 지금, 일본을 자주 방문하는 이들 중 이 오미야게 과자를 모르는 사람은 거의 없다고 해도 과언이 아닐 듯하다. 이는 비단 늘어나는 구매대행 업체 수뿐만 아니라 객관적인 지표로도 확인할 수 있다. 도쿄 바나나는 도쿄의 국제공항인 하네다羽田공항만이 아니라 저 멀리 후쿠오카공항에서도, 시내 관광명소 오다이바お台場의 면세점에서도 오미야게 판매 1위를 기록했다. 한국 관광업계 역시 이 과자에 관심이 높다. HDC신라면세

점은 도심형 면세점 DF랜드에 지역특산품 전용관을 마련해 도쿄 바나나, 나가사키 카스테라 같은 지역 명물을 만들겠다는 포부를 밝혔다.

도쿄 바나나의 인기는 한국 제과업계에도 영향을 미쳤다. 2016년 오리온제과에서는 창립 60주년을 맞이해 '초코파이 정 바나나'를 선보였다. 초코파이가 출시된 지 42년 만에 나온 자매품이었다. 당시 오리온 측은 타이완의 펑리수(파인애플 잼이 들어간 과자)나 일본의 도쿄 바나나처럼 외국인들이 한국 기념품으로 바나나맛 초코파이를 사 가도록 하는 것이 목표라고 밝혔다. 이즈음 롯데제과에서도 '몽쉘 초코&바나나'에 이어 '카스타드 바나나'까지 내놓았다. 모두 기존 제품에 바나나 맛과 향을 첨가한 것이다.

유라쿠 콘코스의
레트로 도쿄

도쿄역을 빠져나오자 공사로 어수선한 역내와 달리 깔끔하게 정돈된 광장이 보인다. 외부는 이미 공사가 끝났단다. 차도가 사라지고 잔디와 보도블럭이 깔렸다. 잘 정비됐기 때문인지 100년이 넘은 붉은 벽돌 역사驛舍가 예전보다 한결 산뜻해 보인다. 광장에서는 이미 많은 이들이 새로 단장한 도쿄역을 배경으로 기념사진을 찍고 있다. 높이는 낮지만 가로로 길게 뻗은 역사는 한 프레임 안에다 담기지도 않는다.

　긴자銀座로 향하는 길에 잠시 일본 왕궁에 들렀다. 도쿄역에서 걸어서 10분 정도 걸린다. 왕궁은 일본을 처음 여행할 때 가본 게 마지막이니, 딱 20년 만이다. 성벽과 해자 너머에 꽁꽁 숨은 채 돌다리며 망루 몇 개만 드러내놓고 있는 은둔의 궁전. 변함없이 별볼일 없다. 음울한 잿빛 아스팔트와 자갈로 뒤덮인 왕궁 앞의 거대한 광장은 황량할 뿐이다. 어딘가에서 일본 우익단체가 확성기를 통해 내뱉는 소리까지 들려, 슬쩍 둘러보기만 하고 나왔다.

왕궁에서 긴자를 향해 걷다 보면 '도쿄의 충무로'라고 할 수 있는 유라쿠초有楽町를 지나게 된다. 유라쿠초는 20세기 초부터 공연장, 영화관 등이 밀집한 예술의 거리로 각광받았다. 有楽町, 즉 즐거움이 있는 마을이라는 지명에 딱 들어맞는다. 그렇지만 원래부터 이런 거리였던 것은 아니고, 전국시대 다인茶人인 오다 나가마스織田長益(오다 노부나가의 동생)의 예명 '유라쿠有楽'에서 비롯된 지명이라고 한다.

한편 이곳은 제2차 세계대전에서 일본이 패전한 뒤 연합군 통치를 받던 시기 도쿄의 대표적인 매음굴이기도 했다. 1945년부터 1952년까지 승전국 미국은 일왕이 거주하는 왕궁 바로 앞인 유라쿠초에 GHQ General Headquarters, 즉 총사령부를 세운다. 이에 일본 정부는 특수위안시설협회를 설립해 미군 등 연합국 군인을 상대할 '달러벌이' 매춘부를 모집한다. 패전 이후 연합군 치하에서 감시를 받는 상황이라 강제동원은 할 수 없었던 모양이다. 이렇게 모집된

5만 5,000여 명의 매춘부가 전국 곳곳에 조성된 국영사창가에서 합법적 매춘을 시작한다. 전후 GHQ가 위치한 유라쿠초 일본극장 日本劇場(현 유라쿠초센터 빌딩) 일대도 양공주들이 줄지어 서서 미군을 호객하던 홍등가였다.[4]

이렇듯 예술과 환락의 거리였던 유라쿠초는 1980년대부터 대대적인 재개발이 진행됨에 따라 현대적인 상업시설, 고층 빌딩 등이 속속 들어섰다. 그런데 시간을 되돌리기라도 한 듯 옛 유라쿠 유흥가의 모습을 간직한 곳이 있다. 바로 '유라쿠 콘코스有樂コンコース'다. 유라쿠초센터 빌딩 바로 옆에 자리한 이곳은 철교 밑 먹자골목이다. 공간은 협소한데, 촌스러운 간판이며 구닥다리 장식품이며 때 묻은 노렌으로 치장한 가게들은 그야말로 '레트로'적인 느낌을 완벽하게 재현한다. 가게 맞은편 벽에는 세월에 바랜 영화 포스터들이 붙어 있다. 이 골목에는 24시간 문을 여는 술집도 있어 도쿄 술꾼들이 즐겨 찾는다고. 겉보기와 달리 가격은 딱히 복고적이지 않다.

어쨌든 낡고 지저분한 매력이 있는 '유라쿠 콘코스' 골목을 거쳐 도쿄 고속도로 고가 아래를 지나, 세련된 명품숍들이 즐비한 긴자에 들어섰다. 오전 10시 20분. 한산했던 유라쿠초와 달리, 거리에

---

4) 시라카와 미쓰루白川充, 《쇼와 헤이세이 일본 성풍속사昭和平成ニッポン性風俗史》, 展望社, 2007 참조.

유라쿠 콘코스의 술집들.
세월이 멈춘 듯한 분위기다.

사람이 넘친다. 긴자 중심부에 자리한 와코백화점 건너편에는 건물 위로 뾰족이 솟은 세이코SEIKO 시계탑을 찍으려는 중국인 관광객들로 가득하다. 매시 정각에 종을 울리는 이 시계탑은 긴자의 상징물로 통한다. 1932년에 네오르네상스 양식으로 지어져 벌써 80년 넘게 자리를 지켜온 와코백화점. 깔끔하지만 지루한 빌딩들로 가득한 긴자 거리에 군계일학처럼 서 있다.

긴자는 일본인들에게 럭셔리한 라이프 스타일을 대표하는 장소로 통한다(한국에서는 청담동이 그러하듯이). 돈이 주체할 수 없을 정도로 넘쳐나던 버블경제 시기에는 사치를 맘껏 즐기는 장소였다. 이제 좋은 시절은 가버렸고 장기불황까지 겪었지만 여전히 긴자 거리에는 돈이 돈다. 미쓰코시백화점을 비롯해 긴자 플레이스, 긴자 식스, 마쓰야 긴자 등 고급 쇼핑몰이 몰려 있다. 이름에 '긴자'가 들어간 오미야게 과자점이며 베이커리, 카페도 많이 보인다. 긴자라는 지명이 프리미엄 브랜드 이미지를 자아내는 건 오미야게 과자업계에서도 마찬가지인 모양이다. 임대료가 어마어마한 긴자 한복판에 과자점이 들어선 풍경을 보며 일본이 '과자의 나라'라는 사실을 다시 한 번 깨닫는다. 도쿄 바나나 본사 사옥도 바로 이 긴자 거리에 자리해 있다. 니시고반가이西五番街 골목의 '자스톤座STONE' 빌딩이다.

긴자 거리.
긴자의 상징인 세이코 시계탑이 눈길을 사로잡는다.

긴자의 길쭉한 도쿄 바나나 본부

도쿄 바나나의 제조사는 그레이프스톤GRAPE STONE이다. 자스톤은 '긴자의 그레이프스톤'이라는 뜻으로, 긴자의 자座와 영어 STONE을 합쳐 만든 단어다. 일본어에서는 'the'를 '자za'로 읽는데(가령 brother는 '부라자ブラザー'라 발음한다), 발음만 본다면 '더 스톤 the STONE'을 뜻하는 것일지도 모르겠다. 이름이야 어떻든 간에 자스톤 빌딩은 외벽에 회색, 갈색, 적색 등의 장식석을 불규칙적으로 이어 붙여 잔뜩 멋을 부렸다. 모노톤의 몬드리안 작품을 연상시킨다. 건물은 좁고 길쭉하게 솟아 있다. 땅값 비싼 긴자에서 용적률

을 최대한 끌어올리려 그랬나 보다.

브랜드 파워가 강한 제품을 보유했음에도 기업명은 유명하지 않은 경우가 많다. 그레이프스톤도 그렇다. '도쿄 바나나'가 대표 브랜드인 그레이프스톤은 원래 1978년 '일본가배식기센터日本珈琲食器センター'라는 이름으로 설립됐다. 사명에 들어간 '가배珈琲[5]'와 '식기'에서 짐작할 수 있듯 창업 당시엔 커피 원두와 그릇을 팔았다. 특히 케이크 등 생과자를 담아 먹는 아기자기한 접시가 주력 상품 중 하나였다. 제과업에 본격적으로 뛰어들게 된 건 1979년 디저트 카페 '긴자 부도노키銀座ぶどうの木'를 열면서부터다. 자신들이 판매하는 그릇에 어울릴 예쁜 디저트를 직접 만들어 카페에서 팔며 시너지 효과를 내고 싶었던 듯하다.

현재 이 긴자 부도노키는 본사 사옥 2층에 자리해 있다. 원래는 긴자 코어(쇼핑몰) 인근에서 영업하다 2014년에 이전해 왔다. 2013년 건립된 사옥 1층에는 그레이프스톤 산하의 바움쿠헨Baumkuchen[6] 브랜드 '긴자 넨린야銀座 ねんりん家' 본점이 입점해 있다. 3층 이상은 전부 사무 공간이다.

---

5) 珈琲는 커피의 일본어 한자 표기. '코히コーヒー'라 발음한다.
6) 달걀, 버터, 설탕, 밀가루, 바닐라, 럼 등으로 만드는 독일 전통과자. 얇게 민 반죽을 회전하는 심대에 계속 발라 구워서 겹을 쌓아가며 만든다. 독일어 '바움Baum(나무)'과 '쿠헨Kuchen(케이크)'을 합친 단어로, '나무 케이크'라는 뜻이다. 과자의 단면에 나타나는 겹이 나무의 나이테처럼 생겼다 해서 이렇게 불린다.

긴자 부도노키 매장 안에 들어서니 잔잔한 클래식 음악이 흘러나온다. 하얀 테이블보가 깔린 테이블이며, 흑백 유니폼 차림에 보타이까지 갖춰 맨 종업원이며, 언뜻 보면 꼭 정통 레스토랑 같다. 하지만 식사 메뉴는 전혀 없다. 다양한 종류의 달콤한 디저트와 차, 애프터눈 티 세트가 전부다. 가격은 사악하다. 그야말로 긴자의 허영과 거품이 제대로 반영된 가격이다. 하지만 프리미엄 디저트 카페치고 내부 인테리어는 다소 모호하다. 고급스러운 분위기를 내기 위해 신경 쓴 듯하면서도 어쩐지 어색한 느낌. 대단히 고전적이지도, 그렇다고 심플하게 현대적이지도 않다. 자리에 앉자 종업원이 계절 한정 메뉴인 '밀푀유 쇼콜라'를 추천했다. 초콜릿을 좋아하기에 더 생각할 것도 없이 밀푀유 쇼콜라를 주문했다. 이날 아침식사로 먹었던 명란젓 정식보다 무려 5배나 비싼 가격. 점심 식사는 포기했다. 접근하기 쉬운 과자점은 아니다.

어쨌든, 긴자 부도노키는 성공을 거뒀다. 이에 그레이프스톤은 1985년 '긴노 부도 銀のぶどう'라는 프리미엄 과자 브랜드를 선보였다. 고가의 케이크 등 생과자가 중심인 '긴노 부도' 상품은 도쿄의 고급 백화점에만 납품됐다. 카페 이름과 과자 브랜드명에 모두 들어간 '부도'는 일본어로 포도를 뜻한다. 이 부도 브랜드로 사세를 키운 일본가배식기센터는 1989년 지금의 그레이프스톤으로 개칭한다. 모태 사업인 원두 및 그릇 판매 대신 디저트 사업에 더 치중

긴자 부도노키(위)에서 먹은
계절 한정 메뉴 밀키유 쇼콜라(아래).

하게 된 것이다. 그러다 1991년, 긴노 부도보다 가격대가 낮아 대중적이면서도 유통기한이 좀 더 길어 대량 판매가 수월한 신제품을 선보인다. 그게 도쿄 바나나였다. 발매 당시만 해도 도쿄 바나나를 취급하는 곳은 거의 없었는데 1992년 하네다국제공항, 1993년 도쿄역에 차례로 매장이 들어섰다. 매장 수가 늘면서 서서히 입소문을 타다가 '초대박'을 터뜨렸다. 도쿄 바나나 브랜드는 그레이프스톤을 대표하는 사업 아이템으로 급부상했다.

도쿄 바나나의 정확한 단일 브랜드 매출액은 알 수 없다(공표되지 않았기 때문이다). 다만 2016년 일본특허청이 발표한 자료에 도쿄 바나나의 연간 매출액이 100억 엔 이상이라고만 소개되어 있다. 한편 그레이프스톤의 연간 매출액은 2000년 이후 급속히 확대됐다. 2000년 100억 엔이었던 매출액은 2008년 216억 엔을 기록했다. 8년 사이 2배나 불어난 것이다. 그로부터 다시 8년이 지난 2016년 매출액은 308억 엔으로, 2000년 매출액의 3배를 넘어섰다. 2017년 매출액도 324억 엔을 기록하며 성장세를 이어가는 중이다. 일본특허청 자료를 참고한다면, 그레이프스톤의 전체 수익에서 도쿄 바나나가 차지하는 비중은 3분의 1 이상으로 추산된다. 오미야게 과자답게 온라인 판매를 하지 않는 것은 물론, 공항 및 항구 면세점, 기차역 등에서만 판매하는 상품이 이 정도 매출액을 기록하는 것은 실로 대단한 성과다.

그런데 도쿄 바나나의 근원지라 할 수 있는 긴자 부도노키는 달랐다. 이른 아침부터 줄이 늘어서 있던 도쿄 바나나 매장과 달리 이곳은 한산하기 그지없다. 널찍한 매장 안에 손님이라고는 나와 일본 여성 한 사람뿐. 주말 낮인데 의외라고 생각하며 기다리던 중 밀푀유 쇼콜라가 나왔다. 예술작품 같다. 여러 가지 초콜릿이며 아이스크림, 파이, 케이크, 라즈베리 등이 정교하게 엮여 있어 손대기 아까울 정도다. 하지만 한번 먹기 시작하니 빠르게 사라진다. (디저트가 늘 그러하듯이) 양은 적고, 맛은 무난하다. 굳이 찾아와 먹을 만한 맛은 아니다.

어쩐지 허전한 마음에 빈 그릇을 들어 아래를 보니 '하라주쿠 토가샤Harajuku Togasha'라는 글자가 눈에 띈다. 그레이프스톤의 그릇 브랜드다. 처음 제과사업을 시작할 때와 마찬가지로 긴자 부도노키에서는 그릇 판매도 겸하고 있는 걸까? 계산대에는 하라주쿠 토가샤 명함도 놓여 있다. 내 호기심을 눈치 챘는지 종업원은 명함을 건네며 그릇 판매점 위치까지 설명해준다. 계산을 치르면서 사옥 안에 혹시 도쿄 바나나를 판매하는 매장이 있는지 물었다. 없단다. 도쿄 바나나 본사에는 바움쿠헨 과자점과 디저트 카페는 있지만 정작 대표 상품인 도쿄 바나나는 만날 수 없었다.

1978년 설립 당시만 해도 그릇 가게에 불과했던 그레이프스톤. 40년이 흐른 지금 연 매출액 3,000억 원이 넘는 어엿한 중견기업으로 성장했다. 도쿄 바나나가 탄생한 1991년은 일본이 장기불황의 늪에 빠지기 시작한 시기다. 세계 경제를 손에 쥐고 뒤흔들던 일본 기업들은 '잃어버린 20년' 동안 쇠락하거나 무너졌다. 하지만 도쿄 바나나로 잭팟을 터뜨린 그레이프스톤은 같은 기간 오히려 성장을 거듭했다. 이제는 제과업, 그릇 제조 및 판매, 레스토랑 및 카페 운영, 액세서리 사업 등 다양한 사업군을 거느리게 됐다. 긴자 부도노키를 나와서 땅값 비싼 긴자에 우뚝 솟은 그레이프스톤 사옥을 올려다보며 궁금해졌다. 도쿄 바나나의 어떤 매력이 그처럼 엄청난 성공을 거두게 한 걸까?

お土産菓子の話

도쿄 바나나? 도쿄에서 웬 바나나?

도쿄 바나나의 첫 번째 인기 비결은 바나나 퓌레와 바나나 페이스트가 들어간 커스터드 크림이다. 인공색소만 넣어 모양만 그럴싸하게 만든 바나나맛 과자가 아니라(물론 인공색소도 들어가지만), 진짜 바나나가 들어간다! 바나나 특유의 부드럽고 은은한 맛에 합성착향료가 더해져 달콤하고 향긋한 풍미가 만들어진다.

그런데 왜 도쿄 오미야게 과자로 '바나나'를 떠올린 걸까? 잘 알려져 있듯 바나나는 열대·아열대 지방에서 재배된다. 아시아에서는 태국, 필리핀 등이 주산지이며, 제주도에서도 재배되지만 생산량이 많지 않다. 일본에서는 오키나와 등 아열대 지역에서 일부 생산되는 정도다. 한여름에 도쿄가 살인적으로 덥고 습하기는 하지만 바나나가 생육하기에는 부적합한 환경이다. 한마디로 말해서 도쿄는 바나나와 별 연관성이 없다.

일본 오미야게 과자들은 지역 특산물을 원료로 삼는 경우가 많다. 뒤에서 더 상세히 다루겠지만 홋카이도를 대표하는 오미야게 과자 '시로이 고이비토白い恋人'는 홋카이도산 버터와 우유로 만들어진다. 다른 지역에 비해 냉랭한 기후에 목초지가 넓은 홋카이도는 150여 년 전부터 목장이 발달해 유제품 생산지로 유명하다. 시즈오카静岡현의 '우나기 파이'도 지역 내에서 생산된 장어 분말을 원료로 삼는다. 반면 도쿄 바나나는 의문을 야기한다. 이 과자의 가장 중요한 원료인 바나나는 도쿄에서 생산된 과일이 아니다.

그레이프스톤은 언론 등을 통해 도쿄 오미야게 과자로 '바나나 생과자'를 내놓은 이유를 여러 차례 밝힌 바 있다. 도쿄 바나나가 출시된 1991년 당시, '도쿄' 하면 딱히 떠오르는 오미야게 과자가 없었다. 정작 수도인 도쿄에서는 오미야게 과자 시장이 미비했던 것이다. 그레이프스톤은 출장 등으로 늘 다른 지방에서 방문하는 이들이 많을뿐더러 외국인 관광객이 늘고 있는 도쿄에서 오미야게 과자를 개발한다면 승산이 충분하다고 판단했던 모양이다.

문제는 도쿄를 상징하는 특산물이 없다는 점이었다. 대도시인 도쿄는 농축수산업이 아닌 상업, 금융업 등이 주요 산업이다. 오미야게 과자 원료로 내세울 만한 지역 생산품이 없었다. 이에 그레이프스톤은 발상을 전환해, 아예 일본 어디에서도 나지 않는 수입 원료를 내세우기로 한다. 그렇게 선택된 것이 바로 바나나, 남녀노소 누구나 좋아하는 수입 과일이었다.

일본은 20세기 초부터 타이완산 바나나를 수입해 먹었다. 1920년대에 바나나 소비가 급증하며 수입량도 대폭 늘었다. 하지만 제2차 세계대전 중 태평양 무역로가 차단됨에 따라 바나나 수입량이 현저히 줄었고, 가격은 폭등했다. 이미 그 달콤한 맛에 빠진 일본인들에게 바나나는 그리움의 대상이 될 수밖에 없었다. 패전한 뒤에도 바나나는 일본 정부의 수입 통제 품목에 오르는 등 유통이 원활하게 이루어지지 않았다. 그러다 1963년 바나나 수입 자유화가 결정된 뒤에야 다시 시장에 나왔다.[7]

이런 역사가 있어서인지 일본인들에게 바나나는 가장 선호하는 과일로 꼽힌다. 특히 어린 시절 바나나 품귀 현상을 경험한 단카이 세대団塊世代(1947~1949년생 베이비붐 세대)나 야케아토 세대焼け跡世代(1935~1946년생)[8]에게는 '귀한' 과일로 남아 있다. 일본 작가 사노

---

7) 와카쓰키 야스오若槻泰雄, 《바나나의 경제학バナナの経済学》, 玉川大学出版部, 1976 참조.
8) 제2차 세계대전 기간 중에 유년시절을 보낸 세대. 야케아토는 '불탄 자리'라는 뜻으로, 전쟁 중 공습을 받아 건물 등이 불에 탄 폐허 속에서 유년시절을 보낸 세대라 해서 이같이 부른다.

도쿄 시내 전경.
도쿄타워 너머로 만년설 덮인 후지산이 보인다.

요코(佐野洋子)의 에세이 《사는 게 뭐라고》에도 이를 짐작게 하는 대목이 나온다. 1938년 중국 베이징에서 태어난 그녀는 바나나에 대한 유년기 기억을 다음과 같이 회고했다.[9]

> 어릴 때는 어째서 바나나 냄새가 천국의 향기라고 생각한 걸까. 부모님은 바나나를 꼭 반쪽씩만 주었다. 한 개를 다 먹으면 이질에 걸린다고 했다. 베이징의 바나나는 어디서 왔을까. 타이완에서 왔을까? 죽기 전에 어떻게든 한 개를 온전히 먹고 싶었다. 우리 집만 그런 줄 알았는데, 친구에게 물어보자 모두들 바나나를 반쪽씩만 먹었다고 한다. "이질 걸린대." 그 뒤로 바나나는 자꾸만 저렴해졌다. 값이 싸지니 아무도 이질 같은 말은 입에 올리지 않았다.[10]

사람 입맛이란 게 참 간사하다. 사노 요코는 바나나 가격이 떨어져 흔해진 뒤에야 그 맛이 별로였다는 사실을 깨달았다고 털어놓는다. 비싼 데다 구하기까지 힘든 먹을거리는 맛이 그저 그렇더라도 괜히 별미 같다. 내가 어렸을 적에도 바나나는 어쩌다 한 번 구경하는 특식이었다. 개당 1,000원이 넘었다(당시 물가로는 비싼 가격이었

---

9) 사노 요코는 만주국에서 유년기를 보냈다(1947년 일본으로 옮겨 왔다). 그렇지만 만주국은 일본이 만주사변을 일으켜 세운 괴뢰 정부라는 점, 만주국에서도 타이완산 바나나를 수입해 먹었다는 점 등 일본과 여러모로 맥락이 비슷해 구절을 옮겨왔다.
10) 사노 요코, 《사는 게 뭐라고》, 마음산책, 2015.

다). 겨우 한두 개 사서 여러 조각으로 잘라 가족들이 나눠 먹곤 했는데, 요즘은 바나나 8~10개가 달린 한 송이가 3,000원 내외다. 다른 과일보다 훨씬 싸다. 이 때문인지 아닌지 바나나 맛이 어쩐지 예전만 못한 듯하다.

그럼에도 일본인들의 바나나 탐닉은 여전하다. 일본바나나수입조합이 2016년 발표한 '바나나 및 과일 소비 동향 조사'에 따르면, 평소에 자주 먹는 과일을 묻는 항목(중복응답 가능)에서 바나나가 1위로 꼽혔다(전체 응답자 중 무려 64%가 바나나를 즐겨 먹는다고 답했다). 2위 사과(51%), 3위 귤(33%)에 비해 상당히 높은 선호도다. 비단 일본에서만 인기 있는 것이 아니다. 바나나는 전 세계적으로 밀, 쌀, 옥수수에 이어 네 번째로 많이 수확되는 농작물이며, 1년에 무려 1,000억 개 이상이 소비된다. 도쿄 오미야게 과자로 생뚱맞아 보이는 바나나 생과자가 대박을 터뜨린 이유는 충분했다.

귀여지만 평범한

이름은 아닌

마케팅 업계에서는 브랜드 전략을 수립하는 첫 번째 단계로 '브랜드 네이밍'을 꼽는다. 브랜드 이름은 소비자가 상품을 집어든 순간 구매로 이어지게끔 매력적이어야 하며, 제한된 글자만으로 제품의 특징을 표현할 수 있어야 한다. 소비자의 마음을 사로잡고 기억에 남도록 만드는 역할을 맡는 것도 바로 브랜드 이름이다.[11] 그렇다면 이런 역할을 잘 해내기 위한 브랜드 네이밍의 조건은 무엇

---

11) 이와나가 요시히로, 《회사의 운명을 좌우하는 브랜드 네이밍 개발법칙》, 이서원, 2007 참조.

일까? 첫째, 제품의 특징을 잘 포착해서 나타내야 하며, 둘째, 경쟁 브랜드와의 차별점을 제시해야 하며, 셋째, 소비자가 선호하는 단어를 활용해 그들에게 사랑받는 이름으로 만들어야 한다.[12] 아이폰, 페이스북 등 성공한 브랜드 이름들을 떠올려보면 이 세 가지 요소를 갖추고 있음을 알 수 있는데, 도쿄 바나나 역시 그렇다.

앞서 도쿄 바나나의 공식 명칭이 '도쿄 바나나 「발~견했닷」'이라는 점, 이를 줄여 '도쿄 바나나'로 부른다는 점을 설명했다. 그런데 이 이름에는 이상한 점이 한두 개가 아니다. 우선 바나나는 일본어로 'バナナ'라 표기해야 맞다. 일본어를 배워본 이들이라면 알 텐데, 외래어를 표기할 때에는 히라가나平仮名가 아닌 가타카나片仮名 글자를 쓴다. 즉 banana는 외래어이므로 가타카나로 'バナナ'라 쓰는 것이다. 그런데 이 오미야게 과자는 희한하게도 히라가나와 한자를 섞어 'ばな奈'라고 표기한다. 왜일까?

그레이프스톤은 이 기묘한 표기가 브랜드 네이밍 전략이었다고 밝힌다. 이들은 도쿄 오미야게 과자로 바나나 스펀지케이크를 개발한 뒤, 여기에 발랄하고 세련된 도쿄 소녀 이미지를 입히려 했다. 포장지에 그려진 바나나 일러스트에 리본이 달려 있는 것은 이 때문이다. 소녀 이미지에 걸맞게 브랜드명도 일본에서 여성 이름에

---

12) 김상률, 《눈길을 단숨에 사로잡는 카리스마, 브랜드 네이밍》, 랜덤하우스코리아, 2007 참조.

자주 사용되는 한자 '奈(나)'를 넣어 'ばな奈'로 표기했다. '奈'는 일본에서 여성, 그중에서도 젊은 여성을 연상케 하는 글자다. 과거 일본 여성들의 이름은 '子(코)'로 끝나는 경우가 많았는데(미치코, 아키코, 하루코…), 최근에는 '나' 발음이 인기가 높다(한자는 奈, 夏, 茉 등 다양하다). 고마쓰 나나小松菜奈, 하시모토 칸나橋本環奈 등 최근 인기가 높은 젊은 여배우들 이름에서도 눈에 띄는 글자가 奈다.

그렇다면 'ばな'는? 어째서 가타카나가 아닌 히라가나로 표기했을까? 가타카나로 표기하면 バナ인데, 이는 동글동글한 모양새가 눈에 띄는 ばな에 비해 다소 날카로운 인상을 준다. 히라가나가 흘려 쓴 듯 둥글게 휘어지는 곡선이 많다면, 가타카나는 대개 선이 쭉쭉 뻗은 모양새다. 스펀지케이크의 폭신폭신한 식감, 바나나의 은은한 맛과 향에는 부드러운 인상을 주는 히라가나가 더 잘 어울린다고 생각했을 법하다. 더욱이 소녀 이미지라면야. 마찬가지로 도쿄 바나나 뒤에 붙은 문장 '발~견했닷(미~쓰케탓)'도 도쿄 여자아이의 말투를 생생하게 재현하기 위한 표현이었다. 요컨대 '도쿄 바나나「발~견했닷」'은 소비자가 도쿄 바나나를 발랄한 소녀 이미지로 인식해 애착을 갖게 만든다는 전략 아래 지어진 이름이었다.

무엇보다 특산물에 대한 기대감이 낮다는 도쿄의 약점을 보완하고자 '도쿄'를 브랜드명에 명시한 전략도 주효했다. 도쿄 바나나가 나오기 전까지만 해도 도쿄 향토과자로 또렷이 자리매김한 브랜드는 거의 없었다. '닌교야키人形燒(인형 모양의 풀빵)'[13] 정도가 다였다. 즉 도쿄의 아이덴티티가 담긴 오미야게 과자가 부족한 상황이었는데, 브랜드명에 지명을 표기함으로써 '도쿄 오미야게 과자'라는 새 시장을 연 것이다.

앞서 말했듯 오미야게 과자의 가장 큰 목적은 '선물'이다. 도쿄라는 지명이 명기된 브랜드 이름은, 사는 사람으로서는 쉽게 집어 들게 했고, 받는 사람으로서는 어느 지역 오미야게인지 곧장 알 수 있게 했다. 오미야게 과자를 선물하면 한두 마디라도 대화를 나누기 마련인데, 잘 알려진 지명이 적혀 있으면 아무래도 이야기하기가 수월해진다. 인지도 높은 한 나라의 수도인 만큼 자국민뿐 아니라 외국인 관광객이 선물용으로 사 가기에도 딱 좋은 브랜드명인 것이다.

'도쿄 바나나'는 지명만 명기한 게 아니다. 이름을 보는 순간 재료가 무엇인지, 그 맛과 향이 어떨지도 쉽게 짐작할 수 있다. 선물 받을 상대가 좋아할지 싫어할지를 판단하기가 쉽다는 말이다. 더욱이 (앞서 살펴봤듯) 바나나는 일본인들이 가장 선호하는 과일이다.

---

13) 도쿄 니혼바시日本橋 닌교초人形町에서 개발된 화과자. 사람 얼굴 모양 등으로 제작된 카스테라 안에 팥소가 들어간, 일종의 풀빵이다. 관광객이 많이 찾는 아사쿠사浅草의 닌교야키 과자점이 유명하다.

'도쿄 바나나'를 집어들었다가 상대방 입맛을 우려해 내려놓는 경우는 많지 않을 것이다.

재밌는 점은 '바나나'를 가타카나가 아닌 히라가나에 한자를 섞어 표기하면서 상표권 등록까지 용이해졌다는 사실이다. '초코파이'가 어째서 '초코파이 정'이 됐는지를(1장에서 설명했다) 고려한다면, 이는 매우 큰 장점이라고 할 수 있다. 이와 관련해 일본의 한 지적재산권 전문 칼럼니스트이자 변리사는 만약 '도쿄 바나나'가 기존 표기법에 따라 '東京バナナ'로 상표 등록을 했다면 수많은 유사품이 쏟아져 나오는 상황을 피할 수 없었을 것이라고 주장한다.[14] バナナ는 일반명사이기 때문에 상표 등록을 할 수 없기 때문이다. 그렇지만 '東京ばな奈'는 독특한 표기 덕분에 고유명사로 인정받았고, 물론 그레이프스톤만의 상표로 등록됐다. 이로써 도쿄 바나나는 도쿄 오미야게 과자 브랜드로서 독자적인 가치를 확보할 수 있었다.

---

14) https://namingpress.com/

서브 브랜드 한정 판매 콜라보

유명 상품을 보유한 기업들은 성공한 브랜드를 앞세워 서브 브랜드 제품을 잇달아 선보인다. 브랜드 확장을 꾀하는 것이다. 브랜드 마케팅 전문가인 케빈 레인 켈러Kevin Lane Keller는 브랜드 확장 전략의 이점으로 '초기 투자비 감소'를 든다. 기존 브랜드에 속한 서브 브랜드로 신제품을 출시할 경우 신규 브랜드를 론칭할 때에 비해 도입 비용 및 마케팅 비용을 40~80% 줄일 수 있다.

하나의 브랜드를 만들기 위해서는 이름에서부터 로고, 심벌, 패키지, 캐릭터, 슬로건 등을 전부 개발해야 한다. 이를 위해서는 철저한 소비자 조사가 선행돼야 한다. 각 분야에서 실력이 검증된 전문가를 붙여 작업해야 하는 건 물론이다. 사람은 돈이다. 켈러는 브랜드 확장이 이 엄청난 비용을 줄여준다는 사실에 주목한다.[15] 모든 사업의 최종 목표는 이윤을 많이 내는 것이다. 이윤의 최대화는 투자비 최소화에서부터 출발한다. 물건을 아무리 많이 팔아도 초기 투자비가 워낙 막대해 이윤을 내지 못한다면? 꽝이다. 그런 사업은 억지로 끌고 간다 한들 결국 접게 되기 마련이다. 브랜드 확장은 비용 절감을 통해 사업의 리스크를 줄이고 이윤을 최대화하는 묘책이다.

일본 오미야게 과자업계에서도 인기 브랜드가 하나 나오면 서브 브랜드 과자를 꾸준히 선보이고 있다. 그중에서도 도쿄 바나나의 브랜드 확장은 돋보인다. 도쿄 바나나 브랜드로 판매 중인 상품이 현재 17종류에 이른다는 것은 앞서 말했다. 그동안 기간 한정으로 나왔던 상품까지 포함하면 그 종류는 훨씬 많아진다. 이들 서브 브랜드는 오리지널 도쿄 바나나의 기본 디자인 등 브랜드 콘셉트는 동일하게 유지하되 맛, 향, 재료, 세부 디자인, 패키지를 조금씩 변형시킨 것이다. 그레이프스톤은 이 각각의 브랜드를 묶어 '도쿄 바나나 월드'라 칭한다. 브랜드 확장을 통한 패밀리 브랜드 전략이다.

도쿄미타스 진열대.
도쿄 바나나 하트가 진열되어 있다.

그런데 여기서 끝이 아니다. 가뜩이나 판매처가 제한적인 과자인
데, 일부 브랜드는 지정된 장소에서만 팔도록 해 희소가치를 더욱
높였다.

'하늘을 나는 도쿄 바나나 꿀바나나맛, 「발〜견했닷」空とぶ東京ば
な奈はちみつバナナ味,「見いつけたっ」'이 대표적이다. 이 과자는 도쿄
바나나에 꿀을 넣고 겉면에 꿀벌처럼 갈색 줄무늬를 그려 넣은
서브 브랜드 제품이다. '하늘을 나는'이란 수식어에 걸맞게 오직

하네다국제공항에서만 판매된다. 패키지에는 하늘로 날아오르는 비행기 그림을 넣었다. 꼭 도쿄 바나나와 함께 여행을 떠나라는 듯이.

이런 전략은 비단 공항만이 아니라 도쿄역 내 여러 매장에서도 볼 수 있다. 비슷비슷해 보이지만 각 매장에서 판매하는 상품 종류가 조금씩 다르다. 주력하는 서브 브랜드에 따라 상품 디스플레이는 물론, 가게의 인테리어도 달라진다. 가령 도쿄미타스 매장에서는 '도쿄 바나나 하트'를, 붉은 벽돌관에서는 '도쿄 바나나 팬더'를 메인으로 내세워 대대적인 홍보를 하고 있었다. 이 중 '도쿄 바나나 팬더'는 우에노 동물원에서 탄생한 팬더의 기념 과자라 처음에는 우에노역 매장에서만 판매하다가 나중에는 도쿄역, 도쿄 스카이트리 등 다른 매장에서도 판매하기 시작했다. 하지만 여전히 판매처가 제한적이라 도쿄역만 해도 13개 매장 중 붉은 벽돌관을 포함해 단 3곳에서만 취급한다. 거꾸로 도쿄미타스 매장의 메인 상품인 도쿄 바나나 하트는 붉은 벽돌관에선 찾아볼 수 없다. 매장에 따라 취급하는 서브 브랜드를 달리해서 희소성을 높이는 동시에 팬들이 일부러 찾아가게끔 유도하는 것이다.

이 밖에도 바나나 모양 스펀지케이크에 맛과 무늬를 달리한(아몬드밀크맛, 캐러멜맛, 바나나 푸딩맛, 초콜릿 바나나맛 등) 여러 서브 브랜드가 있다. 이들 가운데 초콜릿 바나나맛의 '도쿄 바나나 트리 초코 바

나나맛, 「발~견했닷」東京ばな奈ツリー チョコバナナ味,「見いつけたっ」'
은 도쿄의 새 관광 명소로 떠오른 스카이트리 타워 매장에서만 판
매된다. '한정' 전략은 여러모로 호기심과 조바심을 자아낸다. 지
금 여기서 사지 않으면 맛볼 수 없다는 조바심에 집어들도록 유도
하는 것이다. 무엇보다 도쿄 바나나에 이미 호감을 갖고 있던 이들
은 서브 브랜드에 대해서도 호감을 갖기 쉽다.

'도쿄 바나나 카스테라 「발~견했닷」東京ばな奈カステラ「見いつけ
たっ」'시리즈는 이름에서 보듯 스펀지케이크가 아니라 카스테라
로 만든 과자다. 특유의 바나나 모양 디자인과 패키지 디자인 콘셉
트만 유지했다. 일반 카스테라와 메이플맛 두 종류가 있는데, 각
각 도쿄역과 하네다국제공항에서만 판매된다. 여기에 독일식 케
이크인 바움쿠헨, 브라우니, 랑그 드 샤 쿠키, 샌드형 쿠키, 팔미
에palmier[16], 와플 등 다양한 과자가 '도쿄 바나나'의 서브 브랜드로
팔리고 있다.

최근 눈에 띄는 것은 도쿄 바나나의 브랜드 콜라보레이션이다.
2017년 11월 그레이프스톤은 세계적인 초콜릿 브랜드 '킷캣Kit
Kat'과의 합작 상품을 선보였다. 바로 '도쿄 바나나 킷캣에서 「발~
견했닷」東京ばな奈キットカットで「見いつけたっ」'이다. 네슬레 일본 법

---

16) 밀가루, 달걀, 버터, 설탕 등의 재료로 반죽을 만들어 얇게 민 뒤 겹겹이 접어 구운 프랑스 전
통과자다.

인이 만들어 그레이프스톤에서 판매한다. 오리지널 도쿄 바나나 패키지와 마찬가지로 연노란색 포장지에 바나나 일러스트가 그려져 있는데, 여기에 빨간 킷캣 브랜드 로고가 찍혀 있다. 원래는 도쿄역 매장 한 군데에서만 판매하다가 지금은 온라인숍에도 내놓았다. 도쿄 바나나의 향을 입힌 초콜릿 과자로, 딱히 특별한 느낌은 없다.

세계적인 인기 캐릭터 '헬로키티'가 그려진 「긴자의 애플케이크」입니다「銀座のアップルケーキ」です'도 큰 화제를 모았다. 사과잼을 넣은 스펀지케이크 겉면에는 헬로키티 캐릭터가 그려져 있다. 그레이프스톤이 캐릭터 전문기업 산리오SANRIO와 합작해 2018년 2월에 선보인 오미야게 과자 브랜드다. 이름에서 눈치 챘겠지만, 도쿄 바나나의 서브 브랜드는 아니다(패키지에 '도쿄 바나나 월드 제작 Produced by 東京ばな奈 ワールド'이라고만 적혀 있다). 「긴자의 애플케이크」입니다'는 나리타공항과 하네다공항 국제선 면세점에서만 살 수 있다. 헬로키티가 해외에서도 유명한 캐릭터인 점에 착안해, 공항 면세점 주요 소비자인 외국인들에게 '일본 오미야게 과자'로 어필하고 있다. 서브 브랜드, 한정 판매에 이어 브랜드 콜라보레이션까지…… 그레이프스톤의 오미야게 과자 사업은 계속해서 새로운 전략으로 소비자를 유혹 중이다.

직관적이면서도
아름다운 패키지

패키지 디자인은 중요하다. 소비자에게 브랜드 이미지를 분명하게 전달하는 역할을 할뿐더러 실제 구매에까지 영향력을 행사한다. 아직 제품을 직접 써보지 않은 소비자에게 제품에 대한 첫인상을 남기는 것도 패키지 디자인이다.[17]

지금 같은 브랜드 시대에는 모든 상품이 그렇긴 하지만, 오미야게 과자는 특히 포장이 중요하다. 상품의 특징과 함께 지역 특색을

---

17) 문수민·박상규,《좋아 보이는 것들의 비밀, 패키지 디자인》, 길벗, 2015 참조.

담는 것은 물론, 일본 각지며 해외에서 찾아온 소비자를 사로잡도록 개성적이면서도 매력적이어야 하기 때문이다. 포장을 워낙 중시하다 보니 같은 상품이라도 선물용, 덕용お德用[18] 등 패키지에 따라 가격이 달라지기도 한다. 도쿄 바나나 역시 감각적인 패키지 디자인으로 눈길을 사로잡는 오미야게 과자다. 오리지널 도쿄 바나나는 패키지에 바나나를 상징하는 노란색을 썼다. 채도가 높은 원색이 아니라 톤을 살짝 내린 연노란색이다. 산뜻한 색감으로 발랄한 소녀 이미지를 살리는 한편, 파스텔톤에 무광 포장지로 은은하면서도 깔끔한 인상을 준다. 무엇보다도 실크스크린 공판화처럼 디자인된 바나나 일러스트는 예술적인 느낌까지 전달한다.

놀랍게도 도쿄 바나나의 제품 및 패키지 디자인은 1991년 발매 이후 크게 달라지지 않았다. 제품을 개발하고 브랜드를 론칭하기까지 3년이나 걸렸으니 디자인에도 심사숙고했을 것이다. 발매 당시에는 브랜드 페르소나인 '도쿄 걸' 이미지를 강조하고자 포장지에 젊은 여성의 흑백사진을 큼지막하게 박았다. 단발머리를 한 이 여성은 입을 벌린 채 장난기 어린 표정을 짓고 있었다.

하지만 도쿄 바나나가 추구한 발랄하고 세련된 도쿄 걸의 브랜드 이미지가 확고해지면서 소녀 얼굴을 노골적으로 강조하던 흑백

18) 가성비가 좋은 물건. 오미야게 업계에선 내용물은 같지만 포장은 간소화해 단가를 낮춘 상품을 의미한다.

사진은 슬그머니 사라져버렸다. 이를 제외하면 로고나 일러스트, 글씨체 등은 처음 모습 거의 그대로다. 외국인 관광객 구매량이 급증하면서 영어로 된 브랜드 설명문이 추가된 정도다. 바나나 실물을 본뜬 과자 디자인도 단순하지만 눈이 간다. 과자 재료를 직관적으로 전달하는 디자인이기도 한데, 한 손에 쏙 들어오는 통통한 몸체가 앙증맞다.

이처럼 디자인이 탁월한 오미야게 과자 브랜드가 탄생한 배경에는 그릇 가게에서 출발한 그레이프스톤이 있다. 예쁜 커피잔이나 디저트용 그릇을 만들던 곳이니 디자인의 중요성을 다른 누구보다 잘 알았을 터. 경험이 만들어낸 미적 감각이야 말할 것도 없다. 그레이프스톤은 디자인은 물론 과자 기획에서부터 제조, 판매, 홍보에 이르기까지 전 과정을 외주 없이 직접 관리한다. 도쿄 바나나를 비롯한 모든 브랜드의 로고, 브로슈어, 패키지 등 제품 관련 디자인에 매장 실내디자인, 진열대 디자인 등 세부적인 부분까지 회사가 전담하는 것. 요컨대 그레이프스톤의 손길이 닿지 않은 곳이 없다. 이처럼 모든 디자인을 직접 관리하면 브랜드 통일성을 유지하기 쉽다. 이는 브랜드 이미지를 더 확고하게 만들 뿐만 아니라 브랜드 신뢰도를 높인다. 브랜드 확장 전략을 펼치기에 최적의 환경을 조성하는 셈이다.

도쿄 바나나와 킷캣의 콜라보레이션 상품 패키지.
리본 달린 바나나 일러스트는 오리지널 제품의 패키지 디자인과 똑같다.

씁쓸한
바나나의 맛

물론 도쿄 바나나가 그 맛만큼이나 달콤한 이야기에만 둘러싸여
있는 것은 아니다. 여느 기업이 그렇듯 그레이프스톤에게도 씁쓸
한 이야기가 있다. 그중 하나가 지역성 논란이다. 제품을 생산하는
공장이 사이타마埼玉현에 위치해 빚어진 논란이다. 앞서 말했듯
도쿄 바나나의 주재료인 바나나는 도쿄 특산물이 아닌 수입 과일
이다. 그런데 과자 생산지조차 도쿄가 아닌 사이타마현인 것. 이에
일본 SNS와 커뮤니티 게시판 등에는 '도쿄 바나나가 아니라 사이
타마 바나나라고 해야 맞다'는 등 모호한 지역성을 꼬집는 게시글

들이 올라오곤 한다.

더욱이 도쿄 바나나는 지역 커뮤니티와 별다른 유대감도 형성하지 못한 브랜드다. 일본의 인기 오미야게 과자 업체들은 지역 관광 산업과 함께 테마파크 조성이나 이벤트 등에 공을 들인다. 뒤에서 다룰 홋카이도의 '시로이 고이비토' 제조사인 이시야제과가 대표적 사례다. 이 업체는 삿포로 프로 축구팀을 후원하고 꾸준히 지역 행사를 주최해 주민들에게 남다른 의미를 갖는 기업이다. 이에 반해 그레이프스톤은 지역 발전을 위한 활동에는 별다른 관심이 없는 듯하다. '사이타마 바나나' 논란이 야기된 배경에는 이러한 점도 영향을 끼쳤을 것이다.

이 논란에 관해서 일본 《버즈피드BuzzFeed》가 낸 흥미로운 기사가 있다.[19] 《버즈피드》는 그레이프스톤 측에 논란에 대한 해명을 요청했다. 그레이프스톤에서는 '사이타마 바나나' 주장은 얼토당토않다며 도쿄 바나나는 "틀림없는 도쿄 오미야게 과자"임을 강조했다. 도쿄에서 회사를 설립했고, 본사도 도쿄에 있다는 이유였다. 이에 취재진은 사이타마에서 제품을 생산하는데 도쿄라는 이름을 붙이는 게 조금도 꺼림칙하지 않느냐고 반문했다. 그레이프스톤에서는 "전혀 그렇지 않다. 원래부터 쭉 도쿄에 본사가 있었기에 당

---

19) 「사이타마 태생 아닌가」 도쿄 바나나에 돌격했다 완패당한 이야기「埼玉生まれじゃないか！」東京ばな奈に突撃したら瞬殺された話", 《BuzzFeed》, 2017.10.28.

당하게 판매하고 있다"며 일축했다. 글쎄······ 도쿄 바나나에 오미야게 과자라는 타이틀이 붙어 있는 이상 혹은 오미야게 과자의 정의가 바뀌지 않는 이상 이러한 논란은 계속될 것으로 보인다.

쌉쌀한 이야기는 여기서 끝이 아니다. 뜻밖에도 그레이프스톤은 경영진이나 구태적 조직 문화에 대한 내부 불만이 적지 않은 모양이다. 1978년에 세워져 다른 오미야게 과자회사에 비하면 젊은 축에 끼는데도 그렇다. 물론 회사가 세워진 지 얼마 안 됐다고 해서 분위기도 젊으리라는 보장은 어디에도 없지만. 일본 취업 정보 사이트에 검색해보면 그레이프스톤 재직 후기에는 악평이 적지 않다. '야근이 잦고 휴일에도 쉬지 못할 때가 많다', '휴가를 낼 수 있는 분위기가 아니다' 등 열악한 노동환경을 문제 삼는 경우가 대다수다.

이렇게 노동환경이 열악한 이유는 엄청난 실적 압박에 있는 듯하다. 그레이프스톤은 유동인구가 많으면서도 과자점들 간의 경쟁이 치열한 곳에 신규 매장을 낸다. 출점하고 나면 다른 과자점들을 제치고 매출 1위를 달성하는 것이 목표로 세워진다. 이러한 '1등 전략'은 도쿄 바나나가 가파르게 성장하는 데 큰 원동력이 됐지만, 다른 한편으로는 매출 1위 달성에 실패한 직원들에게 극심한 압박감을 준다고 한다. 1등을 하지 못한 이유를 분석해 대책을 마련하기 앞서 일단 직원들부터 엄청나게 구박한다는 것이다. 일부 직원들이 남긴 회사 평가글 중에 '고객을 소중히 여기듯 직원도 소중히 여겨달라'는 서글픈 호소가 보인다.

경영진의 족벌경영 체제에 대한 불만도 큰 편이다.[20] 일본 기업 가운데 90%가량은 족벌경영 체제인 것으로 알려져 있다. 앞서 살펴본 교토의 야쓰하시 제조사들처럼 일본에는 수십, 수백 년간 가업을 이어온 회사들이 많다. 소규모 점포나 공방에서 출발해 근대화, 고도성장기를 거치며 주식회사가 된 경우도 허다하다. 이들이 중견기업, 대기업으로 성장하면서 재계에 족벌경영이 자연스레 자리 잡은 것이다.

일본에서는 이를 동족경영同族経営이라 부른다. 동족경영 기업은 선대에게 물려받아 자손에게 물려줘야 할 가문의 명예로운 사업이다. 그런 점에서 최고경영자가 더욱 책임감을 갖고 일한다는 장점이 있다. 당장의 실적보다 장기적 안목으로 회사를 이끌어가기에도 유리하다. 그러나 한국의 재벌과 마찬가지로 일본 기업에서도 족벌경영으로 발생하는 폐단이 적지 않다. 특히 경영진으로서 회사의 주요 자리를 꿰찬 창업주 자손 및 친족과 일반 사원 간의 커뮤니케이션 문제가 자주 거론된다.[21]

---

20) 족벌경영은 창업주의 자손들이 대를 이어 소유권과 경영권을 전부 물려받는 기업 경영방식이다. 이러한 체제에서는 창업주의 가족, 친척 등이 대거 경영에 관여한다. 일본에서는 동족경영, 가족경영家族経営, 일족 경영一族経営이라고도 한다.

그레이프스톤도 내부적으로 이런 진통을 겪는 듯하다. 작은 가게에서 출발해서일까, 여전히 체계적인 기업 시스템이 갖춰지지 않은 모양이다. 특히 사장인 오기노 아쓰시荻野博를 비롯해 아내, 아들 등 창업자 일가가 전권을 휘두른다는 의견이 눈에 띈다. '사장 시간에 맞춰 심야에 회의가 열리는데, 사장이 하는 말을 듣고 있기만 할 뿐 어떤 의견도 낼 수 없다', '사장이 하는 말을 그대로 실행하는 게 전부다' 등 조직 내 커뮤니케이션 부재에 대한 지적이 가득하다. 심지어 '왕과 왕비, 충실한 하인, 노예로 구성된 회사' 같은 자조적인 표현이 보이는가 하면 애써 준비한 기획이 사장의 말 한마디에 전부 엎어져 망연자실했다는 이야기도 있다. 한국 재벌 기업에 다니는 회사원이라면 분명 남 얘기 같지 않을 것이다. 하기야 욕설과 폭력도 불사하는 한국 재벌가의 천박한 갑질에 감히 비할 바는 아니겠지만.

---

21) 다케이 가즈요시武井一喜, 《동족경영은 왜 3대에서 무너지나? 패밀리 비즈니스 경영론同族経営はなぜ3代で潰れるのか? ファミリービジネス経営論》, 크로스미디어퍼블리싱ング, 2014 참조.

오직 이곳에서만 먹을 수 있는 과자

앞서 말했듯 오미야게 과자는 판매처가 제한적이다. 우선 교토의 야쓰하시, 도쿄의 도쿄 바나나, 홋카이도의 시로이 고이비토 같은 식으로 본거지가 설정돼 있다. 해당 지역 내에서도 관광객이나 출장원이 많이 찾는 공항, 기차역, 고속도로 휴게소, 면세점, 소수의 백화점 매장을 직접 방문해야 구할 수 있다. 마트, 편의점, 드러그 스토어 등에서 쉽게 살 수 없기에 귀한 대접을 받는 것이다. 메이저 제과업체 과자와의 가장 큰 차이점이 바로 거기에 있다. 한국으로 치면 오미야게 과자는 천안 호두과자나 경주 황남빵을, 메이저 업체 과자는 농심 새우깡이나 오리온 초코파이를 연상하면 된다.

그런데 최근에는 시대 변화에 발맞춰 온라인 판매를 도입하는 오미야게 과자회사가 속속 생겨나고 있다. 클릭만 하면 무엇이든 배송되는 세상이니, 팬덤을 보유한 오미야게 과자 브랜드라면 어마어마한 매출 신장을 노릴 수 있다. 하지만 도쿄 바나나는 이러한 시대 흐름에 역행하는 마케팅 전략을 고수하고 있다. 온라인숍을 열기는 했지만 이곳에서는 쿠키, 바움쿠헨, 파이, 와플 등 다른 종류의 서브 브랜드 상품만 판다. 스펀지케이크 형태의 '도쿄 바나나' 과자들은 여전히 오프라인 매장에서만 구할 수 있다. 이 책에서 다루는 다섯 종류의 오미야게 과자 중 오리지널 상품을 온라인에서 팔지 않는 건 두 종류뿐이다(온라인 구매가 가능하더라도 회원가입을 해야 하고 높은 배송료를 내야 하는 등 구매가 까다롭다).

언뜻 고집스러워 보이는 전략이지만, 이는 오히려 오미야게 과자로서 도쿄 바나나의 가치를 높여준다. 오미야게 과자의 본래 목적(선물)을 떠올린다면 고개를 끄덕이게 될 것이다. 아무데서나 쉽게 구할 수 있는 것, 언제든 구할 수 있는 것은 선물로서의 가치가 떨어진다. 오미야게 과자가 가치를 갖는 순간은 이 과자를 마트에서 찾을 수 없음을 알 때, 때문에 하나하나 아껴가며 먹을 때, 도쿄에 가는 지인에게 한 상자 사다 달라고 부탁할 때다. 역사가 짧은 도쿄 바나나가 도쿄 과자의 대명사로 통하게 된 비결 중 하나는 바로 이러한 희소성 유지를 통한 브랜드 가치 제고 전략에서 찾을 수 있다.

요컨대 내가 도쿄 바나나를 처음 맛본 17년 전이나 지금이나 이 과자를 한국에서 구할 방법은 없다(웃돈을 주고 구매대행을 이용하지 않는 이상은). 그런데 한국에서도 얼마든지 사 먹을 수 있는 과자였다면, 아니, 한국만이 아니라 중국에서든 태국에서든 어디서든 마트에서 쉽게 집어들 수 있는 과자였다면, 가족들과 둘러앉아 먹은 그 자그마한 과자가 그렇게까지 맛있게 느껴졌을까? 크림이 든 (물론 바나나 커스터드 크림은 흔치 않지만) 스펀지케이크라면 집 앞 빵집에서도 사 먹을 수 있었던 건데 말이다.

야스(1장에 등장했던 친구다)와 술을 마실 때 도쿄 바나나 얘기를 꺼내자 그는 "마즈이不味い(맛없어)!"라며 손사래를 쳤다. 정작 도쿄 사람들은 안 먹는단다. 요즘 도쿄에는 그보다 훨씬 맛있는 오미야게 과자가 많다며 다른 걸 추천했다. 도쿄를 떠나며 고민했다. 현지인이 사지 말라고까지 뜯어말렸는데 이번엔 거를까. 그런데 도쿄역 플랫폼에서 신칸센을 기다리는 내 손엔 어느새 바나나 셰이크맛 도쿄 바나나(계절 한정 상품이었다) 한 상자가 들려 있었다. 기차를 타러 가다 도쿄미타스를 지나던 중 결국 사고야 만 것이다. 이건 아직 안 먹어본 맛이니까, 그렇게 말도 안 되는 정당성을 부여하면서. 그래, 도쿄 하면 역시 도쿄 바나나다.

第4章

홋카이도 —
시로이
고이비토

白い恋人

삿포로의
하얀 연인

7시간 20분. 사이타마현 오미야大宮역에서 출발해 홋카이도 삿포로札幌역에 도착하기까지 걸린 시간이다. 홋카이도 신하코다테호쿠도新函館北斗역까지는 신칸센이 다니는데(여기까지 3시간 40분 정도가 걸린다), 이곳에서 다시 속도가 느린 특급열차로 환승해 삿포로까지 3시간 30분을 더 가야 한다.

물론 이런 수고를 들일 필요 없이 비행기 타는 게 가장 빠르다. 도쿄에서 삿포로까지 항공편 소요 시간은 약 2시간. 나는 JR패스를 끊어 교통비를 절약하고자 기차를 탔는데, 7시간 20분은 길어도 너무 길었다. 창밖에 근사하게 펼쳐지는 설산이며 광야 풍경이 아니었다면 지루함을 견디기 어려웠을 것이다.

남쪽에서는 흔적조차 찾을 수 없던 눈이 북쪽으로 갈수록 점차 늘어났다. 승객들은 혼슈本州 지방 마지막 정착역인 신아오모리新青森역에서 대부분 하차했다. 출발할 때만 해도 거의 꽉 차 있던 좌석이 텅 비었다. JR패스 혜택을 누리려는 외국인이 아니면 삿포로까지 기차를 타고 가는 건 역시나 상식 밖의 일인 모양이다.

혼슈 북단과 홋카이도를 잇는 세이칸青函 해저터널에 들어서자 차장이 안내방송을 시작했다. 바다 밑으로 터널을 뚫어 기차를 다니게 한 건 1988년. 총 길이가 50킬로미터를 넘어 세계에서 가장 긴 해저터널이란다. 어두컴컴한 터널은 형광등 불빛만 비쳐 바다 밑이라는 생각이 전혀 들지 않는다. 기차는 그렇게 20여 분을 단조로이 달린 끝에 홋카이도 땅에 올라섰다.

창밖은 온통 새하얀 눈 세상이다. 앙상한 초목은 줄기 끝만 드러낸 채 겨우내 쌓인 눈 더미에 완전히 묻혀 있다. 홋카이도는 이번이 세 번째 방문인데, 눈을 본 건 처음이다. 살면서 이렇게 두텁게 쌓인 눈을 본 것도 처음이다. 눈 구경 실컷 하며 삿포로역에 도착하니 오후 4시가 넘었다. 오전 8시 40분쯤에 기차를 탔는데 벌써 노을이 내려앉아 시내가 노랗게 물들고 있었다.

저녁 무렵의 공기는 한겨울처럼 아리다. 머나먼 철로를 지나 다

198

시 찾은 삿포로. 역에 내리자마자 짙은 남색 배경에 흰 글자로 '시로이 고이비토白い恋人'라 적힌 간판이 보인다. 눈에 잠긴 홋카이도 풍경과 잘 어울리는 오미야게 과자, 시로이 고이비토의 광고판이다.

내가 이 과자를 처음 맛본 건 2002년 한일월드컵 때다. 당시 한 스포츠신문사의 파견 리포터로 선발되어 3주간 일본에 머물면서 취재나 통역을 도왔는데, F조 조별리그 경기가 열린 삿포로돔 주변을 취재하러 간 게 이 도시와의 첫 연이었다. 당시 삿포로에서는 잉글랜드-아르헨티나 경기가 열렸다. 두 나라는 각각 유럽과 남미의 축구 강호인 데다 포클랜드 전쟁을 치른 앙숙이다. 당연히 이목이 집중됐다. 잉글랜드가 패배해 훌리건 난동이 벌어지기라도 하면 그 생생한 현장을 취재하는 게 미션이었는데, 경기는 데이비드 베컴의 페널티킥 덕분에 잉글랜드가 가까스로 승리했고, 삿포로는 평화를 유지할 수 있었다.

어쨌든 난 16년 전에도 도쿄에서 삿포로까지 기차를 타고 갔다. 그땐 신칸센이 아오모리青森까지만 운행해 지금보다 훨씬 더 오랜 시간이 걸렸다(기차 안에서 거의 하루를 보냈다). 차량 안은 잉글랜드 응원단이 점령하다시피 했다. 맥주를 연신 들이켜 얼굴이 불콰해진 그들은 삿포로까지 가는 내내 응원가를 부르며 흥이 넘쳤다. 축제 분위기 속에 함께 건배를 들며 어울리다 보니 기나긴 탑승시간도

견딜 만했다.

샷포로는 홋카이도에서 가장 큰 도시다. 아이누アイヌ의 땅이었던 홋카이도는 메이지유신 이후에 본격적으로 개발됐는데,[1] 이 과정에서 일본 정부가 1869년 개척사開拓使를 설치해 홋카이도 개척의 본거지로 정한 곳이 샷포로였다. 근대에 계획도시로 개발된 샷포로는 바둑판형 시가지, 널찍한 도로, 중심부의 오도리大通공원 등 깔끔하고 쾌적한 짜임새가 돋보였다. 일본의 다른 도시와는 느낌이 사뭇 달랐다. 날씨도 쾌청했다.

기분 좋게 사흘간의 취재를 마친 뒤 도쿄로 돌아가는 기차역 매점에서 시로이 고이비토를 만났다. 진열대에서 가장 넓은 자리를 차지하고 있기에 별 망설임 없이 선물용으로 샀다. 가방에 잘 넣어두었다가 귀국하고 나서야 먹어봤는데, 내 입맛엔 너무 달았다. 그 이후엔 홋카이도에 출장이나 여행을 다녀온 지인들로부터 기념품으로 받아먹었다.

'하얀 연인'이라는 뜻의 시로이 고이비토. 홋카이도를 대표하는 오미야게 과자다. 오리지널 상품은 납작한 랑그 드 샤langue de chat

---

1) 아이누는 일본 도호쿠東北 지방과 홋카이도, 러시아의 사할린 남부와 쿠릴 열도에 걸쳐 거주한 민족이다. 이들 지역은 겨울철이면 극심한 혹한에 폭설이 몰아치는 등 환경이 척박해 일본인들로부터 외면받았고, 때문에 아이누족은 오랜 세월 독자적인 풍습을 유지할 수 있었다. 그런데 근대에 이르러 일본 정부가 '개척'이라는 명목하에 홋카이도를 일본 영토로 편입시킨 뒤, 본토 일본인들을 대대적으로 이주시키는 한편 원주민인 아이누족에게는 언어 등 고유문화를 말살하고 동화정책을 강제했다.

쿠키 2장 사이에 화이트 초콜릿 크림이 발려 있다.[2] 프랑스 전통 과자인 랑그 드 샤는 '고양이의 혀'를 뜻하는데, 납작하고 긴 형태가 고양이 혀를 닮았다고 하여 붙여진 귀여운 이름이다. 버터, 설탕, 달걀흰자를 듬뿍 넣어 만들어 겉은 바삭하면서도 속은 촉촉한 것이 특징이다. 쿠크다스처럼 말이다.

시로이 고이비토는 한국에 '일본 쿠크다스'라고도 알려져 있는데(사실 출시 시점을 따지면 시로이 고이비토가 10년 먼저 나온 선배다), 맛도 크게 다르지 않다. 물론 버터나 설탕 함유량이 달라 세부적인 맛이야 다르지만, 기본적으로 단맛이 강하며 버터 풍미가 진하다(내게는 살짝 느끼하게 느껴졌다). 시로이 고이비토를 먹어본 이들 사이에서 호불호가 갈리는 이유가 여기에 있다. 아메리카노나 쌉쌀한 차에 곁들이면 잘 어울린다. 길쭉한 직사각형 꼴인 쿠크다스와 달리 시로이 고이비토는 정사각형 형태다. 가로, 세로 길이가 각 5센티미터 정도로 큰 편은 아니다. 취향에 따라 다르겠지만, 내게 하나는 조금 아쉽고 3개 이상은 질리며 2개가 딱 적당하다.

이 과자가 세상에 첫선을 보인 것은 1976년. 벌써 40년 넘는 역사를 이어온 장수 과자다. 오랜 시간이 지났음에도 인기는 굳건하

---

[2] 시로이 고이비토 브랜드 상품으로는 '시로이 고이비토'(화이트 초콜릿 크림 쿠키), '시로이 고이비토 블랙'(밀크 초콜릿 크림 쿠키), '시로이 고이비토 화이트 초콜릿 푸딩', '시로이 고이비토 소프트 크림' 등이 있다.

다. 앞서 언급한 오미야게 과자 인지도 조사에서 시로이 고이비토
는 인지도뿐만 아니라 구입 경험에서도 1위를 차지했다. 놀라운
점은 인지도를 묻는 질문에 응답자 87.1%가 '알고 있다'고 답했다
는 것이다(이는 2위를 차지한 '우나기 파이'의 인지도보다 13.4%나 높은 수치
다). 오차 범위를 감안하더라도 일본인 10명 중 8~9명은 이 과자
를 알고 있는 셈이다.

이 같은 인기는 물론 일본 내에서만 그치는 게 아니다. 시로이
고이비토는 해외에서도 꽤 유명하다. 홋카이도를 찾는 외국인 관
광객들이 주로 사 가는 기념품이 바로 시로이 고이비토다. 특히 중
국인들의 애정은 남다르다. 일본에서 중국인 관광객들의 '바쿠카
이爆買い(폭매라는 뜻으로, 한 번에 대량 구매하는 행위를 가리키는 속어다)' 현
상이 화제가 됐을 때, 시로이 고이비토는 그 중심에 있었다. 이들
은 면세점이나 백화점에서 시로이 고이비토를 수십 박스씩 쓸어
담는 경이로운 광경을 연출했다.

한국 포털사이트에서도 시로이 고이비토를 검색하면 시식 후기
며 구매대행 등 관련 정보가 쏟아진다. 높은 인기 덕택에 2015년
엔 현대백화점이 이 과자를 들여와 기간 한정으로 판매하기도 했
다. 요즘엔 TV 홈쇼핑의 홋카이도 여행 상품에서 특전으로도 자
주 등장한다. "홋카이도에 가면 꼭 먹어봐야 하는 이 과자를 그냥
드린다"는 쇼호스트들의 현란한 설명과 함께.

お土産菓子の話

높은 인기에 힘입어 시로이 고이비토는 연 2억 개가량 생산되는 것으로 알려져 있다. 1억 2,000만 명이 넘는 일본인들에게 하나씩 쥐여주고도 8,000만 개가 남는 어마어마한 양이다. 이쯤 되니 궁금해진다. 엔화는 물론 위안화, 원화, 달러 등 각국의 돈을 긁어모으는 이 과자, 과연 얼마나 벌어들일까? 성공을 얘기함에 있어 돈 얘기를 빼놓을 수 없으니.

　제조사인 이시야石屋제과가 가장 최근(2018년 4월)에 공표한 총 연간 매출액은 186억 7,500만 엔이다. 물론 다양한 제품군을 거느린 이시야제과의 수익원이 시로이 고이비토 하나만 있는 것은 아니다. 상품별로 정확한 매출액이 공표된 적은 없는데, 다만 이시야제과 측에서 밝힌 바에 따르면 시로이 고이비토의 연 매출액은 약 130억 엔에 달한다. 요컨대 총 매출액의 80%가량을 시로이 고이비토가 벌어들이는 것이다.

이시야제과는 에자키글리코, 가루비カルビー, 모리나가제과森永製菓, 메이지제과明治製菓 같은 일본 메이저 제과회사가 아니다.[3] 한국으로 치면 롯데제과, 오리온, 해태제과 등이 아니라는 것이다. 성장을 거듭해왔지만 아직은 메이저 제과업체에 비해 규모가 작은 편이다. 임직원 수가 5,500명에 이르는 에자키글리코에 비해 이시야제과는 900여 명으로 6분의 1 수준이다. 과자업계 1위인 에자키글리코에 비교하는 게 공정하지는 않겠지만 말이다. 그럼에도 지역에 기반한, 그것도 제과회사가 연 1,800억 원이 넘는 매출액을 기록한다는 것은 매우 놀라운 일이다. 인구수나 경제 규모 등 여러 조건이 달라 직접 비교할 수는 없는 노릇이지만, 이 정도 매출액이면 한국에서는 대기업이다.[4]

---

3) 에자키글리코는 '포키Pocky', 가루비는 '새우깡'과 흡사한 '에비센えびせん', 모리나가제과는 '고래밥'과 흡사한 '옷톳토おっとっと', 메이지제과는 '초코송이'와 흡사한 '기노코노 야마きのこの山' 등으로 유명하다.
4) 현행 『중소기업기본법』은 '식료품 제조업'일 경우, 평균 매출액이 1,000억 원 이하면 '중소기업'으로 규정한다.

인기를 가늠할 수 있는 또 다른 척도는 바로 '모방품'이다. 인기 있는 과자는 등 뒤로 모방품 행렬이 늘어서게 마련이다. 경주 특산품인 '황남빵'이 전국적으로 유명해지자 온갖 유사품이 이름만 바꿔 출시됐듯이, 시로이 고이비토도 높은 인기만큼이나 많은 모방품이 존재한다. 가령 삿포로 기차역 오미야게 과자 매장에서는 '구로이 고이비토黒い恋人'라는 과자를 볼 수 있다. 홋카이도 아사히카와旭川 지역의 검은콩으로 만든 오미야게 과자로, '검은 연인'이라는 뜻이다. 이름이며 뜻만 보면 언뜻 이시야제과가 내놓은 후속상품 같지만, 회사도 과자 종류도 전혀 다르다.

수많은 모방품 중 가장 큰 문제가 불거진 것은 '오모시로이 고이비토面白い恋人'(유쾌한 연인)다. 시로이 고이비토 앞에 面만 붙여 이름을 살짝 바꾼 데다 패키지까지도 비슷하게 만들어졌다. 이 과자는 일본 유명 연예기획사 요시모토흥업吉本興業의 자회사 요시모토쿠라부吉本倶楽部가 2010년 오사카 오미야게 과자로 선보인 것이다. 오사카에서 독점적인 연예기획사나 다름없는 만큼 요시모토흥업에는 오사카 출신 스타 코미디언들이 대거 소속되어 있는데, 이러한 특징을 반영해 '유쾌한 연인'이라는 모방품을 낸 것이다. 그야말로 재치 넘치는 이름이다. 그러나 (당연히) 이시야제과로서는 유쾌하지 않았을 터. 다른 유사품에는 비교적 관대했던 이시야제과가 이 과자만큼은 엄정하게 대응했다. 아무래도 영세업체도 아닌, 일본인이라면 누구나 알 만한 요시모토흥업이 수십 년을 쌓아온 시로이 고이비토 브랜드를 침해한 것은 간과할 수 없다고 판단한 듯하다.

2011년 이시야제과는 요시모토흥업 등 관련 3개 사에 1억 2,000만 엔의 손해배상을 청구하며 상표권 침해 및 부정경쟁 방지법 위반 소송을 제기했다. 이 소송은 큰 주목을 받았던지 오모시로이 고이비토로 검색하면 여전히 두 과자를 나란히 놓고 비교하는 장면이 상단에 뜬다. 법정 공방은 우여곡절 끝에 2013년 오모시로이 고이비토의 패키지를 바꾸기로 결정하면서 마무리됐다(아주 큰 변화는 없지만, 시로이 고이비토에서 고스란히 베껴온 듯한 리본이나 테두리 디자인 등이 사라졌다).

이 밖에도 일본 각지에서 시로이 고이비토를 따라 만든 '○○ 고이비토'는 일일이 열거하기 힘들 만큼 많다. 심지어 중국에서 유사품이 나오는가 하면, 한국에서도 시로이 고이비토를 연상케 하는 과자가 나와 일본 네티즌들의 입방아에 오르내렸다. 어쨌든 국경을 초월해 유사품이 난무하는 것만 봐도 엄청난 인기를 실감할 수 있는데, 왜 이렇게 잘나갈까?

입맛에 따라 다르겠지만, 시로이 고이비토가 특별하게 맛있다거나 남다른 과자라고 보기는 힘들다. 1976년만 해도 시로이 고이비토, 즉 랑그 드 샤 쿠키와 화이트 초콜릿 크림은 혁신적인 조합이

었다. 그렇지만 지금은? 제과 산업이 발달한 일본에서는 엄청나게 다양한, 새로운 맛의 과자가 쏟아져 나온다. 더욱이 시로이 고이비토는 '지역 명물' 하면 쉽게 떠올리는 센베이처럼 일본 전통과자도 아니다. 앞서 말했듯 랑그 드 샤 쿠키는 프랑스 과자이며, 화이트 초콜릿도 일본에서 비롯한 디저트가 아니다. 그럼에도 지역을 대표하는 오미야게 과자로서 오랜 세월 인기를 얻는 데에는 분명 이유가 있을 것이다. 그게 무엇인지 살펴보기 위해 삿포로의 '시로이 고이비토 파크白い恋人パーク'를 찾았다.

한 겨울의 눈송이를

닮은 과자

홋카이도는 일본 내에서도 대중교통이 미비한 편이라 뚜벅이 배낭족들에게는 불편함이 많은 지역이다.[5] 폭설이 내리지 않는다면 렌터카로 다니는 게 효율적이다. 시로이 고이비토 파크도 찾아가기가 쉽지 않았다. 삿포로 시내 중심부에서 조금 떨어진 곳에 자리해 있는데, 삿포로역 버스터미널에서 시내버스를 타고 가니 40분

---

5) 홋카이도는 삿포로에 도시 기능이 집중되어 있고 다른 중소도시들은 여기저기 흩어져 있어 도시 간 거리가 멀뿐더러, 겨울이면 눈 때문에 대중교통 이용이 불편하기 때문에 자가용 의존도가 높다.

이나 걸렸다.[6] 그것도 모자라 정거장에서 빙판길을 10분쯤 걸어야 했다.

어렵사리 도착하니 영국식 벽돌 건물과 프랑스 알자스 지방 전통가옥을 적당히 섞어놓은 듯한 건물들이 늘어서 있다. 딱 테마파크 느낌. 큰 감흥은 없다. 나름 랜드마크 역할을 하고 있는 높다란 시계탑도 모조품처럼 보여 실망스럽다. 그럼에도 불구하고 중국인 단체관광객이 어마어마하게 많아 놀라웠다. 일본인이나 한국, 동남아 관광객이 있었지만 중국인 수가 압도적이었다. 때문인지 테마파크 안에서도 중국인 직원들이 다수 눈에 띄었다. 입장료는 600엔. 단체관광객 입장료는 500엔인데, 볼거리나 규모를 고려하면 저렴한 가격은 아니다. 그런데도 입장권을 사기 위해 늘어선 줄이 상당히 길다. 대체 이 오미야게 과자에 어떤 매력이 있길래 이토록 열성 팬이 많은 걸까?

사실 이런 의문을 갖기에 시로이 고이비토는 이름부터 너무 근사하다. 일본어로 '시로이白い'는 '하얗다'는 뜻이다. 일본 북단에 자리한 홋카이도 지방은 춥고 눈이 많이 내리기로 유명하다. 겨울

---

6) 삿포로 시영전철 도자이센東西線으로도 갈 수 있다. 오도리공원 인근의 오도리大通역에서 탑승해 미야노사와宮の沢역에 내려 10분 정도 걸으면 된다. JR패스 이용자라면 JR 운영 시내버스(55번, 57번)를 무료로 이용해 찾아갈 수 있지만, 도자이센은 시영전철이라 따로 탑승권을 사야 한다. 참고로 시로이 고이비토 파크 영업시간은 오전 9시~오후 6시(입장은 오후 5시까지)다.

시로이 고이비토 파크다. 시계탑에서부터 과자의 집,
미니 열차가 다니는 기찻길 등 테마파크 느낌이 물씬 난다.

이면 삿포로에서 열흘 넘게 눈 축제가 열릴 정도로 강설량이 어마어마하다(《러브레터》의 전설적인 마지막 장면 역시 홋카이도가 배경이다). 지역에 따라 차이가 있지만 대개 10월부터 눈이 내리기 시작해 다음 해 4월까지 이어진다. 때문에 일본인들은 '홋카이도' 하면 온 세상이 하얗게 보일 정도로 눈에 파묻힌 겨울 풍경을 떠올리곤 한다. '시로이'는 바로 이런 이미지를 연상케 한다. 간단한 수식어 하나만으로 홋카이도의 특색과 아이덴티티를 고스란히 머금었을 뿐만 아니라 감성까지 자극한다.

'하얗다'는 건 과자의 생김새와도 무관하지 않다. 가장자리가 노릇하게 구워진 밝은 미색의 랑그 드 샤 쿠키에 화이트 초콜릿 크림은 '시로이'라는 표현에 딱 어울린다. 과자의 특징이 잘 녹아 있는 이름이다. 무엇보다도 '시로이'란 단어를 한번 소리 내서 읽어보자. 치아가 맞닿을 만큼 좁아진 입모양에서 마찰음이 강하게 새어나간다. 마치 겨울날 좁은 골목길을 차분하게 쓸고 가는 찬바람 소리 같다.

'고이비토恋人'는 이 과자의 근사한 이름을 완성시킨다. 이는 연인, 사랑하는 사람을 뜻하는 말인데, 일상적인 대화보다는 사랑을 주제로 한 시나 노랫말에 더 자주 등장하는 단어다. 이쓰와 마유미五輪真弓의 애절한 발라드 〈고이비토요恋人よ〉(연인이여)나 구와타 게이스케桑田佳祐의 〈시로이 고이비토타치白い恋人達〉(하얀 연인들) 등

제목에 이 단어가 들어간 명곡도 많다. 때문에 고이비토는 가레시彼氏(남자친구), 가노조彼女(여자친구) 같은 구어에서는 느껴지지 않는 낭만적이면서도 우아한 분위기를 만들어내는데, 여기에 겨울 풍경을 연상시키는 '시로이'가 붙어 애틋한 감상까지 자아낸다(그 유명한 드라마, 〈겨울연가〉도 비슷한 조합이 아닌가).

　재미있는 사실은 '시로이 고이비토'가 엄청난 심사숙고 끝에 결정된 이름이 아니라는 것이다. 테마파크 입장권을 사면 '시로이 고이비토 파크 패스포트'라는 작은 책자를 주는데, 여권이라는 이름대로 방문할 때마다 도장을 찍어준다. 이 책자에 시로이 고이비토라는 이름의 유래가 소개되어 있다.

　이시야제과는 과자부터 개발해놓고 이름을 정하지 못해 어려움을 겪었던 모양이다. 홋카이도와 눈을 테마로 정하면서 기타구니北国(북쪽 나라), 툰드라, 블리자드(눈보라) 등이 제안됐다. 심지어 과자 이름으로 붙이기에는 지나치게 엄숙하거나 우스꽝스러운 '동장군'까지 나왔다고 한다. 이렇게 고민을 거듭하던 중 이시야제과 창업자이자 전前 사장인 이시미즈 유키야스石水幸安가 별 뜻 없이 던진 말 한마디가 브랜드명을 결정지었다.

　사연은 이랬다. 연말을 맞아 분주하던 12월의 어느 날, 스키를 타러 갔다 온 이시미즈 유키야스 사장이 신제품 이름을 놓고 고민 중인 직원들에게 무심한 어투로 말을 걸었다. "하얀 연인들이 내

려왔어." 스키장에서 활강하는 커플을 '하얀 연인'이라 표현한 것이었다. 1968년 제작된 동계올림픽 기록영화 〈하얀 연인들白い恋人たち〉(원제는 '13 Jours en France', 즉 '프랑스에서의 13일'인데 일본에서 제목을 '하얀 연인들'로 바꿔 개봉했다)에서 착안해 온몸에 흰 눈이 덮인 채 스키 타는 연인을 그리 불렀단다. 이렇게 우연히 떠올린 이름이 홋카이도 이미지는 물론 과자 이미지에도 딱딱 들어맞아 마침내 '시로이 고이비토'라는 이름이 탄생했다는 것이다. 언뜻 얻어걸린 이름처럼 보이지만, 물론 시로이 고이비토가 성공한 데에는 이름만 기여한 것이 아니었다.

お土産菓子の話

홋카이도를 담아낸
패키지 디자인

시로이 고이비토 파크는 내부시설 관람만 유료다. 외부 정원은 무료로 돌아볼 수 있다. 입장권은 실내에 들어가 1층 접수처에서 사면 된다. 접수처를 지나 계단을 올라가면 간이 스튜디오가 나온다. 대여섯 살쯤으로 보이는 어린 딸과 부모가 조명기기 아래에서 포즈를 취하자 앞에 선 사진가가 플래시를 터뜨리며 사진을 찍어준다. 스튜디오에서는 이렇게 찍은 사진을 시로이 고이비토 틴케이스에 입혀 추억이 담긴 기념품을 만들어준다. 물론 무료는 아니고, 별도로 돈을 내야 한다. 가장 작은 36개입 틴케이스는 과자 값에 개인 사진 제작비 540엔을 더해 3,075엔. 꼭 스튜디오에서 찍지 않더라도 사진 파일을 보내 나만의 시로이 고이비토 패키지를 만들 수 있다.

핸드폰으로도 얼마든지 좋은 사진을 찍을 수 있는 시대에, 그것도 과자 상자에 사진을 입혀주는 서비스라니 얼마나 이용하겠나 싶냐만, 차례를 기다리는 이들이 퍽 많다. 스튜디오 앞에는 이렇게 만들어진 틴케이스 샘플들이 전시되어 있다. 아이, 커플, 고양이 등 다양한 사진이 보인다. 생일이나 출산, 입학 선물로 추천한다는 문구가 있는 걸 보면 가족 단위로 와서 찍는 이들이 많은 듯하다. 시로이 고이비토 패키지의 인기가 높은 점도 한몫하는 듯하고.

패키지 디자인은 발매 이후 40여 년간 큰 변화가 없었다. 때문에 다소 촌스러워 보이기도 하는데, 장수 인기 과자로 자리 잡으면서 1970년대 분위기가 살아 있는 이 예스러운 디자인은 오히려 특유의 정체성을 갖게 됐다.[7]

이름에 걸맞게 하얀색이 중심을 이룬 패키지에는 시로이 고이비토(역시 흰색 글씨다)가 큼지막하게 박혀 있다. 양옆에는 눈 결정이 대칭을 이룬 채 놓여 있고, 아래에는 금색 테두리를 두른 커다란 하트 모양이 그려져 있다. 하트 안을 차지한 눈 덮인 흰 산은

---

7) 2000년 이전까지 시로이 고이비토의 패키지 디자인은 두 종류가 있었다. 틴케이스 패키지는 현재와 같은 것이었으며, 종이 상자 패키지는 흑백톤의 수수한 모습이었다.

홋카이도 설경을 강조한다. 이를 감싼 하늘색 리본에는 프랑스어로 '화이트 초콜릿과 랑그 드 샤CHOCOLAT BLANC ET LANGUE DE CHAT'라고 적혀 있다. 리본 말고도 과자를 설명하는 프랑스어 문장이 군데군데 보인다.

일반적으로 과자 포장지에는 빨간색이나 노란색 같은 식욕을 자극하는 색을 쓴다. 마트의 라면이나 과자 코너를 떠올려보자. 온통 온색 계열이지, 한색 계열을 쓴 포장지는 거의 없다(시원함을 강조해야 하는 비빔면 같은 상품이 아니고서야). 한색 계열은 식욕을 저하시킨다고 알려져 있기 때문이다. 라면 국물이 노란색이나 빨간색이 아니라 파란색이었다면 이렇게까지 잘 팔리지는 못했을지도 모른다(아니, 생각만 해도 끔찍하다). 그런데 시로이 고이비토가 패키지에 전면적으로 내세운 것이 바로 흰색과 푸른색이다(여기에 금색이 살짝 곁들여진다). 과자 포장치고 꽤 도전적인 선택이었던 셈인데, 홋카이도 오미야게 과자라는 점, 하얀 연인이라는 이름이 맞물리면서 더없이 적절한 패키지 디자인이 됐다.

이시야제과는 공식 홈페이지를 통해 패키지 디자인에 담긴 의미를 소개하고 있다. 이에 따르면 패키지에 등장하는 뾰족한 설산은 상상 속 이미지가 아니라 실존하는 산이다. 홋카이도 북단의 작은 화산섬인 리시리利尻섬의 리시리산이 그곳이다(그림 아래에 영어 명칭 'Mt. RISHIRI'가 표기되어 있다). 이 산을 패키지 디자인 테마로 정한

이는 앞서 시로이 고이비토라는 이름을 내놓은 이와 동일인물이다. 그렇다. 창업자 이시미즈 유키야스다. 리시리산에 다녀온 이시미즈(아무래도 레포츠 활동을 좋아했던가 보다)는 눈 덮인 리시리산의 위용이 알프스 산맥에 견줄 만하다며 감격했는데, 그것이 패키지 디자인으로 이어졌다. 아울러 원래 저렴한 막과자를 만들어 판매하던 이시야제과가 당시 일본에서 유행하기 시작한 유럽풍 고급과자에 도전하면서 프랑스어 문구나 장식용 리본 등의 이미지로 프리미엄 느낌을 살렸다.

　사뭇 화려한 인상을 주는 외관에 비해, 과자 하나하나를 감싼 속포장지는 수수하다. 짙은 청록색 포장지에 흰색 눈 결정이 그려져 있다. 오미야게 과자 속포장치고는 좀 밋밋하다 싶으면서도 무광이어서 말끔한 느낌을 주는 점이나 눈 결정이 두드러지는 점은 시로이 고이비토의 아이덴티티에 잘 어울린다.

쿠키 밖으로 삐져나온 화이트 초콜릿

시로이 고이비토는 출시된 지 얼마 지나지 않아 성공을 거뒀다. 환상적인 브랜드 네이밍이나 홋카이도 지역 특색을 잘 반영한 패키지 디자인이 큰 역할을 했음은 분명하다. 무엇보다도 과자 자체의 맛과 형태가 당시로서는 혁신적인 것이었다. 이시야제과는 어쩌다 이런 과자를 만들 생각을 한 걸까?

앞서 말했듯 이시야제과는 원래 브랜드가 없는 사탕, 생과자 등 저렴한 막과자(일본어로는 다가시馱菓子라고 한다)를 만들던 곳으로, 1947년 홋카이도 삿포로에서 정부 위탁 전분 가공업체로 창업했다. 그런데 1960~1970년대에 일본 경제가 급속도로 성장하자 이시야제과는 상품 고급화에 나선다. 먹고살 만해진 일본인들이 기존의 싸구려 과자 대신 고급 과자를 찾기 시작했기 때문이다. 더욱이 1972년 삿포로 동계올림픽을 계기로 홋카이도를 방문하는 이들이 늘면서 지역 오미야게 시장이 확대됐다.

이시야제과는 지역을 대표하는 고급 과자를 개발하는 데 몰두한 끝에 7종류나 되는 오미야게 과자를 야심차게 내놓았다. 하지만 시장에서는 아무도 거들떠보지 않았다. 당시 내놓았던 과자 중 지금까지 남아 있는 것이 단 하나도 없을 정도다. 그나마 '셰루타シェルター'라는 과자가 발매 당시 맛이 좋다며 호평을 받았다. 셰루타는 이시야제과가 1971년 삿포로 시내 지하철 개통을 기념해 선보인 랑그 드 샤 쿠키로[8] 프리미엄 오미야게 과자를 지향하던 이시야제과에 전환점을 마련해준 건 분명했지만, 홋카이도 대표 과자를 만들겠다는 포부를 실현시키기에는 부족했다.

한 방이 절실했던 이시야제과가 사활을 걸고 개발한 오미야게 과자가 바로 '시로이 고이비토'였다. 1970년대 일본 과자업계에서는 화이트 초콜릿이 선풍적인 인기를 끌고 있었다. 1968년 홋카이도 오비히로帯広시의 제과회사 오비히로센슈안帯広千秋庵(현 ㈜롯카

---

8) 발매 취지를 반영하듯 셰루타 포장지에는 지하철이 그려져 있다. 브랜드명은 지하철의 방공호Shelter를 의미한다.

테이六花亭)이 일본 최초로 선보인 화이트 초콜릿이 전국적인 붐을 일으킨 것이다.[9] 이시야제과는 트렌드를 놓치지 않고 화이트 초콜 릿을 활용한 고급 과자 개발을 목표로 삼았다. 하지만 미투[10]나 카 피캣[11] 전략으로는 이미 화이트 초콜릿 상품을 내놓고 앞서가던 다른 경쟁사들을 따라잡기 어려웠다. 그래서 약간의 변형을 꾀했 다. 초콜릿이 쉽게 녹아 손에 달라붙는다는 점을 보완해, 먹는 동 안 초콜릿이 녹지 않도록 쿠키 2장 사이에 끼워 넣는 것이었다.

방향은 정해졌지만 곧 또 다른 난관에 봉착했다. 쿠키 2장을 쓰 면 쿠키맛이 지나치게 강해 화이트 초콜릿맛이 묻혀버렸다. 화이 트 초콜릿을 활용한 과자가 개발 목표였는데, 주객이 전도된 셈이 었다. 이를 보완하기 위해 나온 아이디어가 '최대한 얇은 형태로 만든 랑그 드 샤'였다. 이미 셰루타로 랑그 드 샤 쿠키의 제조 기술 은 충분한 상황이었다. 이시야제과는 이 쿠키의 식감이 겉은 바삭 하면서도 속은 부드러워 화이트 초콜릿과 잘 어우러진다는 장점에 주목했다.

---

9) 롯카테이의 오다 도요시로小田豊四郎 회장은 1967년 유럽 연수 도중 스위스에서 맛본 화이 트 초콜릿에 감동해 귀국하자마자 제품화에 나섰다. 그는 화이트 초콜릿의 하얀 빛깔이 홋카 이도의 눈 이미지와 잘 어울린다는 점에도 주목했다. 롯카테이 화이트 초콜릿은 1970년대 초 일본국유철도(JR의 전신)의 '디스커버 재팬Discover Japan' 캠페인에 힘입어 홋카이도의 기 차역 매점에서 판매되며 대대적인 홍보 효과를 누린다. 이후 홋카이도를 방문한 젊은이들 사 이에 입소문이 퍼지면서 화이트 초콜릿이 전국적으로 각광받게 된다.

10) 이미 성공한 상품의 이름, 모양, 디자인 등을 모방해 인기에 편승하는 전략이다.

11) 미투 전략과 같은 뜻이지만 독창성 결여를 비하하는 의미가 더 강조된 단어다.

한편 당시 일본에서는 달콤한 초콜릿에 딱딱한 크래커를 결합시킨 형태의 과자가 이미 크게 유행하고 있었다. 시로이 고이비토보다 1년 앞선 1975년에 발매된 '기노코노 야마きのこの山'(버섯의 산)가 대표적이다.[12] 메이저 제과회사인 메이지제과가 내놓은 이 과자는 한국의 '초코송이'와 흡사하다. 기노코노 야마는 버섯 모양의 과자 디자인을 그대로 살린 제품명, 초콜릿과 크래커의 조화로운 맛으로 화제를 모으며 대성공을 거뒀다. 그 와중에 시로이 고이비토는 기노코노 야마 같은 초콜릿 크래커보다 달콤함과 부드러움이 부각된 얇은 랑그 드 샤 쿠키와 화이트 초콜릿 조합을 활용한 것이다. 소비자들에게 색다른 매력으로 다가갈 수밖에 없었다.

그런데 문제가 있었다. 이렇게 얇게 만들어진 랑그 드 샤 쿠키는 너무 약해서 부서지기 쉬웠다(여전히 쿠크다스가 부서지기 쉬운 과자의 대명사인 것처럼 말이다). 시로이 고이비토는 처음부터 홋카이도 오미야게 과자로 개발된 상품이었다. 출장, 여행 등으로 홋카이도를 방문했다 구입한 과자가 집에 돌아가서 보니 부서져 있다면, 오미야게로서는 불합격이었다.

까다로운 과제였지만, 지금 우리가 시로이 고이비토를 무사히 맛볼 수 있는 만큼 해결책이 나왔음은 당연하다. 크라운산도나 오

---

12) 일본어로 기노코きのこ는 버섯, 야마山는 산을 뜻한다.

레오처럼 쿠키 2개 사이에 크림을 발라 붙이는 방식으로 만든 과자를 '샌드형 과자'라고 부른다. 시로이 고이비토도 샌드형 과자라고 할 수 있는데, 다만 이 제품은 여느 샌드형 과자와 달리 크림 부분이 슬쩍 삐져나와 있다. 단단하게 굳힌 화이트 초콜릿 크림이 랑그 드 샤 쿠키보다 더 크기 때문이다. 동그랗게 깎인 네 모서리 밖으로 삐져나온 이 크림이 과자에 가해지는 충격을 완화해준다. 이렇듯 제조 방법을 살짝 바꾼 것만으로도 파손 문제가 훨씬 덜해졌다. 과자 하나 개발하는 데 이렇게 많은 품이 든다는 건 나도 처음 알았다. 어쨌든 이렇게 해서 얇디얇은 랑그 드 샤 쿠키에 화이트 초콜릿 크림이 들어간 시로이 고이비토가 탄생했다.

06

お土産菓子の話

プ
리
미
엄
이
미
지
를

노
린
정
교
한
마
케
팅

"마케팅은 제품이나 서비스가 아닌 인식perceptions의 싸움이다."
마케팅의 대가들인 알 리스Al Ries와 잭 트라우트Jack Trout는 공동
저서에서 이렇게 말한다. 아무리 좋은 상품이라 해도 적절한 마케
팅이 뒤따르지 않아 사람들이 알지 못하면, 시장에서 두각을 나타
내기 어렵다는 뜻이다. 시로이 고이비토가 홋카이도 대표 오미야
게이자 고급 과자라는 점을 인식시키기 위해 이시야제과가 선택한
전략은 다름 아닌 항공사 기내식이었다. 일본 각지와 삿포로를 잇
는 전일본공수ANA 항공기 기내식에 시로이 고이비토를 디저트로

넣은 것이다.

홋카이도는 지도상으로 러시아에 가까워 보일 만큼 일본 최북단에 위치한 섬이다. 따라서 당시 타 지역 방문객들은 주로 비행기나 배를 이용해야 했다. 1970년대에 소득수준이 높아졌다고는 해도 보통 사람들에게 항공기는 여전히 어쩌다 한 번 탈 수 있는 비싼 교통수단이었다. 자연스레 기내식도 하늘 위에서 가끔 누릴 수 있는 사치스런 식사였다. 여기에 시로이 고이비토가 제공됐으니 승객들은 이 과자를 고급 디저트로 받아들였을 것이다.

시로이 고이비토가 ANA 기내식으로 채택되기까지의 과정은 사뭇 흥미롭다.[13] 이시야제과는 프리미엄 이미지를 확보하기 위해 갖은 노력을 쏟았다. 창업자 이시미즈 유키야스의 아들이자 당시 회사 전무였던 이시미즈 이사오石水勲는 삿포로 시내의 유명 백화점들을 직접 찾아다니며 납품 계약을 따냈다. 백화점 다음 공략 목표가 항공사 기내식이었다. 이시미즈 이사오 전무는 치토세千歳 공항(삿포로에 위치한 공항이다)의 ANA 창구를 무작정 찾아가 기내식 담당 부서가 어딘지 물었다고 한다. 우여곡절 끝에 기내식 담당자를 만난 그는 시로이 고이비토를 내밀며 "ANA 캠페인에 딱 들

---

13) "「시로이 고이비토」가 홋카이도의 대표 오미야게가 되기까지, 대단한 전략이 배경에「白い恋人」が北海道の定番土産になるまで 見事な戦略が背景に",《ハーバービジネスオンライン》, 2015.12.24.

어맞는 상품을 만들어 왔으니 시식해달라"고 통사정을 했다. ANA 가 1977년 홋카이도 관광을 장려하기 위해 대대적으로 진행한 '뎃카이도, 홋카이도でっかいどう、北海道' 캠페인을 노린 것이다.[14]

앞서 말했듯 일본에서 여행과 오미야게 과자는 불가분의 관계다. 이시미즈 이사오 전무는 이 절호의 기회를 놓치지 않았다. 그런데 문제가 있었다. 두 회사가 비즈니스를 함께 진행하기엔 체급차이가 컸던 것. ANA는 당시나 지금이나 일본을 대표하는 대기업이지만, 이시야제과는 듣도 보도 못한 작은 제과회사에 불과했다. 일반적인 경우라면 "제안서부터 보내라"며 돌려보낸 뒤 검토조차 하지 않았을 것이다. 하지만 이 기내식 담당자는 이시미즈 이사오 전무의 황당한 요청에 놀라면서도 무작정 회사를 찾아올 만큼 자신감 넘치는 패기에 마음이 움직였던 모양이다. 그는 이야기를 경청한 뒤 시로이 고이비토에 성공 가능성이 충분하다고 판단했다.

그렇다고 해서 ANA가 갑작스러운 제안을 한 번에 승인했다는 건 아니다. ANA는 이시야제과의 생산시설이 어떠한지 직접 확인하겠다며 견학을 요구했다. 이시야제과에서는 비상이 걸렸다. 아무래도 영세업체라 회사 꼴이 어디 내세울 만한 수준은 아니었기 때문. 이시미즈 이사오 전무는 일주일간(ANA 담당자로부터 얻은 유예

---

14) 뎃카이でっかい는 '엄청 크다'는 뜻의 데카이でかい를 더욱 힘주어 말한 구어체 단어다. 홋카이도가 광활하다는 점을 강조하기 위해 고안된 카피다.

기간이었다) 임직원들과 함께 회사 구석구석을 쓸고 닦았다. 자금 사정이 좋지 않아 속성 환경미화를 외주로 맡길 처지도 아니었던지라, 과자 굽던 직원들이 페인트를 사다가 사다리 놓고 얼룩진 벽이며 천장을 손수 칠했다. 결국 이런 노력이 결실을 맺어 ANA는 1977년 10월, 2주 한정으로 기내식에 시로이 고이비토를 포함시켰다. 출시된 지 1년여 만이었다.

이시야제과에게는 그 짧은 2주 동안이 기적과도 같은 시간이었다. 얼마 지나지 않아 시로이 고이비토를 맛본 ANA 탑승객들로부터 문의 전화가 빗발치기 시작했다(패키지 뒷면에 이시야제과 전화번호가 기재되어 있었다). 이렇게 맛있는 과자를 도대체 어디서 살 수 있느냐는 것이었다. ANA는 기대 이상의 호응에 놀라며 다음 해인 1978년에도 기내식에 시로이 고이비토를 포함시켰다. 전년에 이어 그해에도 ANA는 홋카이도 여행 프로모션 캠페인을 진행했는데, 이 캠페인을 통해 시로이 고이비토는 엄청난 홍보 효과를 누린다. 그결과 단숨에 전국적으로 유명한 오미야게 과자로 부상했다.

이 과정에서 탁월한 마케팅 능력을 입증한 이시미즈 이사오 전무는 1980년 아버지에게서 사장 자리를 물려받았다. 사장직에 오른 뒤에는 홋카이도를 배경으로 한 텔레비전 드라마 PPL(간접 홍보)을 주도해 성공을 거뒀다. 아사히TV가 방영한 인기 형사물 〈세이부경찰 시즌 2西部警察 PART-II〉가 그것이다.[15] 이 드라마는 당시로

선 파격적인 제작비가 투입된 '블록버스터'였다. 박진감 넘치는 차량 추격 장면, 대규모 폭파 장면 등 화려한 볼거리로 화제를 모았다. 특히 일본 각지를 돌며 지방 로케 촬영까지 진행했는데, 29회분(1983년 1월 2일 방영)은 홋카이도의 삿포로, 오타루小樽[16]가 배경이었다. 여기서 시로이 고이비토는 사건 해결의 실마리가 되는 중요한 소품으로 등장해 시청자의 눈길을 사로잡았다. 시로이 고이비토 공장도 사건의 배경으로 등장하는가 하면, 심지어 이시미즈 이사오 사장은 이 드라마에 본인 역할을 맡아 '깜짝 출연'까지 하면서 몸 사리지 않는 홍보 투혼을 펼치기도 했다.

---

15) 1982년 5월부터 1983년 3월까지 방영된 40부작 드라마. 전작인 《세이부경찰西部警察》(1979년 10월~1982년 4월 방영)이 대성공을 거두자 시즌 2가 제작, 방영됐다. 시즌 3까지 제작돼 1984년 10월에 종영했고, 2004년 10월 1회분의 스페셜 드라마로 만들어져 19년 만에 전파를 탔다.
16) 동해에 인접한 홋카이도 서쪽 해안의 항구도시.

07

캐릭터가 된
과자 브랜드

'일본' 하면 떠오르는 것 중 하나가 애니메이션이다. 일본 애니메이션, 즉 재패니메이션은 전 세계적으로 인정받고 있다. 〈포켓몬스터〉, 〈원피스〉, 〈도라에몽〉 등을 비롯해 수많은 재패니메이션이 문화권이 다른 미국, 유럽 등 세계 각지에서 인기리에 방영 중이다. 왜 갑자기 재패니메이션 이야기를 꺼내느냐고? 시로이 고이비토가 애니메이션으로도 제작됐다는 이야기를 하기 위해서다. 그것도 앞서 말한 텔레비전 드라마 PPL처럼 애니메이션에 시로이 고이비토가 등장하는 것이 아니라, 시로이 고이비토 자체를 애니메이션으로 만들었다.

시로이 고이비토가 오랜 세월 홋카이도를 넘어 일본을 대표하는 오미야게 과자로서 사랑받자, 이시야제과에서는 이 브랜드를 '캐릭터화'하는 방안을 내기에 이른다. 브랜드가 하나의 캐릭터로 자리 잡으면 고유의 페르소나를 갖추기 쉬워진다. 더욱 친숙한 이미지를 빚어낼 수 있으며, 상품에 대한 충성도가 높은 마니아까지 확보할 수 있다. 맥도널드 앞에 서 있는 삐에로라든가, 보자마자 카카오톡을 떠올리게 되는 라이언이라든가. 이는 브랜드 가치를 제고할 뿐만 아니라 꾸준한 매출 확대로도 이어진다.

일본이 애니메이션 강국인 만큼 지역 오미야게 과자 브랜드를 애니메이션으로 만든다는 상상 초월의 작업도 가능했을 것이다. 2006년, 이시야제과는 시로이 고이비토 발매 30주년 기념으로 애니메이션 〈시로이 고이비토〉를 제작했다. 제작을 맡긴 곳은 〈도라에몽〉 등을 만든 애니메이션 전문 제작사 신에이シンエイ였다. 시리즈가 아니라 단 한 차례 방영되는 애니메이션이었는데도 신에이에게 작업을 맡긴 사실에서 브랜드 캐릭터화에 대충 접근하지 않겠다는 이시야제과의 의지가 엿보인다(신에이가 제작사로 선정됐지만 이시야제과에서 작품의 총괄 지휘를 맡았다고 한다).

이렇게 만들어진 애니메이션 〈시로이 고이비토〉는 지역 방송사인 홋카이도TV 채널을 통해 방영됐다. 한겨울 삿포로를 배경으로

고양이들의 사랑과 모험, 가족 이야기 등을 다룬 내용이었다. 고양이는 2006년 공모전을 통해 선정된 시로이 고이비토의 심벌이기도 하다. 앞서 설명했듯이 랑그 드 샤는 '고양이의 혀'라는 뜻. 여기서 착안해 푸루미プルミ, 라무루ラムル라는 이름의 고양이 커플 캐릭터가 탄생했다.

실제로 시로이 고이비토 파크 기념품점에서 푸루미와 라무루가 수놓인 수건 등 다양한 캐릭터 상품을 볼 수 있었다. 또 테마파크 내부 곳곳에 고양이 캐릭터 조각들이 세워져 있었다. 그렇지만 만화에 등장하는 고양이는 이 시로이 고이비토의 심벌 고양이(실루엣만 그려져 있다)랑은 사뭇 다르게 생겼다. 두 다리로 직립보행을 하면서 코트, 털모자, 머플러, 장갑까지 착용한 모습으로 의인화한 것. 살짝 올라간 눈매, 뾰족한 귀, 숫자 3을 가로로 누인 입술 등으로 고양이 특징을 살렸다.

애니메이션의 내용은 동화 같다. 고양이 삼형제인 호쿠ホク, 가이カイ, 도우ドウ는 우연히 어떤 할아버지 고양이를 만나 시간을 거슬러 1950년 삿포로에 도착한다. 재미있게도 이 할아버지 고양이는 삿포로 관광명소인 시계탑에 산다. 이 시계탑은 1881년에 설치돼 현존하는 일본 시계탑 가운데 가장 오래된 것으로 손꼽히는데, 규모는 작지만 이국적인 건축 양식을 적용한 목조 건물이다. 지금까지도 홋카이도를 찾는 관광객들이 기념사진을 찍고 가는 랜드마

삿포로 시계탑. 건물은 1878년 삿포로농학교의 연무장으로
건립됐고, 지붕 위의 시계는 1881년에 설치된 것이다.

크다.

어쨌든 이들이 도착한 1950년 삿포로에서는 전설적인 '삿포로 눈 축제'가 처음 열렸다. 고양이 삼형제는 눈 축제 구석구석을 누비면서 커플 고양이 구로クロ, 유리ユリ를 만난다. 이들 커플이 우여곡절 끝에 결혼해 과자점을 연다는 해피엔딩 스토리다. 이처럼 이시야제과는 애니메이션에도 시로이 고이비토 브랜드의 정체성인 눈과 사랑을 녹여냈다. 시계탑 등 삿포로 명소를 부각시켜 지역 특색을 강조하는 한편 삿포로에 과자점을 열어 행복한 결말을 맞는다는 내용으로 홋카이도 대표 오미야게 과자로서의 자부심까지 치밀하게 담아냈다.

지역 방송사에서 방영된 단편 애니메이션이었지만, 유명한 오미야게 과자가 애니메이션으로 제작된다는 사실은 큰 화제를 모았다. 〈시로이 고이비토〉는 방영한다는 사실만으로도 엄청난 홍보 효과를 누릴 수 있었다. 이 작품에 대한 관심이 높아지자 다음 해인 2007년 2월, BS아사히 채널은 전국에 〈시로이 고이비토〉를 방영하기도 했다.

물론 시로이 고이비토 브랜드의 캐릭터화는 애니메이션에서 그치지 않았다. 이시야제과는 1995년 이 과자를 주제로 한 테마파크까지 조성했다. 그렇다. 앞서 언급한 '시로이 고이비토 파크'가 그곳이다. 원래는 공장 견학, 공방 체험 등을 통한 브랜드 홍보 목적으로 조성됐는데, 이후 시설을 계속 확충했다. 지금은 소인국 테마파크인 걸리버타운, 영국식 장미정원 등 다양한 볼거리를 갖추며 명실상부한 '테마파크'가 됐다.

테마파크 내부에 들어서면 먼저 화려한 분수가 눈길을 사로잡는다. 영국 왕실에 납품하는 도자기 브랜드, 로열덜턴Royal Doulton이 1870년에 제작한 분수대다. 분수대 곳곳에 설치된 조명이 화려한 색감의 도자기며 타일, 위에서 아래로 떨어지는 물줄기를 반짝반짝하게 비춘다. 분수대 상단의 널찍한 수반에서 물 떨어지는 소리가 시원하게 울려퍼져 폭포 옆에 서 있는 듯하다. 그 앞으로 커다란 시로이 고이비토 조형물이 설치된 포토존이 있다. 관광객들이 줄서서 기념사진을 찍는 곳이다.

이곳을 지나면 초콜릿 컬렉션 박물관이 나온다. 시로이 고이비토 주재료가 화이트 초콜릿이라는 데 착안해 조성된 공간이다. 천천히 둘러봐도 30분이면 너끈할 정도로 작은 공간이지만, 근대 유럽의 초콜릿 음료 전용 컵이며 초콜릿 박스, 초콜릿의 역사를 짚어주는 각종 수집품과 자료가 비교적 내실 있게 전시되어 있다.

여러 전시물 중에서도 〈초콜릿을 처음으로 마신 일본인〉이라는 초상화가 흥미롭다. 서양식 옷차림을 한 초상화 속 인물은 하세쿠라 쓰네나가支倉常長(1571~1622), 에도시대 초기 무사이자 게이초慶長 사절단을 이끈 남성이다. 이 게이초 사절단은 1613년 스페인에

시로이 고이비토 파크 초콜릿 박물관.
옛날 초콜릿 패키지들이다.

파견됐는데, 하세쿠라는 공식 사절로서 아메리카 대륙과 유럽 대륙을 7년여에 걸쳐 다녀왔다. 그는 이 여정 중 멕시코에 머물며 비스킷, 빵, 커피 등을 먹었고 약용으로 초콜릿도 마셨다고 한다.

컬렉션 박물관을 지나 3층으로 올라가니 초콜릿 만드는 과정을 모형으로 재현해놓은 전시실도 있다. '초코 타임터널チョコ タイム トンネル'이란 이름의 이 전시실에서는 19세기 영국 초콜릿 공장의 미니어처를 보여준다. 정교하게 만들어진 인형들이 움직이는 모습에 어린아이들이 특히 즐거워했다. 한쪽에서는 시로이 고이비토에 들어가는 화이트 초콜릿 배합 공정을 보여주고 있다.

이곳을 지나면 시로이 고이비토 공장이 나온다.[17] 실제로 과자를 만드는 곳이다. 내가 들어갔을 때에도 유리창 너머로 몇몇 직원들이 일하는 모습을 볼 수 있었다. 직원 입장에서는 근무시간 내내 방문객들에게 자신의 노동 현장을 고스란히 노출시키는 셈. 감시당하는 기분이라 스트레스가 상당할 듯하다(그래서인지 뒤돌아선 채 일하는 중이었다). 공장 입구에는 이시야제과의 역사를 비롯해 시로이 고이비토 브랜드 스토리가 전시된 공간이 마련되어 있다. 1959년 주식회사 설립 당시 사옥에 걸었던 낡은 간판을 그대로 보존해 진열한 것이 인상적이다.

---

17) 리뉴얼 공사로 인해 공장 견학은 2019년 5월까지 중단 예정이다.

견학을 마치면 4층으로 이어진다. 4층에는 앤티크 가구로 꾸며져 클래식한 분위기를 물씬 풍기는 카페가 있다. 창가쪽 자리에 앉으면 정원이 내려다보이는 이 카페에서는 시로이 고이비토를 활용한 파르페, 아이스크림, 커피 등을 판다(과자 매장은 1층에 따로 있다). 카페는 만석이었는데, 앞에서 대기하는 사람들도 꽤 많았다.

카페 건너편에는 시로이 고이비토를 직접 만들어보는 체험공방이 있다. 한화로 만 원 남짓한 참가비를 내면 직경 14센티미터 크기의 하트 모양 쿠키 하나를 만들 수 있다. 과자 겉면에 자기만의 메시지를 그려 넣을 수도 있다. 공방 안을 슬쩍 둘러보니 젊은 연인들 몇 쌍이 화기애애한 분위기 속에 정성스레 과자를 만들고 있었다.

정원이나 1층의 과자 매장은 파크 입장권을 사지 않고도 둘러볼 수 있다. 겨울에는 정원에서 일루미네이션 축제가 열린다. 내가 찾은 날에도 저물 무렵 정원에 조명이 들어오자 사진 찍는 이들이 많았다. 꼭 시로이 고이비토를 알거나 좋아하지 않더라도 가족 단위로 놀러오기 좋은 장소인 듯했다. 요컨대 이시야제과는 시로이 고이비토를 직접 만나고 느낄 수 있는, 브랜드 스토리의 공간적 배경까지 실현한 것이다.

브랜드 인기에 힘입어 개발된 다른 파생상품도 다양하다. 시로이 고이비토 초콜릿 음료며 롤케이크, 바움쿠헨 등을 내놓고 있다. 특히 인기가 높은 건 시로이 고이비토 소프트 아이스크림. 개당 300엔인 이 아이스크림을 사 먹기 위한 줄이 길게 늘어서 있다. 나도 그 대열 뒤에 서서 하나 먹어봤는데, 탈지분유 맛이 진하기는 했지만 평범한 소프트 아이스크림이었다.

2층(즉 입장권을 끊어야 둘러볼 수 있는 곳이다)에는 시로이 고이비토 기념품 매장이 있다. 핸드폰 케이스에서부터 수건, 열쇠고리, 티셔츠, 가방, 여행용 캐리어 등 브랜드 로고와 패키지 이미지를 활용한 다양한 기념품이 있었다. 일부는 온라인을 통해서도 구입할 수 있는데, 과자의 팬층이 두터워져 SNS를 통해 꾸준히 화제에 오르면서 팔린다는 모양이다. 한편 1층에 위치한 과자 매장은 규모가 제법 큰데도 시로이 고이비토를 사려는 사람들로 북새통이었다. 이곳에서는 중국어만이 아니라 한국어도 자주 들렸는데, 다들 장바구니에 과자를 한가득 쓸어 담고 있었다. 일정 금액 이상을 구입하면 면세 혜택이 있거니와 시로이 고이비토 파크 한정 판매상품이 있어 외국인 관광객들이 많이 사 가는 듯했다.

오미야게 과자를 주제로 한 테마파크가 있다는 사실만으로도 신기했는데, 직접 방문해보니 더욱 놀라웠다. 외국인 입장객이 일본인만큼이나 많아 보였고, 상품 역시 불티나게 팔리고 있다. 입장료가 별로 저렴하지 않음에도 패키지 특별 제작이나 체험 공방, 기념품, 과자, 아이스크림 등에서 나오는 부가적 수익 또한 적지 않을

듯했다. 관광지 명성에 기대어 판매되는 오미야게 과자가 스스로 관광명소를 만들어냈으니 주객전도인 셈. 그야말로 시로이 고이비토는 어떤 브랜드가 캐릭터처럼 굳건해지면 시장의 규모와 범위가 기대 이상으로 커질 수 있다는 사실을 입증해 보이고 있었다.

위조하다가 걸릴 줄 알았지

오미야게 과자 브랜드 하나로 연 130억 엔에 달하는 매출, 일본인 10명 중 8~9명이 아는 높은 인지도, 애니메이션이 제작될 정도로 팬층이 두터운 브랜드 인기……. 여기까지만 본다면 시로이 고이비토는 1976년 탄생 이후 줄곧 꽃길만 걸어온 듯하다. 시종일관 성공 이야기만 늘어놓으면 사실 듣는 사람으로서는 별 재미가 없기 마련. 오르락내리락 부침도 있고 좌절도 있어야 몰입도가 높아진다. 성공 스토리를 좀 더 드라마틱하게 완성하고 싶었던 걸까? 물론 아니겠지만, 순탄히 잘나갈 줄만 알았던 시로이 고이비토도

삐끗했다. 삐끗한 정도가 아니라 시장에서 아예 사라질 뻔했다. 위기를 잘 헤쳐 나오지 못했다면 이시야제과도 문을 닫아야 했을지 모른다. 바로 시로이 고이비토 상미기한(유통기한) 위조 사건 때문이었다.

2007년 8월 14일, 시로이 고이비토 상미기한이 1~2개월 늦춰진 상태로 위조되어 출하된 사실이 드러났다. 2006년 시로이 고이비토 발매 30주년 기념 한정상품으로 내놓았던 과자 중 반품된 것을 일반 제품 패키지에 재포장한 뒤 내보내면서 날짜를 고쳐 표기한 것. 상미기한이 패키지 겉면에만 기재되는 점을 악용한 것이다.

이시야제과는 포장재가 고성능 필름이라며 상미기한이 1~2개월 늦춰져도 품질에는 아무런 이상이 없다고 해명했다. 변명에 가까운 이런 해명은 (당연히) 사태를 진정시키기는커녕 분노만 불러일으켰다. 더욱이 1996년부터 상미기한이 지나거나 임박한 제품을 이런 식으로 위조해 판매해온 사실까지 밝혀지자, 회사 이미지는 나락으로 떨어졌다. 엎친 데 덮친 격으로 이시야제과가 생산한 아이스크림 등에서 기준치를 넘는 대장균이 검출돼 위생 문제에도 동시에 휘말렸다.

일본에서는 아무리 큰 기업이든, 아무리 유명한 음식점이든 먹는 것 가지고 장난치면 망하는 경우가 허다하다. 한국에서도 먹는 것 문제에 예민하게 반응하지만, 기업이 망하기까지 하는 경우는 드물다. 그런 점에서 일본은 꽤 엄격하게 대응한다고 말할 수 있다. 일본 소비자들은 어떤 물건을 사든 '신뢰'를 중요시한다. 음식에 대해서는 특히 그렇다. 이 신뢰를 저버린 기업들은 철저히 외면당한다. 시로이 고이비토 사건이 터진 2007년에도 한때 업계 1위였던 가공육업체 '미트호프Meat Hope'가 파산했다. 품질 표시 위조가 발각돼 경영난에 시달리다가 결국 사라져버린 것이다. 오사카의 고급 일식당 '센바킷초船場吉兆' 역시 상미기한이 지난 식재료를 사용하고 원산지 표기를 위조한 것이 드러나 문을 닫았다. 이렇듯 일련 사건들이 적발되면서 일본에서는 식품 안전성에 대한 관심이 매우 높은 상황이었다. 이런 가운데 이시야제과 사건이 터졌으니, 사운社運이 위태로울 수밖에 없었다.

그런데 미처 예상치 못했던 일이기 때문일까, 아니면 이런 일을 겪어보지 못했기 때문일까. 이시야제과의 초기 대응은 한심할 정도로 엉망이었다. 이시미즈 이사오 사장은 기자회견을 열어 (앞서 말한 것처럼) 포장재가 우수해 품질에는 아무런 이상이 없음을 강조하고는, 사측에서는 위조 사실을 몰랐다며 담당 직원에게 책임을 떠넘겼다. 그렇지만 문제는 품질이 어떠냐가 아니라 상미기한을 위조했다는 것, 즉 신뢰를 저버린 행위 자체였다. 믿기 어려울 정도로 안이한 대처였다. 더욱이 30주년 기념 한정상품만 상미기한 표시가 위조됐다며 규모를 축소하려 애썼는데, 사건에 대한 조사가 진행될수록 이 같은 해명은 거짓이었던 것으로 드러났다. 상미기한 위조는 오랫동안 자행돼온 일이었으며, 이에 대한 내부 고발이 있었음에도 묵살됐다는 사실이 밝혀졌다.

결국 이시미즈 이사오 사장은 두 번째 기자회견을 열어야 했다. 그는 지난 10년에 걸쳐 총 판매량 중 20~30%가 상미기한이 위조된 채 판매됐다고 실토했다. 그야말로 엄청난 배신 행위였다. 저돌적인 영업력과 출중한 마케팅 능력으로 시로이 고이비토의 성공 신화를 썼던 그가 졸지에 회사를 파멸 위기로 몰아간 장본인으로 전락했다. 시로이 고이비토는 공항, 백화점 등의 매장 진열대에서 빠르게 사라졌다. 식품위생법 위반 등으로 정부로부터 판매 중지 조치까지 받았다. 이 오미야게 과자는 결국 1976년 탄생 이래 처음으로 생산이 무기한 중단됐다.

두 가지 비결

위기를 기회로 만든

그런데도 이시야제과는 문을 닫지 않았다. 생산·판매가 전부 중단됐던 시로이 고이비토는 3개월 뒤에 다시 시장에 나왔다. 공분을 사지도 않았고, 싸늘하게 외면당하지도 않았다. 놀랍게도 (마치 시로이 고이비토 판매 재개만을 기다렸다는 듯이) 불티나게 팔렸다! 일본처럼 소비자의 결단력이 무시무시한 나라에서 어떻게 이런 일이 가능했을까?[18]

이시야제과는 초기 대응에 실패한 뒤 경영 체제를 비롯해 품질 관리 체제를 과감하게 변혁했다. 8월 16일 두 번째 기자회견에서 상미기한이 오랫동안 고쳐 표시됐음을 시인한 이시미즈 이사오 사장은 다음 날인 17일, 전격 사임한다. 이어 이시야제과에서는 임원진을 대대적으로 교체했다. (이시미즈 이사오 사장의 장남이며 당시 이사이자 현 사장인 이시미즈 하지메石水創를 제외하고) 사장의 모친, 아내 등 다른 경영자 일가는 해임됐다. 창업 이래 오너 일가의 오른팔로 중역을 맡아온 임원들도 이시야제과를 떠났다.

새 경영진은 은행 임원, 공인회계사 등 외부에서 들여온 전문인력을 중심으로 꾸려졌다. 특히 사장직은 호쿠요北洋은행 융자 부문 상무였던 시마다 슌페이島田俊平가 맡아 창업 이래 최초로 전문경영인이 회사를 이끌게 됐다(이시야제과의 주거래 은행이 호쿠요은행이었다).

시마다는 2008년 언론 인터뷰에서 사태가 터지기 전 이시야제과의 주먹구구식 경영 행태가 얼마나 심각했는지를 밝힌 바 있다.[19] 우선 품질을 제대로 관리하는 체계가 아예 없었다. 공장 규모가 무색하게 중간관리직 자리가 공석이었다는 것. 책임자 없이 과자만 만들어냈으니 문제가 생겨도 누구에게 보고해야 하는지,

---

18) 일본에서도 주목할 만한 일이었던지 소논문까지 발표됐다. 홋카이도의 관광학 및 기업행정 분야 전문가이자 오타루상과대 교수인 우치다 준이치內田純一가 쓴 〈이시야제과의 위기관리 고찰石屋製菓のクライシス·マネジメント考〉(2008)이 그것이다. 다음은 이 논문을 참조했다.

19) '세도에도 모럴에도 윗선이 무관심했다仕組みにもモラルにもトップが無関心だった', 《日経情報ストラテジー》, 2008. 7.

누가 판단해야 하는지 불명확했다. 당연히 제품이나 공정에 관한 정확한 정보를 경영진에 보고하는 루트도 갖춰지지 않았다. 사태 발발 후 이시야제과가 보인 한심한 초기 대응도 이러한 구조적 문제에서 비롯된 것이었으리라.

현장에서는 매뉴얼도 없이 공장의 선배 직원들이 후배들에게 말로만 대충 제조법을 전수했다고 한다. 애초에 기업 윤리 같은 걸 신경 쓸 수 있는 환경이 아니었다. 이때까지 과자가 별 문제없이 생산되고 판매됐다는 게 도리어 신기할 정도다. 이런 가운데 회사는 2006년 시로이 고이비토 발매 30주년을 맞았다. '매출 100억 엔 달성이 눈앞'이라며 의욕만 앞선 채 정확한 판매 예측도 없이 30주년 패키지를 마구 찍어냈다. 결국 재고품이 상상을 초월할 정도로 쌓여 막대한 손실이 불가피해진 상황. "버리긴 아깝다"며 그간의 방식대로 재고품 상미기한을 위조했다. 예고된 위기였다.

회사 내부의 문제는 그뿐만이 아니었다. 인사 관리도 엉망이었다. 직원들의 불만이 팽배했다. 주5일제였지만 이는 '증산增産'을 핑계로 잘 지켜지지 않았다. 평가, 승진, 발령 등 인사가 공평하지 않다는 목소리도 높았다. 전반적으로 조직 내 커뮤니케이션 부재가 심각했다. 이런 분위기에서는 경영진이 아무리 '무조건 충성'을 강요한들 직원들은 겉으로만 '척'하며 대충 일하게 된다. 구성원이 불행한 조직은 언젠가는 그 상처가 반드시 곪아 터진다는 사실을 우리는 누누이 목격해오지 않았나.

상황이 이랬던 만큼 시마다 슌페이 3대 사장은 취임 직후 '컴플라이언스 확립 외부위원회'부터 설치했다.[20] 이를 통해 경영 및 제품 관련 정보를 정기적으로 투명하게 공개하도록 했다. 아울러 위생 관리 매뉴얼이나 노로바이러스 대응 매뉴얼 등 각종 업무 관련 매뉴얼을 만들어 임직원들에게 교육시켰다. 품질 관리가 체계적으로 이루어지도록 조치한 것이다.

조직도 싹 뜯어고쳤다. 사내감사부를 신설해 내부 고발을 적극적으로 받아들이도록 시스템을 바꿨다. 컴플라이언스부와 고객서비스부를 마련해 법무 관리 및 고객 대응도 강화했다. 문제가 발생할 경우 회사가 이를 초기에 파악해 투명한 과정을 거쳐 개선할 수 있도록 경영 틀을 다시 짠 것이다.

무엇보다도 놀라운 것은 제조 부문 책임자로 모리나가제과(앞서 언급했듯 일본 메이저 제과회사 중 하나다)의 생산 관리 임원을 영입했다는 사실이다. 물론 회사 내에서는 반발이 컸다. 우선 메이저 제과회사 인사가 들어오는 것에 대한 경계가 있었다. 지역 오미야게 제과회사로서의 자존심이 걸려 있는 문제이기도 했다. 그렇지만 시마다 슌페이 사장은 계획대로 밀어붙였다. 현 상황에서 내부 인력

---

20) 컴플라이언스compliance는 법규 준수를 말한다. 이시야제과는 경영자, 의사, 대학교수, 변호사, 소비자 대표 등으로 외부위원회를 구성했다.

만으로 품질 관리를 재개하는 것이 신뢰 회복에 별 도움이 되지 않는다고 판단한 것. 일종의 배수진을 친 셈이었다.

환골탈태換骨奪胎. 당시 일본 중견기업이 이런 경영 체제 변혁 행보를 보이는 것은 이례적이다 못해 파격적인 일이었다. 일본 미디어도 놀라움을 금치 못했다. 이시야제과는 이 모든 과정을 언론을 통해 공개했고 바닥까지 추락했던 소비자들의 신뢰는 놀랄 만큼 빠르게 회복됐다. 요컨대 이시야제과는 상미기한 위조 사건이라는 위기를 오히려 발전과 도약의 기회로 만들어버렸다.

그렇지만 시로이 고이비토가 부활할 수 있었던 요인은 비단 체제 변혁에만 있지 않았다. 이시야제과가 홋카이도 지역사회 발전에 크게 기여하며 명성을 쌓아왔다는 점, 그것이 또 다른 요인이었다. 사건이 발생한 지 이틀 만에 (비록 초기 대응이 엉망이었다고는 해도) 기자회견을 두 차례 열고 사장이 사임하는 등 신속히 해결에 나서기도 했지만, 이시야제과에 대한 홋카이도 지역의 여론은 비교적 빠르게 우호적으로 바뀌었다.

시로이 고이비토는 홋카이도 주민들에게 과자 이상의 가치를 갖는 브랜드였다. 그들에게 이시야제과는 홋카이도 지역과 함께 발전하는 회사, 시로이 고이비토는 홋카이도를 세상에 알리는 브랜드였다. 일본 전국 오미야게 과자 1등 브랜드라는 타이틀은 관광업이 중요한 홋카이도 사람들에게는 크나큰 자부심이었다. 더구나

이시야제과는 시로이 고이비토가 성공을 거둔 이래 오랫동안 홋카이도 지역사회 발전을 위해 애썼다. '홋카이도 콘사도레 삿포로北海道コンサドーレ札幌'(이름에서 보듯 홋카이도 삿포로에 연고지를 둔 프로축구팀이다)의 스폰서를 맡아 지원을 아끼지 않았다. 시로이 고이비토 파크 앞에 축구팀 전용 연습장을 세우는가 하면[21] 여행자들의 관심을 불러 모을 각종 이벤트를 여는 등 지역 관광산업 발전에 전폭적인 투자를 해왔다.

사태가 벌어진 한참 뒤의 일이지만, 이 축구팀 후원과 관련해 시로이 고이비토와 지역사회 간의 유대감을 엿볼 수 있는 에피소드가 하나 있다. 2013년 홋카이도 콘사도레 삿포로 팀이 빚더미에 올라 J리그 참가자격 박탈 위기에 몰렸을 때 이시야제과는 다른 스폰서 기업들과 함께 구원투수로 발 벗고 나섰다. 이에 그해 11월 리그 마지막 경기가 끝난 뒤 관중석의 서포터즈들이 '한평생 우리들의 시로이 고이비토一生俺達の白い恋人'라 적힌 대형 플래카드를 들고 고마움을 표하기도 했다.

물론 지역 오미야게 제과회사이니 지역사회와 원활한 관계를 맺는 것이 경영에 여러모로 유리했을 테고, 이를 마케팅의 일환이라

---

21) 시로이 고이비토 파크 앞에 세워져 있는 '미야노자와 시로이 고이비토 축구장宮の沢白い恋人サッカー場'이 그곳이다. 연습장이라지만 3,000여 명을 수용할 수 있는 규모다. 팬들이 축구장을 내려다보며 식사할 수 있는 레스토랑도 있는데, 내가 이곳을 찾았을 때는 추운 날씨와 눈 때문에 텅 비어 있었다.

고 볼 수도 있다. 하지만 중요한 사실은 이러한 마케팅이 언제나 성공하는 것은 아니라는 점이다.

사건이 터지고 3개월간 생산 및 판매가 중단됐던 시로이 고이비토는 11월 15일 생산을 재개해 일주일 뒤인 22일 다시 시장에 나온다. 상미기한 위조라는 엄청난 사건을 일으킨 경우에는 판매점에서 아예 제품을 들여놓기를 거부할 가능성이 있다. 아니면 거센 불매운동에 부딪히거나. 하지만 시로이 고이비토는 둘 중 어느 쪽도 아니었다. 이 과자를 사기 위해 밤새 줄을 선 지역 주민들의 환대 속에 화려하게 부활했다. 연말이 가까워지자 '겨울왕국' 홋카이도의 대표 오미야게 과자로 다시 우뚝 선 시로이 고이비토는 쇄도하는 주문량에 품절 사태까지 빚는 등 예상치를 훌쩍 뛰어넘는 판매 실적을 올렸다. 그야말로 전화위복이었다.

이 드라마틱한 이야기는 2017년 책으로 출간되기도 했다. 시마다 슌페이에 이어 4대 사장으로 취임한 이시미즈 하지메(지금도 사장이다)가 쓴 《시로이 고이비토, 기적의 부활 이야기「白い恋人」奇跡の復活物語》다. 뜻밖에도 시로이 고이비토 파크 기념품점에서 발견했는데, 브랜드 치부를 드러내는 내용이 담긴 책을 이런 기념품점에서 판다는 점이 흥미로웠다. 기념품점이란 브랜드에 대한 호감을 불러일으킬 상품들만을 늘어놓는 곳 아닌가. 자신감이 대단하다. 상미기한 위조 사건이라는 위기는 극복됐고, 그 과정이 오히려 하

나의 성공 신화로 자리 잡고 있음을 알 수 있었다.

이 책에서 이시미즈 하지메 사장은 시로이 고이비토 판매를 재개하던 당시의 감동을 회고한다. '오미야게 과자'라는 특성상 대부분의 고객이 관광객이었는데, 이날만큼은 홋카이도 지역 주민들이 긴 줄도 마다하지 않고서 시로이 고이비토를 사 갔다는 것이다. 아무래도 외지에서 온 관광객들은 아직 제품을 완전히 신뢰할 수 없어 사기를 꺼려했지만, 지역 주민들은 홋카이도 대표 오미야게 과자를 살리겠다는 마음으로 구매에 적극 나선 것이다. 주민들이 한마음으로 시로이 고이비토의 부활을 환영하는 모습에 그는 고마운 마음이 가득했다고 적었다.

홋카이도에서 도쿄로

이시미즈 하지메가 2013년 4대 사장으로 취임하면서 이시야제과는 다시 이시미즈 일가의 품으로 돌아갔다. 전문경영인 체제하에서 사태가 어느 정도 수습되자 오너 체제로 복귀한 듯하다. 1982년생인 이시미즈 하지메 사장은 가업 계승자로서 시로이 고이비토가 40년 넘게 쌓아온 전통을 잇되, 자기만의 방식으로 변화를 꾀하겠다는 야심을 보였다. 그가 사장직에 취임한 이후 추진한 가장 큰 변화는 판매 범위를 넓혔다는 것이다. 이시야제과는 철저히 고수해왔던 홋카이도 상권을 벗어나 2017년 4월, 도쿄 긴자에 플래

그십 스토어 '이시야 긴자ISHIYA GINZA'를 냈다. 매장은 긴자 식스GINZA SIX(쓰타야 서점을 비롯해 다양한 명품점, 카페, 레스토랑 등이 입점해 있는 대형 쇼핑몰이다)에 마련됐다. 창사 이래 최초로 홋카이도가 아닌 지역에 낸 매장이다.

이곳에서는 시로이 고이비토를 판매하지 않는다. 요컨대 이시야 제과의 공식 온라인 쇼핑몰이 아니면 시로이 고이비토는 여전히 홋카이도에서만 살 수 있다(반대로 이시야 긴자에서 파는 과자는 도쿄 한정 상품으로, 홋카이도에서는 살 수 없다). 이시야 긴자에는 시로이 고이비토의 랑그 드 샤 쿠키를 활용해 개발한 다른 상품들만 있다. 브랜드 명칭부터 맛, 패키지 디자인이 다르지만 네모난 과자 모양은 똑같다. 홋카이도 오미야게 과자가 도쿄 오미야게 과자 시장에 도전장을 내민 셈이다.

시로이 고이비토는 홋카이도 오미야게 과자였으니 이러한 도쿄 진출이 입방아에 오른 것은 당연하다. 이시야제과에서도 이를 예상했던지 이시야 긴자를 오픈하는 날, 대대적인 신문광고를 냈다.[22] 카피가 재치 넘친다. '고이비토(연인)는 두고 왔습니다.恋人は置いてきました.' 이는 도쿄에서 발간되는 신문에 낸 광고 문구인데,

---

22) 일본신문협회에 따르면, 2017년 일본의 일간지 발행부수는 약 5,182만 9,000부로 조사됐다. 약 7,189만 6,000부에 이르렀던 2000년에 비하면 감소세가 두드러지고 있으나 미디어로서의 영향력은 여전히 높다.

반면 홋카이도 신문에는 이렇게 냈다. '고이비토(연인)는 두고 가겠습니다.恋人は置いていきます。'[23] 광고 카피대로 이시야 긴자에서는 시로이 고이비토를 판매하지 않았다. 아울러 이시야 긴자에서 판매하는 과자도 재료는 홋카이도산을 써서 지역 아이덴티티를 완전히 저버린 게 아니라는 인상을 주려 했다.

시로이 고이비토가 아무리 일본 대표 오미야게 과자로 해외에서도 각광받고 있어도 회사가 '홋카이도'라는 테두리 안에 머물러 있으면 성장은 제한적일 수밖에 없다. 홋카이도 관광업이 흥하고 있다지만, 도쿄에 비하면 여행자 수가 10분의 1 수준에 불과하다. 시로이 고이비토 하나로 연 매출액 130억 엔을 기록한다는 것은 분명 괄목할 만하다. 그렇지만 전국을 대상으로 유통 및 판매가 이루어지는 메이저 제과회사에 비하면 이시야제과는 아직 배가 고픈 상황이다. 이시미즈 하지메 사장이 논란을 감수하면서까지 도쿄 오미야게 과자 시장에 도전한 배경은 여기에 있는 듯하다.

이 새로운 도전은 성공적으로 출발했다. 2017년 4월 오픈한 긴자 식스에는 옷가게, 카페, 레스토랑 등 트렌디한 매장이 240여 개 들어서 있다(그중 식음료 관련 매장만 60여 개에 이른다). 규모 면에서 긴자 최대의 상업시설로, 오픈한 지 18일 만에 방문객이 150만 명을

---

23) '고이비토는 두고 가겠습니다'는 2018년 삿포로 카피라이터 클럽으로부터 SCC 최고상을 받기도 했다.

긴자 식스 내부(위)와
이시야 긴자의 과자 진열대(아래).

돌파하는 등 연일 많은 사람이 찾고 있다. 물론 이들을 손님으로 끌어들이기 위한 경쟁도 만만치 않다. 정확한 매출액은 공개되지 않았지만 이 치열한 상전 중에서도 이시야 긴자는 긴자 식스의 인기 매장으로 꼽힌다. 일본 주류 일간지인 《닛케이신문》은 긴자 식스가 오픈한 지 한 달쯤 지난 5월 19일에 '긴자 식스에서 가장 잘 나가는 매장' 4곳을 골라 인기 비결을 분석하는 기사를 실었는데, 이시야 긴자도 여기에 이름을 올렸다.

트렌디한 잡지들도 이시야 긴자의 도쿄 한정 오미야게 과자를 긴자 식스의 대표 상품으로 선정하고 있다. 《닛케이신문》에 따르면 이시야 긴자는 평일에도 과자를 사려는 이들이 몰려들어 긴 줄이 늘어서 있으며, 오후가 되면 과자가 동이 날 정도란다. 이쯤 되면 현장을 확인하지 않을 수 없다. 나는 도쿄 취재 일정 중 토요일에 이시야 긴자를 찾았다. 평일에도 줄을 서는데 토요일에 찾아가다니. 크나큰 실수였다. 긴자 식스가 문을 연 지 겨우 10분 정도 지났을 뿐인데, 이시야 긴자 과자를 사려는 줄이 실로 어마어마했다. 건물 지하 식품 매장의 구석진 뒤쪽 출입구 앞에 대기줄을 따로 세울 정도였다. 여기서 직원이 번호표를 나눠주고, 차례가 돌아온 손님만 매장으로 들여보냈다. 예상 대기시간만 50분이어서 과자를 사려는 생각은 일찌감치 접었다. 긴자 식스 지하 식품 코너에는 과자점이 엄청나게 많았지만, 별도 공간에서 1시간가량 줄까지

서야 과자를 살 수 있는 곳은 이시야 긴자가 유일했다. 젊은 후계자가 새로운 도전에 나선 이시야제과는 2017년 매출도 5년 연속 역대 최고치를 갱신했다.

이시미즈 하지메 사장은 이시야제과가 '행복하게 만들어주는 과자'를 제공하는 회사가 되기를 바란다고 말한 적이 있다. 시로이 고이비토가 자신에게는 '철 들었을 때부터 곁에 있어온 영원한 연인'이라고도. 꼭 그에게만 그런 존재는 아닌 듯하다. 시로이 고이비토는 홋카이도를 찾는 일본인은 물론, 세계인의 입맛까지도 사로잡았다. 이 오미야게 과자에 푹 빠진 많은 팬들에게 그 이름처럼 '연인'이 됐다.

홋카이도를
떠나며

홋카이도 취재 일정을 마친 뒤 삿포로역으로 향했다. 여기서 쾌속 열차를 타고 신치토세공항으로 가야 했는데, 시간이 조금 남아 삿포로역의 오미야게 과자점을 찬찬히 둘러봤다. 시로이 고이비토 말고도 셀 수 없이 다양한 과자가 있었다. 홋카이도는 기후와 입지의 영향으로 특산물이 풍부한 지역이다. (3장에서 말했듯) 목장이 발달해 우유, 버터, 치즈 등 유제품이 유명한 동시에, (북쪽 바다 섬이라는 이름이 말해주듯) 동해, 오호츠크해, 북태평양에 둘러싸인 섬이라 해산물이 많이 난다. 유바리夕張[24]의 멜론, 후라노富良野[25]와 비에

이 美瑛[26]의 라벤더를 비롯해 감자, 옥수수 등 고랭지 작물과 일본 과자의 주재료인 팥도 명성이 자자하다. 이처럼 다채로운 특산물이 고스란히 오미야게 과자로 재탄생한 것을 기차역 과자점에서 확인할 수 있었다.

명산과 대지와 대양을 품은 이 광활한 섬의 매력이 어디 과자뿐이랴. 초밥, 해산물 덮밥, 징기스칸ジンギスカン[27], 게 요리, 라멘…… 홋카이도의 미식은 말 그대로 아름답다. 삿포로, 오타루, 하코다테 등에는 근대화 시기에 미국과 유럽에서 온 이방인들이 남기고 간 이국적 건축물이 눈길을 사로잡는다. 후라노, 니세코ニセコ[28], 아칸마슈阿寒摩周 국립공원 등에 펼쳐진 대자연은 가슴을 울린다. 일본인의 국내여행 지역별 만족도 설문조사에서 홋카이도가 1위를 차지한 것은 의심할 여지가 없다.[29]

이렇게 맛있고 멋있는 홋카이도를 뒤로한 채 공항 가는 쾌속열

---

24) 홋카이도 중서부 내륙의 유바리시와 유바리군을 아우르는 지역. 멜론이 특산물이다.

25) 홋카이도 절중앙에 자리한 내륙의 문지 일대. 양파, 당근, 유제품 생산서로 유명하며 라벤더 들판이 조성되어 있어 관광업도 발달했다.

26) 홋카이도 중부 내륙의 마을. 켄과 메리의 나무ケンとメリーの木, 청의 호수青い池, 흰수염 폭포白ひげの滝 등의 관광명소로 유명하다.

27) 홋카이도 전통 바비큐라고 생각하면 된다. 홋카이도 대표 유산으로도 선정됐는데, 얇게 핀 양고기를 각종 채소와 함께 구워 먹는 음식이다.

28) 홋카이도 남단에 위치한 도시로 스키장, 온천 등 풍부한 관광자원이 있어 일본의 대표 력인 롱스테이 관광지로 꼽힌다.

29) 일본 포털사이트 goo가 랭킹이 2018년 1월 전국 남녀 500명을 대상으로 실시한 설문조사. 1위 홋카이도, 2위 교토, 3위 오키나와, 4위 도쿄, 5위 가나가와 등이 상위권에 올랐다.

차 대기 줄에 섰다. 떠나려니 아쉬웠다. 바로 뒤에서는 젊은 한국인 커플이 오순도순 이야기꽃을 피우는 중이었다. 나란히 커플 점퍼까지 맞춰 입었다. 그들을 보고 있자니 문득 아내 생각이 났다. 이번 취재 일정에 홋카이도가 들어 있는 것을 본 아내는 따라가고 싶다며 무척이나 부러워했다. 일본에서 대학을 다녔는데도 홋카이도는 너무 멀어 가볼 엄두조차 못 냈다면서. 다음번에 이곳을 찾는다면 꼭 아내와 함께해야겠다고 다짐했다. 그것도 하얀 눈이 애틋하게 내려앉은 겨울철에. 아쉬운 대로 이번엔 홋카이도 기념품 선물로 대신하자며 16년 만에 다시 샀다. 하얀 연인, 시로이 고이비토를.

第 5 章

시즈오카 — 우나기 파이

うなぎパイ

하마마쓰

출세와 장어의 고장

'출세의 거리出世の街.'[1] 일본 혼슈 지방 중부에 자리한 시즈오카현 하마마쓰浜松시 기차역에 내리면 이렇게 적힌 대형 홍보물부터 눈에 들어온다. 말하자면 'I SEOUL U' 같은 지역 브랜드 홍보 문구다. 그런데 출세? 다소 엉뚱한 듯하지만 나름대로 이유가 있다. 에도 막부의 문을 연 도쿠가와 이에야스는 하마마쓰에서 출세의 꿈을 이루었다(이 때문에 그가 거처했던 하마마쓰성浜松城은 '출세성'이라고도

---

1) 일본어에서 마치街는 번화한 거리나 중심이 되는 지역을 뜻하는 말로, 편의상 거리라 번역했다.

우나기 파이 시즈오카.
위에서 세 번째 과자가 오리지널이고, 나머지는 서브 브랜드 제품이다.

불린다). 여성의 몸으로 영주가 된 이이 나오토라井伊直虎(?~1582)도 하마마쓰 일대를 다스렸다. 이이 나오토라의 양아들 이이 나오마사井伊直政(1561~1602) 역시 도쿠가와 이에야스의 총애를 받으며 역사적인 인물이 됐다(도쿠가와 사천왕, 즉 도쿠가와 이에야스의 일본 통일을 도운 네 장수 중 한 명이다).

이이 나오토라의 일대기는 2017년 NHK 대하드라마 〈여자 성주 나오토라おんな城主 直虎〉로 제작되어 1년에 걸쳐 방영됐는데, 이 드라마에 배경으로 등장한 하마마쓰는 큰 관심을 받았다. 이에 하마마쓰시에서는 도쿠가와 이에야스, 이이 나오토라를 내세워 '출세의 거리'라는 지역 브랜드를 만들고 관광산업에 적극 활용 중이다.

역 안에 위치한 관광안내소를 찾아갔다. 안내소 내부도 온통 출세의 거리 캐치프레이즈로 가득하다. 팸플릿, 안내 책자 등에는 출세한 이들의 발자취를 따라가는 여행 코스가 소개되어 있다. 안내소 직원은 "도쿠가와 이에야스, 이이 나오토라에 관련된 장소가 하마마쓰의 볼거리"라고 말한다. 그녀는 얼마 전까지 〈여자 성주 나오토라〉 전시관도 운영됐는데 지금은 문을 닫았다며 아쉬워했다. 대신 도쿠가와 이에야스가 거처했던 하마마쓰성 관람을 추천한다. 직원이 건넨 팸플릿에는 입장료 할인 쿠폰도 붙어 있다. 인근에 볼 만한 곳이 더 있는지 묻자 시내에는 딱히 없고, 멀리 떨어진 하마나浜名호수 주변에서 유람선이나 로프웨이를 타면 경치가 좋단다.

일본을 대표하는 이미지를 꼽는다면 단연 만년설 덮인 후지산富士山을 찍은 사진일 것이다. 해발고도 3,776미터에 달하는 이 화산은 부채를 뒤집어놓은 듯한 독특한 외양, 주변을 압도하며 우뚝 솟은 위용으로 세계적 명산이 됐다. 2013년 유네스코 세계유산으로도 지정된 후지산은 이곳 시즈오카현과 야마나시山梨현 경계에 자리해 있다. 때문에 시즈오카현은 후지산 관광으로 매우 유명한 데 반해(시즈오카공항은 '후지산 시즈오카공항'이라 불리며, 이곳을 거점으로 하는 지역 항공사 이름도 '후지드림항공'일 정도다), 시즈오카현청 소재지이자 정령지정도시[2]인 하마마쓰는 외국인들에게 다소 생소한 지명이다. 일본 동·서부의 중심지를 잇는 길목에 자리해 근현대에 공업이 발달했으며, 앞서 언급했듯 걸출한 인물들을 배출해 일본인들에게는 역사적 가치가 남다른 지역이기도 하다. 하마마쓰시에 접한 하마나호수는 수상 스포츠 명소로도 꼽힌다. 하지만 다른 나라에서 일부러 찾아올 만한 관광 콘텐츠는 부족한 편. 취재 중에 방문했던 다른 지역과 달리, 하마마쓰에서는 한국인이나 중국인 관

---

2) 정령지정도시란 일본에서 정령政令에 의해 지정된 일정 규모 이상의 도시를 말한다(하마마쓰시 외에 후쿠오카시, 기타큐슈北九州시, 고베시, 교토시, 나고야名古屋시, 요코하마시 등이 있다). 이들 도시는 현에 속해 있으면서도 독자적인 행정 권한을 부여받는데, 우리나라의 특정시(광역시와 일반시의 중간 성격을 띤 도시)와 비슷하다.

광객을 한 명도 보지 못했다.

관광안내소 직원이 볼거리에 이어 지역 먹거리를 추천해주었다. 교자가 맛있고, 무엇보다 하마나호수에서 나기로 유명한 장어를 꼭 먹어보란다. 하마나호수는 지도상으로 보면 호수가 아니라 꼭 만灣 같다. 하마마쓰역으로 향하는 기차 안에서도 호수가 보였는데, 규모가 워낙 방대해 바다 같았다. 아닌 게 아니라 하마나호수 남쪽은 바다에 맞닿아 있는 데다 구불구불한 둘레는 일본 호수 중 두 번째로 길다(면적은 10위). 호숫가에는 긴 막대가 가지런히 꽂힌 양식장이 보였다. 이곳에서는 오래전부터 양식이 활발하게 이루어졌는데, 특히 장어 양식이 발달했다. 하마나호수 장어는 전국적으로 유명해 이를 활용한 음식이나 과자 등이 개발되어 시즈오카현 명물로 자리 잡았다. 지금부터 맛볼 오미야게 과자는 바로 이 장어로 만든 과자, 즉 '우나기 파이うなぎパイ'다.

장어로 만든
오미야게 과자

우나기うなぎ는 일본어로 장어를 뜻한다. 파이パイ는 우리가 익히 아는 파이pie를 가타카나로 표기한 것. 두 단어를 합친 '우나기 파이'는 말 그대로 '장어 파이'다. 장어 파이라고? 장어처럼 길고 가늘게 만든 파이인 걸까? 붕어빵이 붕어가 든 빵이 아니라 붕어처럼 생긴 빵을 가리키듯이 말이다. 그런데 우나기 파이에는 진짜 장어가 들어간다! 듣기만 해도 느끼하고 비릿한 맛이 떠오르지만, 다행히 장어가 통째로 들어가는 것은 아니다. 장어 분말을 살짝 넣은 정도다. 행여 장어맛이 얼마나 날까 기대하면서 집어든다면 실

망할 것이다. 장어 분말은 그저 거들 뿐이니까.

어쨌든 이 우나기 파이는 프랑스 디저트인 '팔미에'다. 프랑스어로 종려나무를 뜻하는 팔미에는 종려나무 잎을 본떠 만들어진 과자다. 여러 겹의 얇은 켜로 이루어져 있는 페이스트리 반죽을 오븐에 구워 만든다. 양 끝이 말려 있는 모양 때문인지 돼지 귀pig's ears나 코끼리 귀elephant ear라고도 불린단다. 언뜻 하트 모양처럼 보이기도 한다.

우나기 파이는 조금 다르다. 얇은 켜로 이루어져 있는 점은 같지만, 말려들어간 구석 없이 납작하고 길쭉한 모양새다. 정말로 장어 모양을 구현한 걸까? 한입 먹어보자 한국의 '엄마손파이'가 떠오르면서도 더 바삭한 식감에 진한 버터향, 겉면에 발린 마늘소스 풍미까지 더해지니 훨씬 고급스러운 맛이다. 단맛은 적당하고 고소함이 가득하다. 원래 서양의 파이는 페이스트리로 육류, 어류, 채소, 과일 등을 감싼 요리를 말하지만,[3] 우나기 파이는 별다른 속재료 없이 페이스트리 반죽으로만 이루어져 있어 이름만 파이일 뿐이다.

이 과자는 1961년에 발매됐다. 반세기가 훌쩍 넘는 역사를 가진 장수 상품이다. 앞서 언급했듯 오미야게 과자 인지도 조사에서 우

---

3) '파이'의 어원도 반죽 자체보다는 '잡다한 여러 가지 것들'이라는 뜻과 관련이 있다. 둥지에 잡다한 것을 실어 나르는 얼룩덜룩한 색의 조류인 까치magpie에서 온 단어이기 때문이다.

나기 파이는 (시로이 고이비토에 이어) 2위에 올랐다. 응답자의 73.7%가 우나기 파이를 알고 있다고 답했다. 일본인 10명 중 7명은 들어본 적이 있다는 말인데, 다소 엽기적인 이름 때문인지 높은 인지도에 비하면 직접 먹어봤다는 응답자는 상대적으로 적은 편(구매 경험에서는 순위가 뚝 떨어져 8위를 차지했다). 그렇다고는 해도 하고많은 오미야게 과자 중에서 인지도 2위, 구매 경험 8위를 차지한 것은 대단한 결과다.

나는 우나기 파이를 직접 먹어보기 전에 책으로 먼저 배웠다. 요시모토 바나나吉本ばなな의 소설 《키친》 중 두 번째 이야기에 이 과자의 이름이 두 번이나 등장한다. 주인공 사쿠라이 미카게桜井みかげ가 시즈오카현으로 출장을 가기 전 다나베 유이치田辺雄一와 만나는 장면이 그중 하나다. 시즈오카의 오미야게를 기다리고 있겠다는 유이치에게 미카게는 "역시 우나기 파이로?やっぱり、うなぎパイかしら。"라고 묻는다. 또 한 장면은 소설이 끝날 때쯤에 나온다. 유이치와 통화를 하던 미카게가 우나기 파이 등 시즈오카 특산물을 택배로 보냈다고 말한다.

이 책을 처음 읽을 땐 우나기 파이가 브랜드명이라는 생각은 하지 못한 채, 장어를 통째로 넣어 만든 파이인 줄 알고 기겁했다. 그게 오미야게 과자라는 사실은 뒤늦게 알았다. 1988년에 나온 소설인데, 우나기 파이는 그때에도 이미 시즈오카 오미야게로 유명했던 모양이다.

하마마쓰에는 (시로이 고이비토 파크와 비슷하게) 이 과자의 브랜드 스토리 공간인 '우나기 파이 팩토리うなぎパイファクトリー'가 있다. 2005년 공장을 개조해 문을 연 이곳은 원래 방문객들이 공장을 견학하고 한정상품을 구매하거나 맛보는 장소로 조성됐다. 근대부터 현대에 이르기까지 일본 오미야게 과자 산업의 역사를 생생하게 체험할 수 있는 산업관광시설로도 주목받았다(2010년에는 일본 경제산업성이 '모범산업관광시설'로 소개할 정도였다). 대도시도 아닌 하마마쓰가 낳은 시즈오카현 오미야게 과자가 이렇게 전국적으로 주목받게 된 비결은 무엇일까? 후지산 덕을 많이 보기는 했겠지만 그게 전부는 아닐 터. 궁금증을 해소하기 위해 우나기 파이 팩토리로 향했다.

우나기 파이 팩토리는 하마마쓰 시내 중심부에서 멀리 떨어져 있다.[4] 대중교통으로 가기 쉽지 않아 방문객들은 주로 자가용이나 전세버스를 이용한다. 렌터카도 없고 혼자서 전세버스를 탈 수도 없었던 나는 어쩔 수 없이 대중교통을 이용해야 했다.

두 가지 방법이 있었다. 하마마쓰역에서 전철로 다카쓰카高塚역

---

[4] 주소: 静岡県浜松市西区大久保町748-51. 운영시간: 매일 오전 9시 30분~오후 5시 30분 (7~8월은 오후 6시까지 연장 운영). 별도 지정된 휴관일을 제외하면 주말, 공휴일에도 개관한다. 지정 휴관일 등 상세한 스케줄은 홈페이지를 통해 확인할 수 있다. (http://www.unagipai-factory.jp/calender_all.php 참조)

까지 가 택시를 타거나,[5] 버스를 타거나. 다만 버스는 배차 간격이 길어(1~2시간에 1대 꼴이다) 시간 맞추기가 어려울뿐더러, 정류장도 팩토리에서 멀어 꼬불꼬불한 산길을 30분쯤 걸어 올라가야 한다. 일본 택시비는 살인적인 수준이라 고민이 됐다. 다카쓰카역에서부터 택시를 타면 왕복 4만 원. 그렇다고 경비를 아끼기 위해 버스를 타자니 초행길에 차도만 나 있는 경사로를 30분이나 올라갈 자신은 없었다. 마침 빗방울까지 떨어지기 시작해 더 망설이지 않고 택시를 선택했다.

한적한 오르막길을 지나자 산중에 자리 잡은 공장지대가 나타났다. 우나기 파이 팩토리도 차도를 따라 늘어선 여러 공장 중 하나다. 브랜드와 회사 로고만 커다랗게 박힌 네모난 건물은 밖에서 언뜻 보기엔 그냥 공장이다. 주변의 다른 공장들에 비하면 좀 더 깔끔하고 정원수 다듬기에 신경 썼다는 게 첫인상. 건물 앞에는 알록달록한 색을 입혀 장난감 자동차처럼 꾸민 이동식 카페가 눈길을 끈다. 카페 옆으로 이용객이 취식할 수 있는 작은 쉼터가 있다.

택시에서 내려 정문으로 들어서니 벌써 과자 굽는 냄새가 가득하다. 달달하면서도 고소한 냄새에 저절로 침이 고인다. 곳곳에 설치된 스피커에서는 '우나기 파이~ 파이~ 파이~' 후렴구가 반복

---

5) 하마마쓰역에서 다카쓰카역 구간은 전철로 1정거장, 5분이면 도착한다. 다카쓰카역에서 우나기 파이 팩토리까지는 택시로 15분 소요.

되는, 중독성 강한 CM송이 지치지 않고 흘러나온다. 정문 뒤가 바로 건물 입구다. 입장하기 전에 커다란 건물 뒤에는 무슨 시설이 있을까 궁금해 돌아가봤는데, 트럭이 늘어선 하역장이다.

팩토리 가이드 투어는 사전에 예약해야 한다.[6] 온라인 신청은 불가하며, 전화 접수만 받는다. 투어 시간이 정해져 있으니 늦지 않게 주의해야 한다. 건물 안으로 들어가면 바로 보이는 안내 데스크에서 신청서를 작성해 제출했다. 안내 데스크 좌측에는 견학 코스인 공장과 전시실이 있고, 우측에는 과자 매장이 있다. 직원이 예약 명단에 있는지 여부를 확인하고는 브랜드 캐릭터 '우나쿤うなくん'이 그려진 '우나기 파이 미니'를 기념품이라며 건넸다.

우나쿤은 우나기 파이 장인을 꿈꾸는 소년 견습생이다. 환하게 웃는 얼굴에 머리에는 단짝 친구인 장어 우나자에몽うなざえもん을 두르고 다닌다(여자친구 고하루짱小春ちゃん도 있다). 이 캐릭터 조형물은 팩토리 건물 안팎에서 자주 만날 수 있다. 앞서 말한 이동식 카페에도 자전거에 우나기 파이를 싣고 달리는 우나쿤 모형이 서 있

---

6) 공장견학은 모두 무료이며 자유견학, 팩토리 투어, 스마일 투어 등 총 3종류가 있다. 자유견학은 가이드 없이 방문객 각자 알아서 구경하면 되고 예약도 필요 없다. 단, 입장 허용 인원 수(20명 이내)나 주차장, 극장 이용 등에서 제약이 따른다. 팩토리 투어(정원 50명 이내)와 스마일 투어(정원 30명 이내)는 우나기 파이 팩토리의 가이드에게 설명을 들으며 시설을 견학한다. 두 프로그램 모두 사전예약제. 이 중 스마일 투어는 참가자들이 탐정 분장을 한 가이드와 함께 우나기 파이 관련 수수께끼를 풀어가는 방식으로 토요일에만 진행한다. 예약 문의는 (81)-053-482-1765. 일본어 응대만 가능하다.

었다.

투어 시간이 되자 분홍색 유니폼을 입은 가이드가 예약한 사람들의 이름을 차례차례 호명한다. 투어 참가자는 성별이며 연령대가 다양한데, 외국인은 나 혼자다. 가이드에게 물어보니 외국인이 오는 경우는 거의 없단다. 견학 프로그램은 제품과 회사의 역사, 과자의 특징, 제조 공정 등 브랜드 스토리를 비교적 상세히 알려준다. 투어 시간은 40분 정도. 우나기 파이의 열성 팬이라면 모를까, 일본어 구사가 어려운 외국인 관광객이 택시비 4만 원이나 들여 일부러 찾아갈 필요는 없다는 생각이다. 이날 투어에는 20명 남짓한 인원이 함께했는데, 나만 제외하고 다들 친구나 커플, 가족이었다. 자유견학으로 시설을 관람하는 이들은 훨씬 많았다. 유치원에서 원복을 맞춰 입고 단체로 방문한 아이들도 보였다. 이렇게 접근성 떨어지는 시설이 방문객으로 붐비는 모습에서도 우나기 파이의 남다른 인기를 실감할 수 있었다.

가이드의 설명 중 무엇보다 흥미로웠던 내용은 독특한 패키지에 대한 것이었다. 이 과자의 포장은 (앞서 살펴본 도쿄 바나나나 시로이고이비토의 패키지와는 달리) '팬시'한 느낌 없이 단순함 그 자체다. 상아색을 띤 겉포장지에는 우나기 파이의 '우う'자가 큼지막하게 새겨져 있다(심지어 새빨간색이다). 어째서 '우나기うなぎ'가 아니라 '우' 만을 강조했는지는 모를 노릇이지만, 'う'가 단순하면서도 힘 있는 패키지 디자인에 잘 어울리는 듯하다. 장어 몸통을 연상시키기도 하고 말이다. 뒤에서 다시 설명하겠지만 발매 당시와 색상이 달라졌다고 하는데, 'う'자가 두드러지는 점은 여전히 같다.

이 겉포장지를 뜯으면 수수한 빨간색 상자 안에 우나기 파이가 가지런히 놓여 있다. 과자 하나하나를 감싼 속포장지는 투명한 비닐 재질에 빨강, 노랑, 검정 세 가지 원색을 써서 제품명을 강조하고 있다. 깔끔한 인상을 주지만, 역시 오미야게 과자 속포장지 같지는 않다. '오미야게 과자' 하면 떠오르는 예쁘장한 요소가 하나도 없다. 꼭 잘 구운 장어를 통째로 얹어놓은 투박한 우나기동うなぎ丼(장어덮밥) 같다. 그런데도 이 과자가 인지도 2위를 차지하는 등 장수 오미야게 과자로 사랑받게 된 이유는 무엇일까?

과자 포장지를 들여다보면 이런 문구가 눈에 들어온다. 夜のお菓子. '밤의 과자'라는 뜻이다. 그러고 보니 이 문구는 우나기 파이 팩토리 외벽에도 브랜드 이름 옆에 큼지막하게 적혀 있었다. (이쯤에서 알아들을 사람은 알아들었겠지만) 꼭 집어 말하기는 애매해도 이 어딘가 야릇한 캐치프레이즈가 성공을 거둔 원동력이었다.

장어가 한국에서 대표적인 보양식 메뉴로 꼽힌다는 사실은 잘 알려져 있다. 그런데 이는 일본에서도 마찬가지다. 삼복에 우리가 삼계탕이나 보신탕을 먹듯이, 일본인들은 한여름 더위가 가장 극심한 '도요노우시노히土用の丑の日'[7]에 장어를 먹는다. 한국에서도

유명한 일본 드라마 〈고독한 미식가〉에서 장어 전문점을 찾은 주인공이 "도요노우시노히는 아직이지만, 지금 내 몸은 장어를 원하고 있다"고 독백하는 장면이 나온다.

장어가 소위 '정력'에 좋은 음식으로 통하는 점도 같다. 한국에서 남자들끼리 장어구이에 복분자주 한 잔 곁들여 먹으면 '오늘 밤힘 좀 쓰겠는데' 같은 야릇한 농담이 오가게 마련. 일본에서도 그렇다. 장어를 뜻하는 일본어 'うなぎ'를 일본 포털사이트에서 검색하면 남성의 성기능과 관련된 게시물이 수십만 건이나 조회될정도다.

사실 장어가 정력에 좋다는 과학적 근거는 없다. 많은 보양식이그러하듯, 장어는 과거 먹을 것이 부족하던 시절에 접할 수 있었던흔치 않은 단백질 공급원이었다. 지금처럼 쇠고기나 돼지고기 등을 쉽게 구할 수 없던 시절이라 대신 개나 뱀 등으로 단백질을 섭취했는데, 장어도 그중 하나였다. 더위에 지쳐 기력이 쇠한 이들은

---

7) 음양오행설은 나무木는 봄, 불火은 여름, 금金은 가을, 물水은 겨울을 뜻하고 흙土은 각 계절이 달라지는 시기와 관련됐다고 본다. 이에 따라 원래는 음력에서 계절이 변화하는 절기인 입춘立春, 입하立夏, 입추立秋, 입동立冬 전의 18일간을 도요土用라 칭했다. 도요노우시노히土用の丑の日는 이 기간 중 십이지十二支의 우시丑(소)에 해당하는 날. 요즘은 일반적으로 입추 전 무더위가 절정에 이른 기간의 우시노히丑の日(소의 날)로 통하며, 날짜는 하루나 이틀이 해당되고 매년 달라진다. 이날 장어를 먹게 된 유래에 대해선 몇 가지 설이 있다. 그중 에도시대 중기 학자인 히라가 겐나이平賀源内가 여름에 잘 안 팔리는 장어의 매출 신장 방법을 알려달라는 장어가게의 의뢰를 받고 가게 앞에 '오늘은 소의 날丑の日'이란 문구를 걸어두라 조언을 할 것에서 비롯됐다는 주장이 있다. 이 문구에 호기심을 가진 손님들이 쇄도하며 장어가게는 대성공을 거뒀고, 이 방식을 다른 가게들도 따라하며 풍습으로 굳어졌다는 것.

고지방에 고열량인 장어를 먹고서 기운을 차렸을 것이다. 여기에 장어가 넘치는 힘을 주체하지 못한 채 꿈틀대는 모습을 강한 남성성과 결부시키는 심리적 요인까지 더해져, 장어가 정력에 좋다는 통설이 지금까지 이어져온 것이다.

이것이 얼마나 과학적인 근거를 갖고 있든, 중요한 것은 사람들에게 여전히 이러한 믿음이 남아 있다는 사실이다. 장어에, 또 다른 스태미나 식재료인 마늘까지 들어간 오미야게 과자가 '밤의 과자'라는 캐치프레이즈를 내세웠다. (당연히) 우나기 파이는 단순한 과자가 아니라 일종의 건강보조식품처럼 받아들여졌다. 홍삼캔디가 그렇듯이 말이다. 우나기 파이의 성공은 여기서 비롯됐다. 남자들을 위한 과자로 이미지가 굳어지면서 소비자층이 확고해졌다. 언뜻 보기에 촌스러운 패키지 디자인은 남성 구매자들에게는 별 문제가 되지 않았다. 오히려 지극히 단순하면서도 강렬한 패키지가 이미지에 잘 맞아떨어졌다.

밤의 과자?
정력에 좋은 과자?

그렇지만 정작 '밤의 과자'라는 캐치프레이즈가 만들어진 사연은 정력이랑은 멀어도 한참 멀었다. 우나기 파이 팩토리의 브랜드 스토리 전시실에는 4인 가족(물론 인형이다)이 다정하게 둘러앉아 우나기 파이를 나눠 먹는 모습이 재현되어 있다. 여기에 '밤의 과자'라는 문구는 가족과 함께 과자를 나눠 먹으며 단란한 시간을 보내라는 의미였다고 적혀 있다. 우나기 파이 제조사인 슌카도春華堂는 공식 홈페이지에도 이러한 설명문을 게시해놓았다.

우나기 파이가 처음 나온 1961년은 일본의 고도성장이 불붙은

うなぎパイの『夜のお菓子』とは
家族団らんの一時に召しあがっ
いただきたい、という意味です

순카도에서는 정력 강화가 아니라
화목한 가정을 위한 과자라고 주장하지만, 과연?

시기였다. 제2차 세계대전에 패전한 뒤 경제 사정은 최악으로 치
달았지만, 1950년 한국전쟁이 발발하자 일본은 연합군에 군수물
자를 보급하며 엄청난 돈을 벌어들이기 시작했다. 일본군의 진주
만 기습에 치를 떨며 전쟁에 참여했던 미국은 일본의 경제 부양을
적극 지원하고 나섰다. 일본을 부강한 자본주의 국가로 만들어 소
련, 중국 등 공산주의 국가 영향권에 들어가지 않게 막아야 했기
때문이다. 전략적으로 중요한 극동 지역에서 헤게모니를 놓치지
않기 위함이었다.

그 결과 일본 경제는 1950년대 중반부터 비약적으로 발전한다. 1959~1961년에는 매년 실질 GDP 성장률이 무려 10%를 넘어섰다. 이 무렵 우나기 파이의 고향인 시즈오카현 하마마쓰시 역시 대규모 공장들이 들어서며 공업도시로 발전을 거듭하고 있었다. 호황을 맞아 일자리가 넘쳐나던 시절이었다. 부족한 일손을 메우기 위해 여성들에게도 노동이 독려됐고, 상당수 여성들이 노동자로 일하면서 맞벌이 부부가 늘어났다. 상황이 이렇다 보니 휴일이 아니면 가족들이 얼굴을 맞대고 대화할 수 있는 시간은 퇴근 후 저녁식사 자리나 늦은 밤뿐이었다. 슌카도는 이러한 시대상을 반영해 '밤의 과자'라는 캐치프레이즈를 만들었다고 주장한다. 그런데 어째서 이런 오해가 불거진 걸까?

당시 하마마쓰 유흥가는 일본에서 전국적으로 유명한 밤거리였다. 심야에 유흥가를 전전하던 일본인들이 장어가 든 과자에 '밤의 과자'라는 문구까지 적힌 것을 보고 '정력 강화 과자'로 해석했다는 것. 똑같은 '밤'일지라도 온 가족이 둘러앉아 과자를 먹는 밤과, 유흥가에서 과자를 먹는 밤은 분위기가 천지차이다. 슌카도에서 항변했음에도 불구하고, 장어를 재료로 한 과자에 '밤의 과자'라는 캐치프레이즈를 내건 의도는 그리 순수하지 않았으리라는 게 대다수 의견이다. 사실 우나기 파이가 세간의 관심을 모으며 성공을 거둔 것도 단란한 가족 이미지보다는 '정력 강화' 암시에 힘입은 바가 컸다.

이 점에 대해서는 슌카도도 부정하지 못한다. 공식 홈페이지에서도 '우나기 파이 6개를 먹으면 장어구이 100그램을 먹은 것과 같은 비타민A를 섭취할 수 있어 원기를 회복하고 무더위를 이겨내는 데 효과가 있다'며 우나기 파이가 스태미나 과자임을 넌지시 드러내고 있다. 투어 가이드도 제품이 정력 강화 과자로 각광받자 당초 패키지 콘셉트를 바꿔 빨강, 검정, 노랑 등 원색을 넣었다고 설명했다.

원래 우나기 파이 패키지는 장어 서식지인 하마나호수를 상징하는 청색이었단다. 그런데 1960년대 일본에서 에너지 드링크가 크게 유행한다. 당시 일본은 기업전사企業戰士[8]들이 산업전선에서 활약하던 시대였다. 회사의 이익을 위해서라면 주말 근무도 철야 근무도 불사했다. 과로가 일상화된 가운데 1950년대 말부터 각성 효과가 탁월한 에너지 드링크가 속속 시장에 나왔다.[9] 이들 에너지

---

8) 회사, 상사에 충성하는 샐러리맨을 군인에 비유해 일컫는 말로, 일본어로는 '기교센시'라 읽는다. 고도성장기 일본 기업들은 불철주야로 일하는 기업전사들의 노고에 힘입어 수출을 극대화하며 외화를 쓸어모았고, 노동자들이 안정적 삶을 영위할 수 있는 평생직장이 됨으로써 이에 보답했다. 그렇지만 거품경제 붕괴로 장기불황이 시작되자 기업은 대규모 해고를 단행하면서 성과주의를 내세웠다. 이에 노동자들 역시 회사에 대한 맹목적 충성심을 잃었고, 기업전사는 사라지게 됐다.

9) 남성 소비자가 타깃인 에너지 드링크는 광고 모델도 프로야구 선수, 남성미가 강한 남자 배우들을 기용해 '힘'의 이미지를 강조했다. 한국에 '왕정치'로 잘 알려진 전설적인 야구선수 오 사다하루王貞治가 1963년 광고 모델로 출연한 리포비탄DリポビタンD의 대성공을 계기로 에너지 드링크 붐이 일었다.

드링크 상품은 '강한 힘'을 연상시키도록 패키지에 강렬한 원색을 주로 사용했다. 우나기 파이는 이러한 유행에 착안해 패키지 디자인을 에너지 드링크처럼 바꾸며 '스태미나 과자' 이미지를 부각시킨 것이다(덧붙이자면, 이렇게 바꾸고 나서 인기가 더욱 높아졌다고 한다).

| 하마마쓰 시내 상점가에 자리한 슌카도 본점.

장어구이에서 우나기 파이로

그렇다면 가장 중요한 질문. 애초에 장어 분말로 과자를 만들자는 발상은 어디서 나온 걸까? 아무리 하마나호수가 장어로 유명하다고는 해도, 장어랑 과자는 언뜻 생각하기에도 영 어울리지 않는 조합이지 않은가? 이 아이디어를 낸 사람은 야마자키 고이치山崎幸一, 슌카도 창업자인 야마자키 요시조山崎芳蔵의 아들이자 2대 사장이다. 여기서 잠깐, 우나기 파이를 만든 것이 2대 사장이라면 슌카도는 제법 오랜 역사를 자랑하는 곳일까? 이시야제과처럼 막과자를 찍어내다 오미야게 과자로 뛰어든 곳일까, 아니면 수백 년을 이어온 곳일까?

유한회사 슌카도가 설립된 것은 1949년, 즉 우나기 파이가 세상에 나오기 12년 전이다. 하지만 그 뿌리는 훨씬 윗대로 거슬러 올라간다. 야마자키 가문은 근대 이전부터 시즈오카현 오카베초岡部町에서 찻집을 운영해왔다. 시즈오카시 서쪽에 위치한 오카베초는 에도시대에 슈쿠바宿場[10]로 지정돼 숙박업소와 음식점, 찻집 등이 들어선 곳이었다. 앞서 말했듯 에도시대에 일본에서는 찻집 문화가 차츰 퍼져나가고 있었는데, 이들 찻집에서는 차에 어울리는 과자를 경쟁적으로 만들어 내놓았다(이로부터 오미야게 과자 산업이 싹을 틔웠다). 야마자키 가문의 찻집도 그런 가게 중 하나였다.

1865년생인 야마자키 요시조는 부모로부터 물려받은 찻집을 운영하던 중 과자 시장이 커지는 데 주목하며 제과업에 뛰어들었다. 제과업에 뛰어들었다고 해서 바로 커다란 과자점을 연다거나 한 것은 아니다. 1887년 일본 전통과자인 '아마낫토甘納豆'(설탕에 절인 콩)를 만들어 노점에서 팔기 시작했다. 소박한 출발이었다. 이 과자가 인기를 끌자 요시조는 하마마쓰시에 작은 과자점 슌카도를 열기에 이른다(1889년). 노점에 과자점 시절까지 헤아리면 슌카도는 130년이 넘는 역사를 가진 셈이다.

---

10) 수도인 에도에서 공무를 위해 지방의 주요도시를 오가는 관리들이 중간에 쉬어갈 수 있도록 조성한 역참 마을.

대를 이어 2대 점주가 된 야마자키 고이치는 아버지가 개발한 아마낫토를 이을 만한 히트작 만들기에 골몰한다. 1941년, 그는 고심 끝에 '차보知也保'[11]라는 과자를 내놓는다. 당시 일본 제과 업계에서는 이례적으로 실용신안(산업재산권)까지 취득했다. 지금도 슌카도 매장이나 온라인 쇼핑몰 등에서 '차보노 다마고知也保の卵'라는 이름으로 팔리고 있다. 어떤 과자이기에 실용신안까지 취득했는고 하니, 달걀처럼 생긴 모나카다(덧붙이자면 진짜 달걀처럼 껍데기가 흰 것도 있고, 갈색인 것도 있다). 안에는 흰강낭콩과 설탕으로 만든 콩소가 들어 있는데, 앙증맞게도 동그란 흰자위와 노른자위를 구분해 속까지 달걀처럼 만들어놓았다(콩소에 난황을 넣거나 빼서 두 가지 색을 냈다). 이 독특하면서도 귀여운 디자인은 단숨에 엄청난 주목을 받았다. 일본의 문학가 무샤노코지 사네아쓰武者小路実篤[12]가 이 과자를 소재로 "하마마쓰는 좋아, 차보 좋아浜松はよし 知也保よし"라는 시구까지 쓸 정도였으니, 이 과자가 탄생 80여 년이 가까워진 지금도 여전히 팔리고 있는 이유를 알겠다.

하지만 야마자키 고이치 사장은 이 정도 성공에 만족할 수 없었던 모양이다. 지방 노점에서 출발한 슌카도가 어엿한 소규모 제과

---

11) 차보チャボ는 닭 품종 중 하나인데, 같은 음의 한자로 표기해 知也保라는 브랜드명을 만든 것이다.
12) 귀족 집안 출신의 소설가(1885~1976). 시인, 극작가, 화가로도 활동했다.

회사로 자리 잡자, 그는 더 큰 목표를 세운다. 하마마쓰를 대표하는 오미야게 과자를 만들겠다는 것이었다. 그렇지만 하마마쓰는 별로 유명한 고장이 아니고, 뚜렷한 지역 특색을 잡아내기도 어려운 곳이었다. 그렇게 오미야게 과자 개발에 난항을 겪던 중, 고이치 사장은 뜻밖에도 여행지에서 장어를 활용한 과자를 떠올리게 된다.

사연은 이랬다. 여행지에서 만난 낯선 이가 어디서 왔느냐고 묻기에 "하마마쓰"라고 대답했는데, 역시나 상대방은 하마마쓰라는 지명을 알지 못했다. 이에 고이치 사장이 "하마나호수 근처"라고 설명하자 "아, 장어가 맛있는 곳이죠"라는 답변이 돌아왔다는 것.

이 일화에서도 알 수 있듯이 하마마쓰를 모르는 이는 많아도, 하마나호수를 모르는 이는 드물었다. 질 좋은 장어 산지로 유명해서였다. 야마자키 고이치 사장은 여행지에서 돌아오자마자 하마나호수 장어를 활용한 과자 개발에 착수한다. 그는 제과사들을 불러 모아다가 장어를 활용한 과자 제조를 의뢰했다. 이들이 내놓은 서로 다른 시제품을 놓고 고민한 끝에 당시 일본에서는 보기 드물었던 프랑스 과자 팔미에에 장어 분말을 넣은 것이 최종 낙점됐다. '팔미에'가 낯선 과자인 데다 장어를 소재로 한 과자는 유례가 없다는 점에서(왜 없었겠는가? 없을 만한 이유가 있으니 없었을 것이다) 불안해하는 목소리도 제기됐다. 하지만 고이치 사장은 '하마마쓰는 곧 장어'라는 굳은 믿음으로 새로운 도전을 과감히 감행했다.

물론 개발 과정은 순탄치 않았다. 처음에는 '장어'라는 키워드에 집착한 탓인지 과자 모양까지 장어처럼 만들려 했다. 가늘고 긴 형태에 심지어 장어 대가리 부분까지도 살리기 위해 반죽 끝부분을 꼬았다. 하지만 이런 형태로는 과자를 골고루 구워낼 수 없었다. 슌카도는 이 문제를 해결하기 위해 가바야키蒲焼き(꼬치구이) 방식까지 시도했다. 장어 모양 반죽을 꼬치에 끼워 굽는 것이었는데, 이번엔 과자를 먹을 때 꼬치를 제거해야 하는 게 문제가 됐다. 가뜩이나 잘 부서지는 팔미에가 꼬치를 빼는 동안 온전할 리 없었다. 이 실패작들은 우나기 파이 팩토리에 고스란히 전시되어 있다. 가느다란 꼬치 3개에 과자 2개가 꽂혀 있다. 물론 모형이라 부서지지 않은 채 멀쩡하다. 어쨌든 이런저런 시행착오를 거듭한 끝에 장어 형태는 모티브만 반영해 지금처럼 길쭉한 모습으로 완성됐다.

그러나 이게 끝이 아니었다. 슌카도는 장어구이를 연상케 하도록 과자 겉면에 소스를 바르는 방안도 고안했다. 여러 가지 소스 중에서도 선택된 것이 마늘소스. 물론 장어구이에 곁들이는 마늘처럼 아릿하고 매운 소스가 아니라, 마늘바게트를 연상시키는 달콤한 소스다. 우나기 파이 팩토리 가이드가 말하기를, 마늘소스 제조법은 회사 내에서도 극소수 제과사들에게만 알려져 있는 영업 기밀이란다.

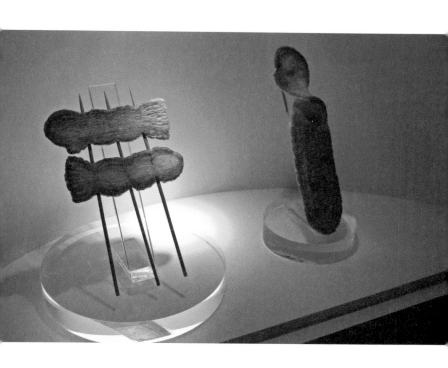

우나기 파이 팩토리에 전시되어 있는 실패작들 모형.
성공이 있었으니 실패의 과정도 추억이 되어 전시물로 남았다.

이 아이디어를 낸 것도 야마자키 고이치 사장이다. 당시 외식업계에서 핫한 음식이었던 교자에서 힌트를 얻었다고 한다. 중국에서 들어온 만두가 일본식으로 변형된 교자는, 일반적인 일본 음식과 달리 마늘이 듬뿍 들어간다.[13] 관광안내소 직원이 일러주었듯 하마마쓰의 대표적인 먹거리가 장어구이와 교자다. 요컨대 우나기 파이는 이 두 가지 음식을 재해석해 만들어진 것이다.

———

13) 과거 일본에선 마늘을 식재료가 아닌 약재로 활용했다. 특유의 강한 향에 거부감이 심했던 탓이다. 또 선종 불교에서 마늘을 고신五辛(강장작용을 일으키는 다섯 가지 채소) 중 하나로 보며 승려들의 취식을 금지시킨 것도 영향을 끼쳤다. 마늘이 일본에서 식재료로 쓰이기 시작한 제2차 세계대전 이후 외국에서 들어온 음식이 대중화된 시기다. 현재는 라멘, 교자, 야키니쿠, 서양요리 등에 양념으로 애용되고 있다.

신칸센과 고속도로
수직성장의 기회

자, 그렇다면 돈은 얼마나 벌어들일까? 슌카도는 정확한 매출액이나 영업이익을 공개하지 않는다. 2015년 일부 언론에 연 매출액이 약 70억 엔이라는 기사가 실린 적은 있다. 이 중 80~90％가 우나기 파이 매출액이라고 알려졌는데, 바꿔 말하면 우나기 파이 하나로 60억 엔에 가까운 돈을 벌어들이는 것이다. 연 생산량만 8,000만 개에 이른다고 하니(이를 쭉 늘어놓다 보면 지구 한 바퀴를 돌 수 있다고 한다) 어마어마하다. 온라인 판매 없이 시즈오카현 내의 지정된 매장과 도쿄의 일부 백화점, 공항 등 판매처가 제한적인데도 그렇다.

물론 아무리 먼 지역이라도 몇 시간 만에 갈 수 있는 데다 구매 대행 서비스를 이용할 수 있는 지금이야 제한적인 판매처가 큰 걸림돌이 아니다. 하지만 우나기 파이가 처음 나온 1961년은 상황이 달랐다. 오미야게 과자가 얼마나 맛있든, 얼마나 개성적이든, 해당 지역에 가기 어려우면 아무 소용이 없었다. 유통 범위가 좁은 오미야게 과자가 성공하려면 좀 더 많은 사람에게 노출되는 것, 요컨대 교통 인프라가 잘 갖춰진 입지가 가장 중요했다.

이런 점에서라면 우나기 파이는 더할 나위 없는 조건을 갖춘 오미야게 과자였다. 하마마쓰가 자리한 주부中部 지방은 일본 열도 중앙에 자리한다. 동쪽으로는 수도권인 간토関東 지방이, 서쪽으로는 교토, 오사카 등 대도시가 자리한 간사이 지방이 펼쳐져 있다. 간토는 말할 것도 없이 일본 경제·사회·문화의 중심부다(일본은 한국에 비해 지방이 잘 발달한 편임에도 불구하고, 인구 및 산업이 수도권에 집중되어 있다). 간사이는 근대 이전까지 일본 중심부였으며, 수도가 교토에서 도쿄로 옮겨 간 이후에도 여전히 경제적·문화적 측면에서 간토 못지않게 중요한 곳이다. 지도를 펼쳐놓고 보면 시즈오카현은 수도 도쿄와 일본 제2의 도시인 오사카 중간에 자리해 있음을 알 수 있다. 두 중심 도시를 잇는 만큼 교통편이 잘 발달했으며, 오가는 이도 많았다.

슌카도는 노점 시절이었던 1887년 선보인 아마낫토가 잘 팔리

자 제과업의 장래성에 확신을 가진 것으로 보인다. 그래서 1889년 간토 지방과 간사이 지방 사이에 도카이도 혼센ほんせん (본선)이 개통되고 하마마쓰에 기차역이 들어서자 유동인구 증가를 기대하며 과자점을 개업한 듯하다. 야마자키 고이치 사장은 부친의 성공 사례에서 교통 인프라가 오미야게 과자 시장에 지대한 영향을 끼친다는 점을 배웠을 것이다. 때문에 슌카도가 순조로이 굴러가는 와중에도 철도 및 도로가 확충되던 1960년대에 하마마쓰 대표 오미야게 과자를 만들겠다며 고군분투했던 것으로 보인다.

앞서 말했듯 1960년대에 일본 경제는 가파르게 성장했다. 자연히 교통 수요가 급증했다. 일본 정부는 1959년 4월, 도카이도 신칸센을 착공해 도쿄 올림픽 개막 직전인 1964년 10월에 완공했다. 이 신칸센이 개통됨에 따라 도쿄-오사카(도쿄역-신오사카역) 간 이동시간이 4~5시간으로 대폭 줄어들었다.[14] 당시 신칸센은 두 종류(히카리ひかり[15], 고다마こだま[16])로 운행됐는데, 그중 고다마호가 시즈오카현의 시즈오카시와 하마마쓰시에 정차했다.

---

14) 도카이도 신칸센 개통 이전 도쿄역-신오사카역 구간의 가장 빠른 열차는 '비즈니스특급 고다마ビジネス特急 こだま'로 6시간 30분이 소요됐다. 현재는 노조미のぞみ호의 일부 차량이 동 구간을 2시간 22분에 연결하고 있다.
15) '빛'이라는 뜻. 1964년 개통 당시 도쿄역-신오사카역 구간 소요시간이 4시간이었다. 현재는 2시간 40분대까지 단축됐다.
16) '나무의 정령'이라는 뜻. 1964년 개통 당시 도쿄역-신오사카역 구간 소요시간이 5시간이었다. 현재는 3시간 50분대까지 단축됐다.

철도만이 아니었다. 1950년대 말엽 도쿄와 나고야를 잇는 도메이東名 고속도로 건설이 본격적으로 논의됐다. 고속도로 건설은 천문학적인 금액이 필요하기에 단계별로 추진됐다. 1962년 도쿄-시즈오카시 구간을 시작으로 1969년에 전 구간이 완공됐으니, 무려 7년이 걸린 대규모 건설사업이었다. 이 고속도로가 개통되면서 시즈오카현은 명실상부한 교통의 요지로 자리 잡았고, 방문자 수가 급증했다.

우나기 파이로서는 더없이 좋은 기회였다. 야마자키 고이치 사장은 대대적인 교통 인프라 건설 계획이 발표됨에 따라 오미야게 과자 수요가 폭증하리라는 것을 예상했다. 우나기 파이는 1961년 출시된 지 얼마 지나지 않아 하마마쓰역 매점에 납품되며 반향을 일으켰다. 그러다 신칸센 개통, 고속도로 건설과 함께 날개 돋친 듯 팔려나갔다.

당시 물가를 생각하면 우나기 파이는 퍽 비싼 축에 속했다. 케이크 한 판이 50엔에 팔리던 시절인데, 우나기 파이는 하나에(한 상자가 아니라 딱 한 개에) 무려 15엔. 그런데도 없어서 못 팔 지경이었다. 슌카도는 처음엔 일일이 수작업으로 과자를 만들었다. 그러나 예상을 훌쩍 뛰어넘는 판매량에 부랴부랴 생산기기를 도입하고 인력을 대폭 늘렸다. 쏟아지는 주문량에 전 직원이 밤낮 없이 우나기 파이를 굽고 포장했다.

판매량 집계를 보면 놀라울 정도다. 1962년 연 판매량 60만 개였던 우나기 파이는 1965년 연 판매량 700만 개를 기록했다. 3년 동안 10배 이상 폭증한 것. 1년 후인 1966년에는 연 판매량 1,000만 개를 넘어섰다. 우나기 파이는 그야말로 (같은 시기 일본 경제만큼, 혹은 신칸센만큼) 초고속으로 성장했다.

장인이
출근하는 공장

일본에는 '도제徒弟'라는 것이 있다. 사전적으로는 '제자' 내지 '직업에 필요한 지식, 기능을 배우기 위해 스승 밑에서 일하는 직공'을 뜻하는데, 독특한 점은 이들이 일을 배우기만 하고 나가는 게 아니라는 것이다. 온갖 허드렛일로 시작해 어느 정도 연차를 쌓으면서 기술을 익힌 이들은 일종의 분점을 낸다. 스승과 같은 상호를 사용하지만, 가맹비를 내거나 매출액 일정 부분을 납부하는 것은 아니다. 이는 상업적 기획이라기보다도 기술을 보전하고 이어가는 것에 가깝다. 역사가 100년이 넘는 노포가 수두룩한 나라인 만큼,

일본에서는 장인 정신을 소중히 하며 그들이 지닌 기술에 대해서도 마찬가지다. 갑자기 장인 정신에 대해서 이야기하는 건 2015년 슌카도에서 '우나기 파이 사범 제도'를 도입했기 때문이다.

사범師範이란 '스승이 될 만한 모범이나 본보기'를 뜻하는 단어로, 위에서 설명한 도제 문화를 연상케 한다. 실제로 《닛케이신문》, 《시즈오카신문》 등 여러 일본 언론을 통해 오미야게 과자가 장인 정신을 계승한 사례로 소개되기도 했다. 이는 우리를 조금 혼란스럽게 만든다. 연 생산량이 8,000만 개씩이나 되는 과자가 어떻게 장인 정신을 계승한다는 말일까? 장인은 상품 하나하나를 오랜 시간 심혈을 기울여 만들어내는 존재가 아닌가? 그렇다면 우나기 파이가 (설마) 일일이 손으로 만들어진다는 말일까?

물론 우나기 파이는 공장에서 만들어진다. 우나기 파이 팩토리에서는 파이가 가마 안에서 구워져 나오는 과정에서부터 불량품을 솎아내는 과정, 포장 과정 등을 볼 수 있다. 이들 과정은 거의 자동화되어 있다. 그렇지만 반죽을 밀고 설탕을 넣는 등 파이를 만드는 과정은 기본적으로 수작업이다. 이는 우나기 파이 팩토리에서 상영되는 영상을 통해서도 알 수 있다.[17] 영상에는 하얀 작업복 차림의 제과사들이 반죽을 밀대로 열심히 미는 장면이 나온다(이 공

---

17) 영상은 10분가량이며 가이드 투어 견학 프로그램에 포함돼 있다. 자유 견학 시에는 가이드 투어 참가자들이 이용하지 않는 시간에만 극장에 들어갈 수 있다.

우나기 파이 제조 현장. 제과사들이 파이 반죽이나 소스를 만드는
작업은 영업기밀이라 공장 견학 프로그램에서는 제외되어 있다.

정은 견학 코스에서 제외돼 있다). 실제 공장에서 근무하는 장인이 등장해 "우나기 파이는 데즈쿠리手作り(수작업)가 기본"이라고 강조한다. 기존에는 몇몇 제과사가 제조 비법을 전수하면서 이 과정을 관장해왔지만, 판매량 확대를 비롯해 제과사 세대 교체에 따라 더욱 체계적인 관리가 필요해지자 도입한 것이 '우나기 파이 사범 제도'다.

슌카도에서는 수작업 정확성에 따라 제과사를 네 단계로 구분한다. 가장 실력이 좋은 제과사가 사범, 그 아래로 종가宗家, 범사範士, 연사錬士 순이다. 이 제도를 도입하면서 '사범' 직위에는 53명의 제과사를 두었는데, 이들 초대 사범 중에는 우나기 파이 제조 경력이 40여 년에 가까운 50대 중후반의 베테랑들이 적지 않다. 그야말로 우나기 파이 장인이자, 우나기 파이 역사의 산증인들이다. 이들은 기계만으로는 우나기 파이 특유의 맛을 절대 낼 수 없다며, 장인 감각이 무엇보다 중요함을 강조한다.

물론 사범에 선정되기 위해서는 이 같은 장인 감각, 즉 제과 기술이 가장 중요하다. 그렇지만 그게 전부는 아니다. 뜻밖에도 인간성 역시 중요한 판단 기준이다. 사범들은 과자를 구우면서도 후배들에게 설탕을 언제, 얼마나 넣어야 하는지, 반죽은 어떻게 밀어야 하는지 등을 일일이 가르쳐야 하기 때문이다. 사범 제도를 도입한 목적이 시간이 흘러도 우나기 파이 맛을 변함없이 유지하는 데 있는 만큼, 아무리 훌륭한 기술을 가졌더라도 후배들에게 잘 전수할 수 없다면 실격이다.

이렇게 한 명의 사범이 몇몇 종가를 맡아 가르치면, 이 종가들은 각자가 담당한 범사들을 가르치고, 범사가 다시 연사를 가르친다. 이들은 매년 두 차례 테스트를 치르는데(이 테스트 결과에 따라 직위가 조정된다), 실기시험은 물론 필기시험에 인성 평가까지 거친다. 실기시험은 실제 공장에서 과자를 얼마나 잘 만드는가를 본다. 필기시험에는 제조 공정이나 회사 및 제품에 대한 지식 등이 출제되며, 인성 평가는 현장에서 인사를 잘하는지, 동료들과 도구 사용법을 잘 점검하는지 등을 따진다.

슌카도는 사범 제도를 통해 200년, 300년이 지나도 같은 맛을 고수하겠다는 포부를 밝혔는데, 그건 앞으로 두고 볼 일이다. 사람 입맛은 변하게 마련이고, 입맛에 따라 과자 맛도 바뀔 수 있으니까. 다만 작은 과자점도 아닌 공장에서 장인 정신을 기반으로 한 시스템이 굴러갈 수 있다니(한국에서는 상상도 못 할 일이다), 놀라울 따름이다.

드
라
마
를
만
들
고

도
쿄
로
진
출
하
고

앞선 장에서 이시야제과가 시로이 고이비토 브랜드를 캐릭터로 만들어 애니메이션까지 제작했음을 살펴봤다. 우나기 파이 역시 브랜드 스토리텔링 전략을 적극적으로 전개한 오미야게 과자 브랜드다. 시로이 고이비토가 애니메이션을 내세웠다면, 이쪽은 드라마가 승부수였다.

슌카도는 2011년 4월 우나기 파이 탄생 50주년을 맞아 특집 드라마 〈누구보다도 너를 사랑해! 誰(タレ)よりも君を愛す!〉를 선보였다. 후지TV 계열의 시즈오카 지역 민영방송사인 테레비시즈오카

テレビ静岡가 제작을 맡았다. 테레비시즈오카 개국 이래 최초로 자체 제작한 드라마여서 방송사에서도 심혈을 기울였다.

내용은 평범하다. 배경은 시즈오카현 하마마쓰시의 유서 깊은 장어집(하마나호수 근처에 오래된 장어 맛집이 많다는 점을 반영했다). 장어밖에 모르는 고집불통 장어구이 장인 아버지와 그런 아버지에 대한 반감으로 가족을 떠났다가 돌아온 딸이 갈등을 겪은 뒤 결국 화해하는 가족 드라마다. 뻔한 주제임에도 일본에서 섹시 아이콘으로 유명한 나가사와 마사미長澤まさみ가 여주인공인 딸 역할로 출연해 꽤 화제를 모았다.

장어집이 주된 배경이지만, 슌카도에서 스폰서를 맡은 만큼 우나기 파이며 슌카도 공장이 종종 등장한다. 한데 간접광고 수준이 아니라 거의 노골적인 광고에 가깝다. 방송에 〈우나기 파이 드라마 스페셜, 누구보다도 너를 사랑해!〉라는 제목을 띄우는 것에서부터 방영시간 앞뒤로 우나기 파이 관련 미니 프로그램이며 광고를 틀었다. 이 미니 프로그램도 '밤의 과자'라는 캐치프레이즈가 어디서 유래했다든지, 하마마쓰 장어를 분말로 만들어 파이에 넣었다든지 같은 광고에 가까운 내용으로 구성됐다. 심지어 극중 공장 사무실이 나오는 장면에서는 우나기 파이를 만든 야마자키 고이치의 흑백 사진을 화면에 계속 비췄다.

제목 '누구보다도 너를 사랑해!'에서 '누구'를 뜻하는 일본어 '다

레誰'는 요리에 첨가하는 소스 '다레タレ'와 발음이 동일한데,[18] 이는 우나기 파이 맛의 비결이 '다레'에 있음을 은근히 일러주는 표지이기도 했다. 아버지가 선대부터 비법으로 전해진 장어구이 소스를 소중히 여기듯, 슌카도에서도 우나기 파이에 바르는 마늘소스를 극소수 제과사에게만 전수하고 있다. 이처럼 지역은 물론 브랜드, 제품의 아이덴티티를 드라마 곳곳에 녹여냈다.

드라마는 전국 시청률 5%대를 기록했다. 1회만 방영하는 스페셜 드라마라는 점, 일요일 오후 4시 5분에 방영한 점을 고려하면 무난한 성적이었다는 평가다. 특히 우나기 파이의 본고장인 시즈오카현에서는 시청률이 10%에 이르러 지역 주민들의 높은 관심을 반영했다. 아울러 지역 방송사와 기업의 합작 드라마가 전국적으로 방영된 사실은 방송 전은 물론, 방송 후에도 미디어에서 큰 관심을 모았다. 단발성 드라마지만 인기 스타 나가사와 마사미가 고향 시즈오카의 홍보를 위해 출연에 응한 것도 미담으로 화제가 됐다(예능프로그램에 출연해 작품 홍보까지 했다).

어쩌면 이쯤에서 이런 질문이 생겨났을지도 모르겠다. 이시야제

---

18) 이 책에 나오는 일본어 발음은 국립국어원의 외래어 표기법에 따랐으므로 현지 발음과는 다소 차이가 있다. '누구'란 뜻의 한자 '誰'는 '다레DARE', 소스 'タレ'는 '타레TARE'로 발음하지만, 국립국어원 표기는 둘 다 '다레'로 표기한다. 드라마 제목은 '誰'일에 괄호를 넣어 'タレ'를 병기했는데, 이는 '誰'가 고어, 즉, 옛날 발음에서는 '타레たれ'로도 썼던 점을 반영해 강조한 것이다. 따라서 발음이 동일하다고 한 부분은 誰의 고어 발음과 タレ가 같음을 의미하며, 현대 일본어에서는 두 발음이 다른 게 맞다. 지금은 문어에서만 '誰'를 '타레'로 쓴다.

과와 슌카도의 브랜드 전략이 상당 부분 겹치지 않는가? 이시야제 과가 시로이 고이비토 파크를 세우고 애니메이션을 만들었다면 슌 카도는 우나기 파이 팩토리를 세우고 드라마를 만들었다.[19] 그런 데 비슷한 전략이 한 가지 더 있다. 바로 도쿄 진출이다. 양상은 조 금 다르다.

앞서 이시야제과가 도쿄 긴자 거리에 '이시야 긴자'라는 매장을 냈다는 점, 여기서는 시로이 고이비토를 팔지 않는다는 점을 설명했 다. 그렇다면 슌카도는 어떨까? 2015년, 슌카도는 우나기 파이 팩토 리 오픈 10주년을 맞아 도쿄 오모테산도表参道에 팝업스토어[20] '우 나기 파이 카페 도쿄UNAGI PIE CAFE TOKYO'를 열었다. 오모테산 도는 젊음의 거리로 통한다. 화려한 명품숍, 카페, 레스토랑, 과자 점, 미용실 등이 즐비한 명소다. 이런 지역에 연 팝업스토어였으 니, 자연히 젊은층의 취향에 맞춰 세련되고 산뜻한 분위기로 꾸며 졌다.

이 매장은 단 40일 동안만 운영됐는데, 짧은 운영기간 때문인 지 아니면 시즈오카 오미야게 과자가 도쿄로 왔기 때문인지, 우나 기 파이 카페 도쿄는 연일 북새통을 이뤘다. 이곳에서는 하마마쓰

---

19) 일본에서는 오미야게 과자업체들이 브랜드 테마파크를 운영하는 경우가 많다. 규모, 시설 면 에선 차이가 있지만, 공장 견학 프로그램, 전시실, 체험공방, 놀이기구 등을 갖춰 남녀노소가 함께 즐길 수 있도록 한다.
20) 짧은 기간(짧게는 하루에서부터 길게는 몇 개월까지) 운영되는 임시 매장을 말한다.

'우나기 파이 카페'(우나기 파이 팩토리 안에 마련되어 있다)에서 파는 디저트 메뉴와 한정상품을 내놓았는데, 하나같이 예쁘고 앙증맞아 SNS에서 인기를 끌었다. 그렇지만 무엇보다도 눈길을 끈 것은 매장 앞에 세워진 대형 우나기 파이 조형물(높이만 4미터에 달한다)이었다. 투명한 속포장지에 담긴 우나기 파이가 땅속에 박힌 것처럼 만들었는데, 비닐의 주름이나 과자 겉면의 굴곡진 부분까지 세밀하게 살렸다. 카페가 운영되는 동안 조형물 앞에는 사진을 찍으려는 인파가 몰려 포토존 역할을 톡톡히 해냈다. 트위터에 인증샷이 쇄도해 기사화될 정도였다.

팝업스토어 홍보에 동원된 우나기 파이 조형물은 이게 다가 아니다. 앞서 슌카도는 2011년 우나기 파이 탄생 50주년을 기념해 거대한 우나기 파이 조형물 트럭을 선보였다.[21] 카페 앞의 조형물처럼, 트럭에 실린 우나기 파이도 과자 모습을 그대로 재현했다. 이는 훨씬 더 커서, 높이(눕혀 있어서 가로길이로 보이는)가 무려 6미터에 달한다. 전국 각지의 행사장을 돌며 화제가 됐던 이 트럭은 우나기 파이 카페 도쿄가 영업할 때 인근에 등장해 시선을 끌었다. 내가 팩토리를 찾았던 날에도 건물 왼편 주차장에 세워져 방문객

---

21) 우나기 파이 트럭의 인기가 워낙 높아서 세계적인 모형 자동차 업체 토미카トミカ가 이를 미니카로 만들어 판매하기도 했다. 3,000개 한정 제품으로 1,575엔에 출시됐는데, 현재 일본 경매 사이트에서 7,000~1만 엔을 호가할 정도로 인기다.

우나기 파이 조형물 트럭. 실제로 보면 입이 떡 벌어질 만큼 커다랗다.
실제 과자있다면 몇 명이 달라붙어야 다 먹을 수 있을까?

들의 기념사진과 인증샷 배경으로 여전한 인기를 과시했다.

거대한 조형물과 트럭 덕분인지, 아니면 우나기 파이가 워낙 유명한 덕분인지 몰라도 도쿄 팝업스토어 프로젝트는 대성공을 거뒀다. 40일 동안 무려 5만 명이 찾아왔다고 하니, 1일 방문객만 1,000명이 넘는다(물론 주말 방문객이 더 많았겠지만 넘어가자).

도쿄 팝업스토어가 성공을 거두자 슌카도는 하마마쓰에 있는 원조 우나기 파이 카페도 대대적으로 리뉴얼했다. 기존의 카페는 다소 칙칙한 색감의 목재, 밋밋한 바닥재로 가라앉은 분위기였다. 이를 세대 교체라도 하듯이 밝은 대리석을 활용한 벽이며 깔끔한 무늬를 넣은 바닥재, 조명에서부터 집기까지 전부 현대적인 디자인으로 바꿨다.

공장 견학이 끝난 후 2층에 위치한 이 카페에서 겨울 한정 메뉴 '우나기 파이 딸기 밀푀유'[22]를 맛보았다. 보통 밀푀유라 하면 한 입 베어무는 순간 곧바로 부서져버릴 만큼 층이 아주 얇은 퍼프 페이스트리를 쓰지만, 이곳에서는 좀 더 견고하고 바삭한 식감의 우나기 파이 미니가 그 역할을 대신하고 있다.

기대랑은 다른 모양새지만 먹기는 편하겠거니 싶다. 우나기 파

---

22) 밀푀유mille-feuilles는 프랑스어로 '천 개의 잎사귀'라는 뜻으로, 이름 그대로 얇은 페이스트리 여러 장 사이사이에 과일, 커스터드 크림 등 다양한 필링을 채워 만드는 프랑스식 디저트다.

이 미니 2개를 젤라토 위에 지그재그로 얹어 입체감을 살렸다. 언뜻 토끼처럼 보이기도 한다. 먹어보니 카페에서 직접 만든다는 향긋한 바닐라 젤라토에 상큼한 딸기, 달콤하고 부드러운 연유가 고소한 우나기 파이와 잘 어우러진다. 에클레어 메뉴도 있었는데, 부드러운 슈 대신 우나기 파이를 넣어 만든 과자였다. 아무래도 이런저런 디저트 메뉴를 '우나기 파이화'해서 파는가 보다. 장어가 과자의 핵심인 브랜드답게 장어덮밥까지 판매한다.

1층에는 슌카도 매장이 있다. 진열대를 주로 차지하고 있는 것은 역시 우나기 파이지만, 슌카도의 다른 브랜드 과자들도 찾아볼 수 있다. 규모는 그렇게 크지 않다. 사람들로 가득해서 더 비좁게 느껴졌는지도 모르지만. 큼직하게 자른 우나기 파이를 인심 좋게 담아놓은 시식 코너 앞은 특히나 사람들이 많았다. 아무래도 한 입만으로는 발걸음을 떼기 힘든지, 아예 앞에 서서 한 움큼 집어먹는 이들이 적지 않다. 나 역시 한 조각 먹고서는 돌아설 수 없어 몇 조각 더 집어먹었다. 공장에 딸린 매장이라 과자 값이 좀 저렴하지 않을까 싶었는데, 종업원에게 물어보니 다른 곳과 같단다. 그런데도 계산대 앞에는 긴 줄이 늘어서 있다.

이곳에서는 과자 외에도 우나기 파이가 그려져 있는 아이폰[23] 케이스며 열쇠고리, 우나기 파이 테마송 CD 등 각종 기념품을 판매한다. 그중에서도 아이폰 케이스 모양새가 재밌다. 우나기 파이 패키지 디자인을 고스란히 재현해놓아 꼭 작은 우나기 파이 상자처럼 생겼다. 뒷면에 명함 등을 보관할 수 있는 공간이 있는데, 뚜껑을 열면 한쪽에는 명함꽂이가 있고, 다른 한쪽에는 우나기 파이가 프린팅되어 있다.

어지간한 팬이 아니고서야 누가 이런 케이스를 사겠나, 싶은데 SNS에서 재밌는 아이템으로 관심을 끌었던 모양이다. 우나기 파이가 쌓아올린 고유한 역사나 전통적인 이미지가 예상 밖의 물건과 결합했을 때 오히려 흥미롭게 받아들여지는 듯하다. 한국에서도 여러 식음료회사가 이미지는 그대로 활용하되 전혀 다른 상품(새우깡 티셔츠에서부터 돼지바 에코백, 바나나 우유 샴푸, 메로나 칫솔 등)을 내놓아 SNS에서 화제를 모았던 것처럼 말이다.

좀 더 젊은 세대에게 다가가려는 슌카도의 노력은 이게 끝이 아니다. 2014년, 슌카도는 하마마쓰 시내에 디저트 테마파크 '니코에nicoe'를 열었다. 이곳은 아무래도 공장 느낌을 떨쳐내기 힘든 우나기 파이 팩토리와는 완전히 다른 분위기로 조성됐다. 자연미가 돋보이는 원목 자재를 활용해 심플한 북유럽 스타일의 고급 쇼핑몰처럼 꾸몄다. 그도 그럴 것이 일본에서 주목받는 젊은 건축가,

---

23) 일본은 세계 아이폰 점유율 1위 국가다. 2017년 일본의 iOS와 Android 점유율은 각각 68.6%, 30.4%로 나타나 세계 평균치인 19.59%, 71.95%와 확연한 차이를 보였다. 이에 따라 휴대전화 액세서리 역시 아이폰 위주인 경우가 많다.

디자이너들이 건축 공정에 대거 참여했단다.

디저트 테마파크라고 하면 잘 상상이 안 가는데, 슌카도의 다양한 생과자 제조 과정을 직접 보면서 맛볼 수 있는 공간에서부터 초콜릿 쿠킹 클래스, 스타 셰프가 운영하는 고급 레스토랑, 어린이들을 위한 실내 게임장, 야외 놀이터 등으로 구성됐다. 젊은 부부가 아이와 함께 시간을 보내기 좋은 공간인 듯하다.

쭉 나열하고 보니 슌카도가 참 다방면으로 마케팅에 공을 들인다 싶다. 우나기 파이처럼 확고한 브랜드가 있는데도 말이다. 왜일까. 노점으로 시작한 슌카도는 130여 년을 이어왔다. 대표 브랜드인 우나기 파이도 1961년생이니 곧 환갑이다. 세상이 달라지는데 전통만 고집하다가는 고루하고 낡은 이미지에 갇히게 마련. 오미야게 과자 시장에선 참신한 아이디어가 돋보이는 신제품이 속속 등장하고 있다. 저출산 문제가 심각해 과자를 사 먹을 다음 세대는 계속 줄고 경쟁은 한층 치열해질 것이다. 지금 잘 나간다한들 트렌드 변화를 읽지 못하면 '추억의 과자'로 사그라질 수밖에 없다.

인기 스타를 내세운 드라마 제작, 도쿄 핫플레이스에 마련한 팝업스토어, SNS에서 시선 끌기 딱 좋은 대형 조형물, 젊은 감각을 살린 디저트 테마파크……. 오랜 세월이 갖는 품격은 유지하면서도 매력이 더욱 돋보이도록 새롭게 포장하는 브랜드 전략일 것이다. 과자나 사람이나 나이 들수록 관리가 중요해지는 법이다.

그렇다면 슌카도는 우나기 파이 말고도 또 어떤 과자를 만들까? 재미있게도 '아침의 과자'라는 캐치프레이즈를 내건 파이가 있다. 바로 '슷폰 파이すっぽんパイ'다. 2017년 5월에 출시됐으니 아직 햇병아리나 다름없는 과자다.

'슷폰'은 (놀라지 마시라) 일본어로 자라를 뜻한다(하마나호수는 자라 양식지로도 유명하다). 자라 파이라고? 자라 분말을 넣어 만든 파이일까? 조금 다르다. 더 고약하게 느껴질 수도 있는데, 자라를 고아 만든 자라즙을 넣어 만든 파이다. 잘 모르기는 해도, 여러모로 건강에 좋

슷폰 파이.
포장지만 보면 그렇게 엽기적인 과자가 아닌데.

다고 알려진 자라 성분이 든 과자를 먹고 가뿐한 아침을 맞으라는 의미에서 '아침의 과자'라는 캐치프레이즈를 붙였다고 한다. 이미 '밤의 과자'라는 캐치프레이즈로 재미를 본 슌카도가 '아침의 과자'를 내놓은 의도는 명확해 보인다. 일본인들에게 잘 알려진 대표 브랜드에 묻어가면서 자연스레 이목을 끌기를 바란 것이다.

과연 슌카도의 노림수는 잘 맞아떨어졌다. 슷폰 파이 발매 소식은 미디어에서 큰 주목을 받았고, 인터넷 커뮤니티에서도 우나기 파이 제조사가 이번에는 자라즙이 들어간 오미야게 과자를 내놓는다며 떠들썩한 반응을 보였다. 어쨌든 자라즙이 든 슷폰 파이는 장어 분말이 든 우나기 파이보다 엽기성 면에서 한 수 위다. 장어야 구워서 먹든 끓여서 먹든 대중적으로 잘 알려진 식재료다. 반면 자라는 식재료보다 약재로 쓰이는 경우가 대부분이지 않은가. 이런 점에서라면 슷폰 파이가 '정력 강화 과자'라는 별명에 더 어울리는지도 모르겠다. 그런데 사실 이 슷폰 파이는 슌카도에서 이미 몇 차례 시도한 적이 있는 과자다. 물론 브랜드명이나 과자 형태는 달랐지만, 자라를 재료로 삼았다는 점은 같다.

야마자키 고이치 사장은 우나기 파이가 엄청난 성공을 거둔 후, 곧바로 후속작 개발에 돌입했다. 그는 우나기 파이 개발 당시에도 그랬지만, 다음 오미야게 과자도 하마마쓰 특산물을 재료로 써야 한다고 강조했다. 그렇게 해서 나온 첫 번째 자라 오미야게 과자가

1970년 선보인 '가치모키야키かちもき焼'였다. '첫 번째' 자라 오미야게 과자라는 서술에서 짐작하겠지만, 이 도전은 실패로 돌아갔다. 차보, 우나기 파이를 연이어 성공시켰던 야마자키 고이치 사장에게는 첫 시련이었다. 가치모키야키는 슬그머니 시장에서 사라졌다.

하지만 그는 포기를 모르는 사람이었다. 1983년, 슌카도는 두 번째 자라 오미야게 과자로 '슷폰노사토すっぽんの郷'를 선보였다. 이 제품은 지금도 생산 중이지만, 단품으로는 살 수 없다. 슌카도에서 나온 과자를 모아놓은 세트에 구성품 중 하나로 들어간다(역시 안 팔렸기 때문에 이런 취급을 받는 것이다).

세 번째 자라 오미야게 과자가 바로 슷폰 파이다. 야마자키 고이치 사장의 손자이자 현 사장인 야마자키 다카히로山崎貴裕가 내놓은 야심작이다. 이 세 번째 자라 오미야게 과자 개발은 2015년부터 시작됐다. 우나기 파이 장인들 중 최고참 1명과 실력이 출중한 젊은 파티시에 2명을 투입했다. 장인의 실력과 트렌디한 감각을 모두 반영하겠다는 의도였다.

2년에 걸친 연구 끝에 슷폰 파이가 탄생했다. 세 번째 자라 오미야게 과자는 크래커 형태에 가깝게 고안됐다. 담백한 맛으로 아침 공복에도 가볍게 먹을 수 있도록 한 것이다. 자라즙에 대한 거부감을 줄이기 위해 일본인이 선호하는 새우, 가다랑어포 등을 넣어 해산물 풍미를 냈다.

삼세번이라 했던가. 슷폰 파이의 출발은 순조롭다. 2017년 4월 21일~5월 14일에 열린 제27회 일본 전국과자대박람회에 출품된 슷폰 파이는 준비해 간 600개가 완판될 정도로 큰 인기를 끌었다고 한다. 슌카도는 이 밖에도 시즈오카 멸치로 만든 '낮의 과자 시라스 파이しらすパイ'를 비롯해 우나기 파이에 양주와 마카다미아를 넣은 '심야의 과자真夜中のお菓子 우나기 파이 V.S.O.P' 등을 시리즈로 내놓으며 브랜드 라인 확장을 꾀하고 있다. 그야말로 아침부터 심야까지 하루 간식생활을 슌카도 오미야게 과자만으로 즐기게 만들겠다는 캐치프레이즈다.

나고야역에서의

퇴출소동

슌카도는 과자를 통해 고객의 얼굴에 웃음을 선사하는 것이 목표라고 강조한다. 그런데 늘 그랬던 건 아니다. 웃음 대신 분노를 유발한 적도 있다. 2010년 나고야 국세청으로부터 탈세 사실이 적발돼 1억 엔의 추징금이 부과됐을 때다. 언론에서는 탈세 수법이 악질적이라고 비난했으나 정작 슌카도는 "고의적 탈세가 아니다"라고 해명해 눈총을 받았다. 자신이 저지른 비리 행위를 만천하에 드러냈으니, 슌카도 입장에서는 나고야 국세청이 눈엣가시였을 법하다. 그런데 슌카도는 나고야와 또 한 번 악연에 휘말린다. 2016년

JR 나고야역 매점의 우나기 파이 퇴출 소동이다.

나고야는 시즈오카현과 바로 인접한 아이치현의 현청 소재지로, 주부 지방의 중심 도시다(일본에서 인구가 네 번째로 많다). 간토 지방과 간사이 지방을 연결하는 가장 큰 도시이기도 하다. 하마마쓰에서도 멀지 않다. 때문에 시즈오카현이 아닌 아이치현에 속한 지역임에도 JR 나고야역 매점에서는 시즈오카 오미야게 과자인 우나기 파이를 30년 가까이 판매해왔다. 생산지가 가까울뿐더러 우나기 파이가 전국적으로 인기가 높아 찾는 이가 많다 보니 지역이 달라도 그냥 취급했던 것이다. 특히 시즈오카현은 지나치고 나고야에서만 정차하는 신칸센 열차 승객들에게는 나고야역 매점이 우나기 파이를 살 수 있는 마지막 장소였다.

그런데 2016년 초부터 나고야역에서 우나기 파이를 취급하는 매점이 차츰 줄어들기 시작했다. 원래 24개 매점에서 우나기 파이를 판매했으나, 8월 즈음에는 단 한 곳으로 줄어들었다. 8월 말이 되자 나고야역에서 우나기 파이가 사라졌다는 불만이 트위터 등 SNS에 올라오기 시작했다. 이때만 해도 단순한 불만에 가까웠지만 9월 초 여러 매스컴이 이 문제를 보도하면서 전국적인 이슈로 부상했다.

파문이 커지자 나고야역 매점 운영을 총괄하는 도카이 키오스크에서 사태에 대한 해명문을 내놓기에 이르렀다. 판매 상품 라인은 정기적으로 재검토를 거치며, 다른 오미야게 과자와의 형평성을 고려한 조치였을 뿐이라는 것이었다. 나고야역에서 우나기 파이를 구매하려는 이도 줄어들어 판매를 재개할 계획은 없다고도 했다.

이러한 해명에도 불구하고 SNS에서는 출처가 불분명한 정보나 소문이 계속해서 확산됐다. 나고야가 속한 아이치현 오미야게 과자만 판매하기로 방침을 바꿨다는 내용도 그중 하나였다. 그런데 나고야에 인접한 미에三重현 오미야게 과자 '아카후쿠 모치赤福餠'가 여전히 역내 매점에서 팔리는 것으로 확인되면서 도카이 키오스크와 오미야게 과자 업체들 간의 '납품 뒷거래'를 의심하는 목소리도 나왔다. 요컨대 슌카도는 로비를 제대로 하지 않아 미움을 산 끝에 쫓겨났다는 것이었다.

억측이 난무하는 가운데, 슌카도에서도 공식 입장을 발표했다. 나고야역 매점에서 우나기 파이가 사라진 것은 '여러 사정 때문'이라는 모호하기 짝이 없는 입장이었다. 하지만 마지막에 '하루빨리 판매가 재개되기를 희망한다'며 책임이 도카이 키오스크에 있음을 넌지시 암시했다. 나고야역 매점에서 올리는 매출액이 적지 않았던 만큼, 판매 중단으로 인해 당시 슌카도가 입은 타격은 만만치 않았던 것으로 알려졌다. 이런 상황에서 공식 입장을 발표한 것은 여론을 자신들에게 유리한 쪽으로 몰아 도카이 키오스크를 압박하기 위함이었을 것이다.

전략은 먹혀들었다. 비난 여론에 시달리던 도카이 키오스크는 곧바로 슌카도와 협의에 들어갔고, 이어 슌카도는 양측이 우나기 파이 판매 재개에 합의했다고 발표했다. 결국 9월 16일, 16개 매점 진열대에 우나기 파이가 다시 올랐다. 우나기 파이의 완벽한 승리였다. 이 모든 과정은 일본 미디어를 통해 대대적으로 알려지면서 슌카도는 엄청난 홍보 효과까지 누렸다. 슌카도는 사태가 종결된 뒤 공식 홈페이지를 통해 "전국 우나기 파이 팬 여러분의 성원 덕분"이라며 감사 인사를 전했다.

이 과정에서 보듯이 인기 오미야게 과자 브랜드에 대한 일본인들의 팬덤은 실로 대단하다. 기차역 매점에서 어떤 과자를 팔지 말지는 사실 판매자가 결정할 사안 아닌가(불법 로비가 있었다면 얘기가 다르지만). 실제로 당시 도카이 키오스크가 발표한 나고야역 오미야게 과자 판매 순위에서 우나기 파이는 10위권 내에도 들지 못했다고 한다. 일본 동서를 잇는 주요 기차역이니 주변 지역에서 만든 쟁쟁한 오미야게 과자가 넘치고 넘쳤을 테고, 소비자로서는 우나기 파이 출신지도 아닌 나고야에서 굳이 이 과자를 사 갈 이유가 없기에 판매가 부진했을 것이다.

이 문제를 둘러싸고 일본 트위터에서도 갑론을박이 치열했다. 우나기 파이의 열성 팬들과 달리 "하마마쓰 오미야게를 나고야 기차역에서 꼭 팔아야 할 이유가 뭐냐"며 반론을 제기한 이들도 적지 않았다. 우나기 파이 팬도, 일본인도 아닌 나로서는 오미야게 과자 하나를 두고 이런 논쟁이 벌어진 것 자체가 재밌다. 연말 가요 프로그램에서 아이돌 가수의 출연 순서나 분량을 두고 다투는 팬들이 연상된다. 탈세로 실추된 이미지에 아랑곳하지 않고 우나기 파이라는 브랜드를 전폭 지지하는 마니아층이 존재하는 것이다. 결국 이 소동은 오미야게 과자가 입맛뿐만 아니라 마음까지 사로잡으며 마니아 팬을 확보할 때 얼마나 막강한 브랜드 파워를 발휘하는지 보여주는 에피소드로 남게 됐다.

하마마쓰는 장어보다 교자?

우나기 파이 팩토리 취재를 마친 뒤 하마마쓰 시내로 돌아올 때에도 택시를 이용했다. 택시 기사는 유쾌한 중년 남성이었는데, 오는 내내 이런저런 이야기를 나누느라 지루할 틈이 없었다. 내가 한국에서 왔다고 하자 "한류!"를 외치더니 욘사마와 지우히메의 안부를 묻는다. 둘 모두 결혼했고("둘이?" "아뇨, 각자 다른 사람이랑 결혼했죠."), 배용준은 아이까지 있다고 대답하자 놀란다. 내가 기자로 일할 때 최지우와 단독 인터뷰를 한 적이 있다는 말에는 "진짜요?"라며 눈을 크게 뜨고 돌아보기도 하더니 정작 〈겨울연가〉는 안 봤단다. 요즘 일본에서 인기 있는 건 트와이스라고(그러더니 자기도 트와이스를 좋아한다며 TT 포즈까지 해 보였다!). NHK 홍백가합전(연말 가요 프로그램으로, 유명 연예인들이 출연한다)에 나올 정도라니, 정말 인기인가 보다.

어쨌든 택시 기사 아저씨의 고향은 아키타秋田현, 겨울이면 잦은 폭설로 택시를 몰 수 없어 따뜻한 하마마쓰에 왔단다. 어쩐지 만담을 주고받는 기분으로 이야기하다. 그에게 하마마쓰 장어가 정말 맛이 좋은지 물었다. 뜻밖에도 "먹어본 적이 거의 없어 잘 모르겠다"는 대답이 돌아왔다. 값이 비싸 현지 주민보다도 (아예 장어를 먹을 생각으로 온) 관광객들이 주로 사 먹는다는 이야기다. 그는 하마마쓰에서는 장어보다도 교자, 교자를 꼭 먹어봐야 한다고 말했다.

그렇지만, 그럼에도, 장어 맛이 너무 궁금했다. 과자에 장어 분말이 들어갈 정도로 유명한 장어 산지가 아닌가? 하마마쓰에 언제 다시 오게 될지 모르니, 후회 없도록 장어를 먹어보기로 했다. '장어의 고장'답게 하마마쓰 시내 곳곳에는 장어요리 전문점이 즐비하다. 100년이 넘은 노포도 있다. 관광안내소에서는 '하마마쓰 장어요리 전문점 진흥회'에 등록된 곳을 추천한다며 안내 팸플릿을 건네줬다. 그중 한 곳을 찾아갔다. 기차역과 맞붙은 건물에 자리해 있었는데, 하마나호수 양식어업조합이 운영하는 직영점이라 다른 곳보다 음식 값이 조금 저렴했다. 장어덮밥을 시켰다. 밥 위로 구

하마마쓰 시내에서 발견한
장어요리 전문점.

운 장어가 푸짐하게 올려져 나오기는 하는데, 제철이 아니라 그런지 별 감흥은 없었다. 양념은 평범하고 살은 쫄깃함이 덜하다. 안 먹었어도 별로 아쉬울 게 없는 맛이다.

장어덮밥에 실망한 채 하마마쓰성으로 향했다. 도쿠가와 이에야스가 17년간 거처하며 권력가로 출세한 곳이건만, 그 규모나 자태가 초라하기 그지없다. 세월에 곰삭은 정취라곤 전혀 없이 테마파크에 있음직한, 멀끔한 풋내기 건물이다. 이곳에는 원래 돌무더기 성터만 남아 있었다고 한다. 메이지유신 이후 1873년, 일본 정부가 폐성령廢城令[24]을 반포하면서 해체된 탓이다. 현재의 천수각天守閣은 1958년 철저한 고증 없이 콘크리트로 재건한 것이라 역사적 가치가 떨어진다. 복원 과정이 엉망이기로 악명 높은 오사카성과 비슷한 신세다.

시내 중심부도 썰렁했다. 인적 드문 상점가를 지나던 중 진홍빛의 자그마한 구로다 이나리黒田稲荷 신사[25]를 발견했다. 건물 사이 비좁은 틈에 간신히 끼워 넣은 모양새다. 지역 기업과 상점들이 장

---

24) 공식 명칭은 '전국 성곽 존폐의 처분 및 병영지 등 선정 방식全国城郭存廃／処分並兵営地等 撰定方'. 메이지 정부는 전국 각지의 천수각 등 성곽 가운데 군대의 주둔지로 활용할 일부만 남기고 모두 부수거나 경매로 헐값에 매각했다. 막부를 지원하며 정부에 반발하던 지방의 사족士族(무사 계급)이 반란의 근거지로 삼지 못하게 하려는 목적이 있었다. 또한 각지의 다이묘들이 중앙집권화에 따라 도쿄로 이주하게 되면서 성곽 관리에 들어갈 비용이나 인력 문제를 해결하려는 목적도 있었다.

25) 이나리稲荷는 산업을 관장하는 신이다.

구로다 이나리 신사.
워낙 작아서인지 '신사 앞에 오토바이, 자전거를 세워두지 말라'는 안내문이 붙어 있다.

사가 번창하길 기원하며 번화가의 자투리땅에 세운 듯하다. 맨 앞 붉은 도리이의 오른쪽 기둥에는 슌카도, 왼쪽 기둥에는 '㈜우나기 파이 본포'가 적혀 있다. 도리이 양옆으로 놓인 붉은 깃발에는 '봉납'을 증명하는 문구와 함께 '밤의 과자 우나기 파이 유한회사 슌카도'라는 글자가 보인다. 우나기 파이가 하마마쓰 지역 상권에서 큰 역할을 하고 있음을 이곳에서도 확인할 수 있었다. 그런데 신사가 너무 작아서일까? 정성이 무색하게 신사 주변에는 사람이 없어도 너무 없다. 가게도 텅텅 비었다. 이렇게 조용한 도시에서 전국적으로 손꼽히는 오미야게 과자가 나왔다는 게 신기할 정도였다.

해가 저물고 간판에 불이 들어오자 풍경이 조금 달라졌다. 한산했던 거리에 퇴근하는 직장인들이며 차량이 점점 늘면서 활기가 돌았다. 숙소로 돌아가기에는 뭔가 아쉬워 기차역 후문에 있는 이자카야를 찾았다. 흥미롭게도 입구 한쪽에서 출세 티셔츠, 출세 수건 등 '출세'를 소재로 한 기념품을 팔고 있다. 티셔츠에 '야라마이카やらまいか'라는 문구가 프린팅되어 있다. 종업원에게 물으니 '해보자'란 뜻의 사투리로, 이것저것 재고 따지는 대신 일단 부딪쳐서 행동에 돌입하자는, 엔슈遠州[26] 사나이들의 기백을 상징하는 말이란다. 낮에 우나기 파이 팩토리에서 들었던 도전적인 개발 스토리

---

26) 하마마쓰시 등 시즈오카현 서부 일대.

가 생각났다. 하마마쓰 사람들에게는 이 사투리에서 비롯된 '야라마이카 정신やらまいか精神'도 있다고 하니, 꽤 오랫동안 써온 문구인 모양이다. 옛날 교실 앞에 액자로 걸려 있던 단골 표어 '하면 된다' 같은, 말하자면 출세의 주문인 셈. 출세 기념품이라니, 과연 출세의 거리에서 장사하는 술집답다. 안은 이미 직장인, 학생들로 가득해 와자지껄하다. 여기저기서 맥주잔을 들며 건배를 외친다. 출세를 향한 길고 긴 여정에서 오늘도 무사히 인내에 성공했음을 자축하는 걸까?

낮에 만난 택시 기사 아저씨가 강력 추천했던 하마마쓰 교자를 주문했다. 맛있다! 쪄낸 뒤 기름에 구워 한쪽은 바삭하고 다른 한쪽은 촉촉하다. 한 입 베어물자 곱게 간 돼지고기 소가 고소한 육즙과 함께 입안으로 훌렁 들어온다. 그릇 한쪽에 놓인 살짝 데친 숙주를 곁들이니 아삭하고 쫄깃하고 보드라운 것이, 식감이 한층 화려해진다. 적당히 짭조름한 감칠맛에 하루의 피로가 싹 풀리면서 알싸한 맥주 한 모금이 절로 당긴다. 교자 가격은 장어덮밥에 비하면 5분의 1 수준. 맛은 10배 이상 만족스럽다. 역시 먹는 얘기와 맛집 추천에 있어서는 택시 기사님이 늘 옳다.

第 6 章

후쿠오카 ── 히요코

ひよ子

후쿠오카
식도락의 도시

규슈 지방은 일본 열도를 구성하는 4대 섬 중 하나다. 활처럼 비스듬하게 굽이져 있는 일본 혼슈 남서쪽에 위치해 있다. 그중에서도 후쿠오카현은 라멘으로 유명하다. 라멘이야 요즘 일본 어느 곳에 가든 맛볼 수 있긴 하다. 다양한 라멘 중에서 진한 돈코쓰豚骨(돼지 뼈) 국물을 특징으로 하는 '하카타라멘'의 본고장이 바로 후쿠오카다.[1]

10년 전에 방문했을 때는 한국 여행자들에게도 유명한 하카타라멘 전문점 '이치란一蘭'을 찾았다. 이치란은 일본 전역에 70개가 넘는 분점이 있지만, 본점은 이곳 후쿠오카에 있다. 내 입맛에는 국물이 많이 짰던 터라 이번에는 라멘 대신 우동을 먹기로 했다. 후쿠오카는 라멘만이 아니라 우동으로도 유명하다. 이 역시 후쿠오카우동이 아닌 '하카타우동'이라 불린다.

후쿠오카에 도착해 시내에 들어서자마자 찾은 곳은 '우동 타이라うどん平'. 한국 여행자들 사이에서도 유명한 곳이다. 점심시간이면 긴 줄이 늘어선다고 한다.[2] 가게가 문 닫기 30분 전에 아슬아슬하게 도착했다. 나이 지긋한 여성 종업원이 환하게 웃으며 "이랏샤이마세いらっしゃいませ(어서 오세요)"라고 인사한다. 점심을 먹기에는 한참 늦은 시간인데도 손님이 가득해 합석할 수밖에 없었다. 옛 정취를 풍기는 우동집 안은 세련된 편은 아니지만 깔끔하게 정돈되어 있다. 나는 고보ごぼう우동을 주문했다. 우엉튀김을 곁들인 우동이다(고보는 우엉을 뜻한다).

주방을 둘러싸고 있는 카운터석에 앉으면 음식을 기다리는 동안 구경하는 재미가 쏠쏠할 듯하다. 한쪽에서는 주인 아저씨가 끊임없이 면을 뽑고 있고, 다른 한쪽에서는 아주머니들이 면을 삶거나

---

1) 하카타博多는 후쿠오카 동쪽 일대의 옛 지명으로, 1889년 하카타와 후쿠오카를 합치면서 지금의 후쿠오카시가 됐다. 현재는 후쿠오카시의 7개구 중 하나인 하카타구博多区의 행정구역 명으로 사용되고 있다.
2) 덧붙이자면 11시 반에 문을 열어 점심 장사를 마친 뒤 오후 4시면 문을 닫는다. 토요일에는 이보다 한 시간 앞당겨 오후 3시에 문을 닫고, 일요일·공휴일은 휴무다.

우동 타이라에서 먹은 고보우동.
가성비 최고!

튀김을 튀기고 있다. 김이 모락모락 나는 국물부터 한 숟가락 떠먹었다. 개운하다. 쫄깃하지는 않지만 부드러운 면발에는 국물 맛이 잘 배어 있다. 향긋한 우엉튀김은 처음엔 바삭하다가 튀김옷이 국물에 풀어지면서 쫀득하게 변한다. 430엔밖에 안 한다는 게 놀라울 정도로 맛있다. 아주머니 중 한 분께 언제부터 장사를 했는지 여쭤보니, 40년이 넘었다고 한다.

우동을 반쯤 먹었을 때, 맞은편에 합석해 앉아 있던 일본 여성이 이걸 넣어서 먹어보라며 테이블 위에 놓인 작은 유리병을 밀어준다. '유즈코쇼柚子胡椒', 유자와 풋고추로 만든 양념이란다(유즈는 유자를, 코쇼는 후추 혹은 후춧가루를 뜻한다). 현지인이 권하는 대로 손가락 두 마디 정도 덜어 국물에 섞었다. 휘휘 저은 뒤 떠먹어보자, 풍미가 훨씬 좋아졌다. 쌉싸름하면서도 새콤한 유자맛과 매콤한 고추향이 국물 기름기를 싹 잡아준다. 훨씬 맛있어졌다고, 고맙다는 인사를 건네자 그녀는 "저는 나가사키 출신인데, 거기서는 우동에 이걸 꼭 넣어 먹어요"라고 일러준다. 내게는 하카타라멘보다 하카타우동이 별미였다.

역사적으로도 하카타우동이 훨씬 오래됐다. 우동이 언제, 어떻게 유래했는가에 대해서는 여러 설이 존재한다. 어느 것이 맞는지 논란이 분분하지만 아다치 이와오安達巖가 쓴 《일본 식문화의 기원日本食物文化の起原》(1981)에 따르면, 가마쿠라鎌倉시대(1185~1333)

송나라에서 유학한 선종 승려 쇼이치국사聖一国師[3]가 양갱, 만두, 우동, 소바 등의 제법과 함께 제분 기술을 갖고 돌아온 것이 계기였다고. 물론 일본에서 '면 요리'를 먹기 시작한 것은 훨씬 오래전이다. 그렇지만 밀가루를 반죽해 밀대로 밀고 칼로 썰어 만든 형태의 '우동'은 적어도 13세기에 등장한 듯하다. 쇼이치국사가 1242년 창건한 불교사찰 조텐지承天寺에 '우동 소바 발상지饂飩蕎麦発祥之地' 석비가 세워져 있기 때문이다.

우동 한 그릇을 국물까지 싹 비우고 조텐지로 향했다. 조텐지는 후쿠오카의 작은 절들이 옹기종기 모여 있는 기온祇園역 북쪽에 자리해 있다. 하카타 천년문博多千年門 바로 옆에 있어 찾기 쉬웠다. 경내에 들어서니 '우동 소바 발상지' 석비가 바로 보였다. 그런데 그 옆으로 '만주 장소(만주 만드는 곳)御饅頭所'라 적힌 석비도 있다. 하카타가 일본 전통과자 만주饅頭의 발상지임을 자부하며 2008년 후쿠오카시 과자협동조합이 세운 기념비. 기념비에 적힌 큼직한 한자는 쇼이치국사가 1241년 직접 쓴 것을 그대로 전사轉寫한 것이라고 한다.

이 글자엔 사연이 있다. 쇼이치국사는 유학을 마치고 귀국한 뒤 하카타의 찻집 구리하키치사에몬栗波吉右衛門에 머물렀다.[4] 이때

---

3) 일본에서는 엔니円爾라는 명칭(호)으로도 잘 알려져 있다.

찻집의 후한 대접에 감동한 승려는 '온가에시'를 하고자 중국에서 배운 '사카 만주酒饅頭' 제조법을 주인에게 전수해준다. 사카 만주는 누룩을 활용해 만드는 찐빵이었다. 찻집 주인이 얼마나 지극정성으로 모셨는지, 쇼이치국사는 만주 레시피와 함께 친필로 '御饅頭所'라 적은 목재 간판까지 선물한다. 이 간판은 현재 도쿄의 화과자점 도라야虎屋[5]가 소장하고 있는데, 후쿠오카시 과자협동조합이 도라야에 부탁해 간판의 본을 뜨고 기념비를 만든 것이다. 그런데 기념비의 한자 '饅頭'는 한국어로 읽으면 '만두'가 된다. 우리가 흔히 알고 있는, 밀가루 반죽 안에 곱게 다진 고기, 채소 등의 소를 넣은 바로 그 만두가 맞다. 중국에서는 이 한자를 '만터우'[6]라 발음한다.

중국의 만터우 유래에 대해선 여러 설이 있다. 우리에게는 《삼국지》로 익숙한 촉한蜀汉의 제갈량诸葛亮(181~234)이 처음 만들었다는 주장도 그중 하나다. 이 이야기에 따르면, 제갈량이 남만을 정벌하고 돌아오는 길에 강이 범람해 오도 가도 못하는 신세가

---

4) 중세 일본의 찻집 '사텐茶店'은 여행자들이 차를 마시며 쉬는 곳이기도 했지만 숙박시설로도 활용됐다. 에도시대에는 '차야茶屋'로 불리면서 식당, 술집, 숙박업소는 물론, 매춘을 제공하는 장소가 되기도 했다.
5) 도라야는 무로마치시대 후기에 교토에서 창업한 화과자점이다. 1586년부터 일본 왕실에 과자를 납품했으며 1869년 일왕 메이지가 도쿄의 에도성江戸城을 왕궁으로 정하자 같은 해에 거점을 도쿄로 이전했다. 쇼이치국사가 후쿠오카에서 만든 '御饅頭所' 간판이 교토의 도라야에 흘러들어간 경위에 대해선 알 수 없다고 한다.
6) 중국어 표기로는 馒头.

됐단다. 남만의 수장은 수신水神이 노했다며 인신공양으로 화를 풀어줄 것을 제언한다. 제갈량은 애꿎은 양민들을 죽이는 대신 밀가루 반죽에 돼지고기와 돼지 피로 속을 채워서 사람의 머리처럼 동그랗게 만든 음식으로 수신에게 제사를 지냈다. 그러자 강물이 잠잠해져 무사히 건널 수 있었다는 것. '남만의 머리'라는 뜻에서 이 음식을 蠻頭라 쓰다가 훗날 같은 발음으로 첫 글자만 바뀌었다고 한다.

오늘날 만터우는 중국 북부에선 소를 넣지 않은 찐빵을 가리킨다.[7] 하지만 만터우의 발상지인 남부에서는 여전히 고기소 등을 밀가루 반죽에 넣은 만두를 뜻하는 말로 쓰인다. 일본에서는 이를 '교자餃子'라 한다(여기서 교자의 유래까지 설명하면 너무 길어질 테니 건너뛰자). 중국의 '만터우'는 일본에서 '만주'로 변형됐다. 그렇다. 빵 안에 달디단 팥소가 들어간 만주 말이다. 만두랑 만주는 이름만 비슷할 뿐 전혀 다른 음식이 아닌가? 만두는 어쩌다 만주가 된 걸까?

13세기 초, 송나라 선종 승려들은 아침식사와 저녁식사 사이에 차와 함께 갱羹[8], 만두, 국수 등 간단한 음식을 먹었는데, 이를 '딤섬'이라 했다. 우리가 아는 딤섬은 중국식 만두를 가리키는 말이지

---

7) 중국 북부 지방에서는 고기소나 팥소를 넣은 만두를 '바오쯔包子'라 부르며 아무것도 넣지 않은 만터우와 구분한다.

8) 중국의 갱羹(중국어 발음 겅)은 고기, 채소 등의 재료에 녹말을 넣어 걸쭉하게 끓인 국물 요리를 가리킨다. 양갱羊羹은 원래 양고깃국에서 비롯된 말이다.

만, 본래 이 말은 '가볍게 먹는 식사'를 뜻한다. 이 딤섬이 한국에서는 점심點心, 일본에서는 덴신(차에 곁들이는 간식)이 됐다. 그런데 일본은 7세기 일왕 덴무天武가 육식금지령을 선포한 이래 19세기까지 육식을 금한 나라였다. 고기는 다른 식재료로 대체되어야 했다. 이 과정에서 갱은 (양고기 대신 팥을 넣은) 화과자 양갱으로, 만두는 (역시 고기가 아닌 팥을 넣은) 만주로 변모했다는 것.

이러한 설 말고도 한 가지 설이 더 있다. 송나라 출신 도래인인 린조인이 중국의 고기만두를 만주로 변형시켜 일본에 퍼뜨렸다는 설이다. 린조인은 1장에서 '과자의 신' 다지마모리와 함께 '만주의 신'으로 숭상받는 인물이라고 소개한 바 있다. 그는 일본으로 건너가 나라에 정착해 목판인쇄술 등 중국의 선진 문물을 전파했다. 중국인이 즐겨 먹는 고기만두 제조법도 그중 하나였다. 그렇지만 앞서 말했듯 당시 일본에는 육식금지령이 내려졌을 뿐 아니라, 특히 나라는 일본 불교의 본거지였다. 하필 팥을 쓴 이유는, 팥이 고기처럼 붉은 빛을 띠어서였다고 한다. 이는 에도시대에 편찬된 사전 《와쿤노시오리倭訓栞》9)에 기록된바, '서토西土(중국)의 만두소는 새와 짐승의 고기를 쓰고 있으나 우리나라에서는 붉은 팥, 설탕을 쓴

---

9) 1777~1877년에 발간된 일본어 사전. 총 3편 93권으로 구성돼 고어, 사투리, 속어 등의 뜻과 유래가 설명되어 있다.

다'라는 해설을 통해서도 유추할 수 있다.

이 두 가지 설 중 '쇼이치국사 유래설'을 정설로 본다면, 만주의 고향은 하카타다. 하카타 지역의 사카 만주가 세월이 흐름에 따라 재료며 조리법이 조금씩 달라지면서 지금과 같은 화과자 만주가 됐다는 것이다. 이러한 역사적 배경 때문인지 후쿠오카에는 만주 가게나 제조업체가 많다. '하카타 오미야게 과자'를 표방하는 만주 브랜드도 다수 존재한다.

그중에서도 대표적인 오미야게 과자가 바로 '히요코ひよこ'다. 병아리를 쏙 닮은 생김새에 한국에서는 '병아리 만주'라는 이름으로 잘 알려져 있는 과자다. 비단 모양새만이 아니라 이름도 병아리를 뜻하는 단어 '히요코ひよこ'에서 따온 것이다. 다만 끝 글자 'こ'를 (똑같이 '코'로 발음하는) 한자 '子'로 바꿔 표기함으로써 일반 명사 ひよこ와는 구별점을 두었다. 과자의 공식 명칭은 '메카 히요코名菓ひよ子'(명과 히요코)로, 재료에 따라 각기 다른 맛을 낸 히요코 시리즈가 있다.[10]

10) 오리지널 히요코 외에 녹차, 밤, 딸기, 벚꽃 히요코 등이 계절 상품으로 판매된다. 과자 종류가 다른 서브 브랜드로는 히요코 화낭세네, 히요코 사브레, 히요코 도라야키, 히요코 카스테라, 히요코 소블(루키) 등이 있다.

교통의 요지 오미야게 과자의 별천지

후쿠오카시는 규슈 지방의 교통 요지다. 산요山陽 신칸센(오사카와 후쿠오카를 잇는 노선) 종점이자 규슈 신칸센(후쿠오카와 가고시마鹿児島, 나가사키를 잇는다) 기점인 하카타역을 비롯해, 하카타역 옆에 자리한 하카타버스터미널에서는 규슈 각지, 혼슈 방면 버스를 운행하고 있다. 대한해협을 마주한 하카타항은 예부터 대륙과의 교류 창구였다(지금도 부산항과 일본을 오가는 여객선 중 승객 수가 세 번째로 많은 곳이 하카타항이다). 그렇다면 당연히 오미야게 문화도 발달하지 않았겠는가.

하카타역에는 오미야게 전문 쇼핑센터 '마잉구マィング'가 있다. 일본 대도시 기차역에는 어김없이 오미야게 쇼핑센터가 있긴 하지만, 이곳은 규모가 상당히 크다. 규슈 지방의 오미야게 브랜드 92개 매장이 입점해 있는데, 이 중 절반에 가까운 41개 매장이 오미야게 과자점이다.

물론 히요코도 찾아볼 수 있다. 그것도 매우 자주. 하카타역과 마잉구를 잇는 통로에서부터 '하카타 명과 히요코'라 적힌 커다란 간판이 눈에 띄더니, 마잉구 천장에 걸린 쇼핑센터 홍보 현수막에도 히요코 사진이 실려 있다. 하카타역 안에는 (마잉구 매장을 포함해) 히요코 직영점이 세 개나 있다. 여기에 서브 브랜드 매장이 두 개더 있는 데다 역내 오미야게 소매점 여러 곳에서도 히요코를 판매중이다. 그야말로 후쿠오카 대표 오미야게 과자라는 사실을 여기저기서 확인할 수 있다.

내가 히요코를 처음 본 것은 일본 만화 〈짱구는 못 말려〉에서였다. 어느 에피소드인지는 몰라도 짱구와 짱구 엄마, 손님들이 따뜻한 차에 곁들여 병아리 모양 과자를 먹는 장면이 나온다. 과자 이름은 조금 달랐다. 子가 아닌 こ로 표기한 '히요코의 역습ひよこの逆襲'. 과자 상자에 화가 난 듯 눈을 치켜뜬 병아리가 그려져 있었다.

어쨌든 만화에서 본 병아리 과자의 실물을 접한 건 한참 뒤였다.

지인이 일본에 다녀오면서 선물로 히요코를 사다주었다. 만주를 아주 좋아하는 편은 아니라 심드렁하게 포장지를 뜯었는데 이게 웬걸, 〈짱구는 못 말려〉 그림체가 워낙 단순하기야 했지만, 눈앞에 놓인 히요코 실물은 정말 깜찍했다. 작은 병아리가 부리에 물 한 모금 머금고서 하늘을 올려다보는 듯한 형상에, 먹기가 미안할 정도였다(물론 결국 먹어 치웠기에 지금 이 글을 쓸 수 있는 것이지만).

히요코는 얇은 밀가루 반죽에 (팥소가 아닌) 콩소를 채워 구운 만주다. 오랜 시간 약불로 구워 겉면이 갈색 빛을 띤다. 제조사 이름도 과자와 같은 주식회사 히요코株式会社ひよ子. (주)히요코는 규슈산 밀가루에 달걀, 백설탕 등을 배합해 만든 만주피 가루를 '히요코 분ひよ子粉'이라 칭하며 남다른 과자맛의 비결로 내세우고 있다.

맛은 어떻냐면, 달다. 정말 달다. 백설탕뿐만 아니라 맥아당, 물엿, 포도당, 소르비톨(당알코올의 일종) 등 단맛을 내는 재료가 총동원된 과자라 그렇다. 콩 특유의 고소한 맛과 향 덕분에 설탕맛이 덜 느껴지기는 하지만, 하나 이상 먹기에는 부담스럽다. 다소 퍽퍽한 콩소에 비해 몸체를 이루는 피는 부드러우면서도 쫀득하니 식감이 좋다.

이제까지 다룬 오미야게 과자들이 그러했듯이, 히요코 역시 일본에서 잘 알려진 오미야게 과자다. 그런데 한국인 관광객들이 이 오미야게 과자를 받아들이는 정서는 좀 더 특별한 것 같다. 만주는 한국에서도 친숙한 과자다. 한국의 과자 소비 문화가 일제강점기를 거치며 일본으로부터 영향을 받았기 때문이다. 특히 동네마다 하나씩은 꼭 있던 '뉴욕제과'니 '독일제과'에서 빵을 사 먹은 세대 중에는 밤처럼 생긴 만주나 원통형 만주를 추억하는 이들이 적지 않을 것이다. 과자 종류가 엄청나게 다양해진 데다 서양 과자가 쏟아져 들어오는 지금이야 만주가 어딘가 촌스러운 과자 취급을 받는 게 현실. 하지만 예전에는 백화점에 선물용 과자세트로 한 자리 차지하고 있었다.

지금은 돌아가신 외할머니도 생전에 만주를 참 좋아하셨다. 끼니마다 밥 반 공기만 비우며 아랫배 한번 나오는 일 없이 평생 소식가로 사셨던 분이, "늙으면 혀가 굳어 맛을 모른다"면서 달콤한 과자만큼은 즐겨 드셨다. 만주를 한입 베어물곤 "아주 달아서 맛있다"며 환하게 웃으시던 모습이 눈에 선하다.

탄광촌 간식에서
출발하다

히요코는 1912년에 탄생했다. 벌써 100살을 훌쩍 넘긴 셈이다. (주)히요코는 이보다도 나이가 많다. 1897년 후쿠오카현 이즈카飯塚시(후쿠오카시 동쪽에 위치한 도시다) 혼마치本町에 개업한 과자점, '요시노도吉野堂'[11]에서부터 출발했다(지금도 '(주)히요코' 대신 전통적인 느낌이 다분한 '히요코 본포 요시노도ひよ子本舗吉野堂'라는 사명을 대외적으로 쓰고 있다). 히요코 패키지며 각종 홍보 자료에는 '하카타 명과'라고

11) 요시노도라는 가게명은 이즈카 야키야마八木山 일대에 많이 피는 벚꽃인 소메이요시노染井吉野에서 비롯했다. 야키산은 봄철에 벚꽃을 보러 오는 관광객이 많은 꽃놀이 명소로 꼽힌다.

쓰여 있지만, 진짜 고향은 바로 이곳 이즈카시다. 이즈카는 후쿠오카현 중심부에 자리한 소도시다. 산으로 둘러싸인 이 작은 분지盆地 도시에서 어떻게 히요코가 탄생했을까?[12]

에도시대부터 이즈카는 '나가사키 가도長崎街道'가 지나는 도시로 번창했다. 나가사키 가도는 쇄국정책으로 생긴 수입품 운반로다. 문호를 걸어 잠그는 것이 쇄국정책인데 수입품을 운반하는 통로라니, 형용모순인 듯하지만 이는 문호를 반은 닫고 반은 열어두었기에 가능했다.

에도 막부가 서양과 교류하기 시작한 시기는 1543년. 당시 한 포르투갈인이 다네가시마種子島[13]에 표착한 것이 계기였다.[14] 하지만 이후 무역상들과 함께 입국한 가톨릭 선교사들이 일본 내에서 적극적인 포교 활동에 나서자 지배층은 위협을 느꼈다. 이에 1616년, 히라도平戸항[15]과 나가사키항에서만 유럽과의 교류를 허용하며 쇄국을 단행한다. 일본인들이 기독교 신자가 되는 것은 막고 싶었지만 서양 문물은 탐이 났기에 이 두 곳에만 예외를 둔 것

---

12) 이하는 다음 책을 참고했다. 하쓰미 겐이치初見健一, 《아직 있다. 대백과 과자 편まだある。大百科 お菓子編》, 大空出版, 2008.
13) 가고시마현 남쪽에 위치한 섬.
14) 포르투갈인이 소지한 총포에 반해 금을 주고 사들인 것이 일본과 서양의 최초 교역이었다고 한다.
15) 규슈 북서쪽에 위치한 섬인 히라도의 항구.

나가사키 데지마사료관의
데지마섬 모형.

이다. 여기에는 일반 상인들의 자유로운 교역을 막음으로써 발생하는 막대한 수익을 지배계급이 독점하려는 야욕도 끼어 있었다.

그럼에도 기독교 확산을 막기 어려워지자 막부는 나가사키 앞바다에 '데지마出島'라는 인공섬을 조성하기에 이른다.[16] 일본을 찾은 포르투갈인, 네덜란드인 등 유럽인들은 체류기간 중 이 섬에만 머물러야 했으며, 섬 밖으로 나가는 것은 금지됐다. 이로써 서양인

---

16) 이 섬은 메이지시대에 매립되어 사라졌는데, 최근 일본 정부가 복원에 적극적으로 나서면서 당시 섬 안에 갇혀 지냈던 유럽인들의 생활상 및 교역 실태를 재현한 사료관인 데지마사료관 出島史料館이 건립됐다. 데지마역에서 가까운 곳에 위치해 있다.

과 일본인 간의 접촉을 전면 차단하면서도 교역은 계속 해나갈 수 있었다. 나가사키 가도는 이들 서양 상인으로부터 수입한 귀한 식재료를 나가사키에서부터 기타큐슈(후쿠오카현과 야마구치山口현을 잇는 길목에 자리해 있다)까지 운송하는, 약 220킬로미터에 달하는 긴 도로였다. 이 도로를 따라 기타큐슈에 집결한 수입품은 다시 교토, 에도(도쿄) 등 혼슈로 보내졌다.

이즈카는 나가사키 가도를 따라가는 상인들이 쉬어가는 도시였다. 이 도로는 '슈가로드シュガーロード'라고도 불렸는데, 이렇게 들여온 수입 식재료 중에 귀하디귀한 설탕이 포함되어 있었기 때문이다. 덕분에 이즈카에서는 다른 지역보다 설탕을 구하기가 쉬웠다. 나가사키 가도가 자리했던 이즈카 시내의 히가시마치東町 상점가에는 당시 모습을 우키요에浮世絵풍[17]으로 그린 거대한 벽화가 설치돼 있다. 그림에는 널찍한 대로변에 가지런히 늘어선 상점들이 보인다. 길 위에는 짐 꾸러미를 짊어지거나 말에 실어 나르는 사람들이 분주히 오가고 있다.

내륙 분지에 자리한 이즈카에서 일찍부터 과자 생산이 발달할 수 있었던 것은 이 벽화에 그려진 슈가로드 영향이 컸다. 앞서 살펴봤듯 하카타항을 통해 들어온 중국의 딤섬을 만주, 양갱 등의

---

17) 에도시대의 풍속 목판화. 반 고흐 등 서양 근대 화가들에게 큰 영향을 끼쳤다.

화과자로 변모시킨 전력이 있는 만큼, 그 이전부터 이즈카를 비롯한 후쿠오카 일대는 과자 문화가 발전할 저변 또한 탄탄했을 것이다. 어찌 됐든 이즈카에서의 과자 생산은 메이지시대에 접어들면서 더욱 활발해졌다. 탄광 개발로 광부들이 대거 이주해 온 것이 계기였다.[18)]

설탕은 노동에 중요한 에너지 공급원이다. 사무직 노동자들도 늦은 오후면 "당 떨어진다"며 사탕이나 초콜릿을 먹곤 하는데, 숨 막히게 답답하고 어두컴컴한 탄광 안에서 온종일 가혹한 육체노동에 시달린 광부들이야 오죽했으랴. 체력이 고갈됐을 때, 특히 음식물 반입이 어려운 탄광 안에서, 달걀과 설탕을 듬뿍 넣은 과자는 훌륭한 간식이 됐다. 고기를 먹기 힘든 시대였기에 더욱 그러했다. 당시 이즈카 과자의 주요 소비자는 광부들이었다. 히요코가 탄생한 요시노도 과자점도 이러한 시대적 배경 속에 문을 열어 탄광촌 광부들에게 만주를 팔았다.

---

18) 이 일대의 탄광은 제2차 세계대전 이후 석탄산업의 쇠락에 따라 폐광됐다. 이에 이즈카시는 인구가 급감했다. 시 측에선 지역경제 몰락을 막고자 공업을 육성시켜 규슈의 대표적인 오미야게 제과회사들의 공장을 유치했다. 아울러 대학을 설립하거나 2000년대 들어 정보산업도시를 지정해 IT특구를 마련하는 등 부흥을 위해 노력했다. 그러나 예전의 번영은 되찾지 못하는 실정이다.

꿈에서 본
병아리 만주가 현실로

일본 오미야게 과자회사들이 대개 그러하듯, ㈜히요코 역시 과자 생산 및 판매를 대대손손 가업으로 이어가고 있다. 1897년 이시자카 나오키치石坂直吉가 요시노도를 창업한 이래 지금까지 쭉 이시자카 일가가 경영해왔다. 지금은 나오키치의 증손자며느리, 이시자카 아쓰코石坂淳子가 회사를 이끌고 있다.

원래 이시자카 가문은 요시노도를 열기 전에 이즈카 야키야마八木山 고갯길에서 찻집을 운영했다. 여기에 얽힌 이야기가 있는데, 시대를 한참 거슬러 올라가야 한다. '이시자카'라는 성은 전국시대의 역사적 인물인 구로다 요시타카黑田孝高(1547~1604)가 하사한 것. 다이묘 출신으로 뛰어난 정략가였던 그는 오다 노부나가織田信長, 도요토미 히데요시, 도쿠가와 이에야스를 차례로 섬기며 권력의 심장부에 있었다. 여담이지만, 일본에서 명문가로 꼽히는 구로다 가문은 한국 역사에서 적대적인 위치에 놓여 있다. 구로다 요시타카와 구로다 나가마사黑田長政(요시타카의 장남)는 임진왜란 당시 조선 땅을 침략한 장수들이었다. 특히 나가마사는 전란 중 수많은 조선 도공을 일본으로 끌고 간 인물로 악명 높다.

어쨌든 도쿠가와 이에야스의 권력 쟁탈전[19]에서 부자가 함께 공을 세운 구로다 일가는 후쿠오카의 광대한 토지를 하사받는다. 이에 요시타카는 본거지였던 나카쓰성中津城(규슈 북동쪽 오이타현에 자리한다)을 떠나 후쿠오카로 향한다. 그는 이 여정 중에 이즈카에서 잠시 머물렀는데, 이때 숙식을 해결한 곳이 이사자카 가문이 운영하던 찻집이었다. 그런데 이 찻집에서 얼마나 극진히 모셨던지, 요시타카는 찻집 점주에게 '이시자카'라는 성을 하사하기에 이른다(쇼이치국사 일화와 비슷하다). 이시자카 가문의 출발점이었다. 이 이야기

---

19) 1598년 도요토미 히데요시가 어린 아들 히데요리秀賴만 남긴 채 죽자 다섯 명의 다이로大老(에도 막부의 최상위 직급) 중 도쿠가와 이에야스가 섭정에 나서 실권을 잡는다. 이에 반발한 도요토미 집안의 가신 이시다 미쓰나리石田三成를 중심으로 서군이 조직돼 1600년 동군(도쿠가와 측)과 서군의 세키가하라関ヶ原 전투가 벌어진다. 동군이 승리해 도쿠가와 이에야스는 권력을 장악하고 도쿠가와 막부가 들어서게 된다.

를 토대로 하면 이시자카 가문이 이즈카에서 찻집을 운영한 역사
는 최소 400년 전까지 거슬러 올라가는 셈이다.

이처럼 서비스업에서 잔뼈가 굵었던 이시자카 가문이 연 요시
노도 과자점도 나날이 번창했다. 창업자 이시자카 나오키치에 이
은 2대 점주 이시자카 시게루石坂茂는 '히요코'를 만든 주인공이
다. 이 2대 점주는 요시노도 말고도 카페를 열어 운영했는데, 유럽
풍 인테리어에 서구식 유니폼을 갖춰 입은 직원들이 서빙하는 등
당시로서는 꽤나 트렌디한 장소였다고. 스스로도 서구식 옷차림을
즐겼던 이 젊은 사장은 도전 정신이 남달랐던 모양이다. 그런 그가
히요코를 개발한 것은 놀랍게도 14세 때다.

어릴 때부터 이미 요시노도를 물려받을 장인으로 일하며 만주
만들기에 골몰했다는 이시자카 시게루는 어느 가게에서나 똑같이
원형 내지 사각형으로 만들어내는 만주가 너무 평범하다고 생각했
다. 남녀노소 누구에게나 사랑받을 만한 새로운 만주를 만드는 데
전념하던 중, 소년은 꿈속에서 병아리 모양 만주를 본다. 이에 영
감을 얻어 만든 것이 바로 히요코다. 폴 매카트니가 꿈에서 들은
멜로디로 〈예스터데이Yesterday〉를 작곡했다는 일화처럼 말이다. 그
야말로 꿈 같은 이야기다.

앞서 언급한《아직 있다. 대백과 과자 편》에서는 조금 다른 이야
기를 찾아볼 수 있다. 이 책은 이즈카 지역이 예부터 양계가 발달

했던 지역임에 주목해, 지역 양계장을 자주 지나쳤을 이시자카 시게루가 어렴풋이 병아리 모양 만주를 떠올렸을 것이라는 추측을 제시한다. 유년시절에 양계장을 지나다 아이디어를 얻었다는 이야기보다야 꿈속에서 봤다는 이야기가 훨씬 드라마틱하기는 하다.

어디서 아이디어를 얻었든 중요한 건 이 14세 소년이 병아리 모양 만주를 만드는 데 매진했다는 사실이다. 물론 개발 과정은 쉽지 않았다. 일반적인 원형 만주와 달리, 병아리 모양 만주는 굴곡이 많을뿐더러 더 입체적이어서 모양을 잡기 어려웠던 것. 거듭된 실패 끝에 마침내 병아리 모양 만주를 구현한 것은 1912년이었다. 나무로 짠 틀에 반죽을 넣어 굽는 방식을 이용해서였다.

㈜히요코가 밝힌 바에 따르면, 1960년대 중반까지도 이 목재 틀을 이용해 만주를 하나하나 구워냈다고 한다. 이후 공장을 세워 대량생산 체제를 갖췄지만 이 병아리 형태는 100여 년 전 이시자카 시게루 사장이 나무틀로 만든 것과 비교해 달라진 부분이 거의 없다. 한 세기가 지나는 동안에도 변함없이 사랑받고 있는 디자인인 것이다.

후쿠오카 곳곳에 위치한 히요코 매장에서도 이 목재 틀이 진열된 모습을 쉽게 볼 수 있다. 만주 몸통의 절반을 각각 성형하는 두 개의 조각이 한 세트를 이룬다. 모형이라 그런지 다소 장난감처럼 생겼다. 이 틀이 양쪽으로 분리되며 완성된 히요코 만주가 모습을

드러내는 과정이 재현돼 있는데, 보고 있자니 병아리가 알을 깨고
나오는 순간 같기도 하다.

이즈카 명물에서 하카타 명물로

히요코는 1912년 발매되자마자 엄청난 반응을 얻었다. 만주야 후쿠오카뿐 아니라 다른 지역에서도 흔한 과자였지만, 병아리 모양 만주는 요시노도 말고는 다른 어느 곳에서도 볼 수 없었다. 앞서 언급했듯 이 히요코의 첫 주요 고객은 탄광촌 광부들이었다. 달걀, 콩 등의 단백질에 설탕이 듬뿍 들어가는 데다 도톰하니 하나만 먹어도 허기가 어느 정도 채워졌다. 이어 독특한 모양새가 입소문을 타면서 도쿄, 오사카 등 타 지역에서 찾아온 상인들이 오미야게 과자로 사 가기 시작했다.

이렇듯 순조로이 팔려나가던 히요코는 1938년 이시자카 시게루 사장이 40세에 급사하면서 어려운 시기를 맞는다. 아내 이시자카 이토가 아이 넷을 키우는 과부의 몸으로 요시노도 운영까지 맡게 된 것. 설상가상으로 제2차 세계대전이 발발한다. 먼저 떠난 남편이 인생을 바친 히요코를 자식에게 물려줘야 한다는 굳은 책임감이 있었던 이시자카 이토는 밤잠을 설쳐가며 아이들을 돌보고 과자점을 운영했다. 하지만 전쟁으로 인해 수송로가 차단돼 물자 조달이 끊기면서 요시노도는 결국 장기휴업을 할 수밖에 없었다.

이렇게 잠시 휴지기를 맞았던 히요코는 전쟁이 끝난 다음에야 돌아온다. 1947년 3대 점주 이시자카 히로카즈石坂博和가 모친을 대신해 17세에 가업을 계승하며 1952년 요시노도제과주식회사吉野堂製菓株式会社를 설립했다.[20] 과자점이 기업으로 격상된 것이다. 이 시기 일본 경제는 한국전쟁 특수를 누리며 고도성장의 발판을 마련한다. 다른 제조업처럼 제과업계도 '으쌰으쌰' 하는 분위기가 가득했다. 하지만 (부활하는 줄 알았던) 히요코는 정반대의 길을 걷는다. 에너지 혁명으로 이즈카의 탄광이 점차 몰락한 탓이었다.

산업의 주요 에너지원이었던 석탄은 20세기 중반, 중동의 유전이 개발되면서 석유에 완전히 밀려난다. 공급량 확대로 석유 가격

---

20) (주)요시노도제과는 1963년 (주)히요코로 사명을 변경했다.

이 하락하자 일본의 중화학공업, 교통, 화력발전소 등에서는 석탄 대신 중유를 연료로 쓰기 시작했다. 석탄 수요가 급감하는 가운데 저렴한 외국산 석탄까지 수입되자 일본 내에서는 폐광이 잇따랐다. 이즈카에서도 시끌벅적하던 탄광촌에 불이 하나둘씩 꺼지고 광부들은 다른 일을 찾아 떠났다.

탄광촌 광부들이 주요 소비자였던 히요코로서는 타격이 컸다. 폐업 위기에 처하자, 이시자카 히로카즈는 가문이 수백 년간 장사 터전으로 삼아왔던 이즈카를 떠나기로 결심한다. 1956년, 요시노도는 후쿠오카시로 이전한다. 이에 따라 히요코는 '이즈카 명물'에서 '하카타 명물'로 변신을 꾀한다.

당시 규슈 지방의 산업 중심지로 부상한 후쿠오카시는 인구가 약 50만 명에 달해 거리 곳곳이 활기 넘치고 북적였다. 대기업들이 후쿠오카에 잇따라 진출하면서 유입 인구가 급증한 결과였다. 이에 더해 1956년에는 하카타역과 도쿄역 사이에 고속열차 '아사카제あさかぜ'가 놓였다. 히로카즈는 사람이 모여들고 움직이는 곳에서는 반드시 오미야게 과자가 팔린다고 생각했다. 그는 회사 이전에 이어 1957년, 후쿠오카 중심가인 덴진天神 한복판에 히요코 매장을 열었다. 임대료 부담이 크더라도 오미야게 과자점은 지역 내에서 가장 번화한 곳에 자리해야 한다는 생각에서였다. 그리고 그 생각은 적중했다.

덴진 거리의 히요코 빌딩
주변에 고층 빌딩들이 들어서면서 상대적으로 위축된 모습이다.

지금 이 자리에는 히요코 빌딩이 서 있다. 5층 건물인데, 본사 사옥은 아니다. 1990년에 건립된 본사는 시내 중심부에서 남쪽으로 조금 떨어진 위치에 자리 잡고 있다. 사무용으로만 쓰이는 건물이라 매장도 없다. 그래서 나는 덴진의 히요코 빌딩을 찾아갔다.

대형 백화점이며 쇼핑몰이 즐비한 덴진 거리는 평일 낮인데도 젊은이들로 넘쳤다. 외국인 관광객도 무척 많았다. 60년 전이나 지금이나 덴진은 후쿠오카의 핫플레이스다. 히요코 덴진점은 2008년에 폐점했다. 1층에는 ㈜히요코의 양과자 브랜드 '프라우 아쓰코 카야시나Frau Atsuko Kayashina' 매장이 입점해 있다. 가게 한편에 자그맣게 마련된 히요코 진열대가 옛 히요코 매장의 자취를 희미하게나마 보여주고 있다. 2층은 프라우 아쓰코 카야시나 카페, 3층은 히요코 갤러리다. 2013년에 문을 연 히요코 갤러리는 내가 찾은 날 공모전 출품작들을 전시하고 있었다. 누구든 자유롭게 관람할 수 있지만 사진 촬영은 안 된단다.

건물의 2층과 3층을 잇는 계단 벽에는 작은 흑백사진들이 걸려 있다. 과거 덴진점의 모습을 찍은 사진이다. 1957년 개업 당시의 첫 덴진점 안팎과 1962년 리모델링한 덴진점 전경 사진이 있다. 이 중 나중에 새로이 단장한 덴진점 건물은 2층인데, 흡사 왕관처럼 건물 전면이 도드라져 있다. 첫 점포 내부를 찍은 사진에는 진열대 앞에 서서 히요코를 유심히 보고 있는 사람들이 보인다. 표정

昭和32年福岡市へ進出。天神のど真ん中でひよ子が九州の人気ものに。

昭和32年福岡に進出した「ひよ子本舗吉野堂・天神店」

天神店の様子。多くのお客様にご愛顧いただき店内はいつもいっぱいでした。

昭和37年、装いも新たに誕生した天神店

昭和37年に新装した、瀟洒なたたずまいの「ひよ子本舗吉野堂・二代目天神店」

히요코 빌딩에 걸려 있는 옛 히요코 맨전점의 사진.
1957년 개업 당시(위)와 1962년 리모델링 후(아래)의 모습을 볼 수 있다.

이 어쩐지 귀엽다.

히요코 덴진점은 문을 열 때 홍보 행사를 대대적으로 열었다고 한다. 1957년이 닭띠 해였는데, 재치 있게도 손님들에게 달걀을 증정했다. 지금이야 익숙하지, 당시로서는 보기 드문 홍보 형태였던지라 단숨에 화제를 모았다. 나아가 요시노도는 TV 광고를 비롯해 협찬을 공격적으로 단행했다. 워낙 독특한 모양새를 가진 과자라 한 번만 봐도 기억에 남았다. 따라서 중요한 것은 얼마나 자주, 얼마나 많은 사람들에게 보이도록 만드느냐였다. 뒤에서 자세히 설명하겠지만, 히요코는 일찌감치 TV 노출에 엄청난 공을 들였다.

이러한 적극적인 노력에 힘입어 히요코 덴진점은 늘 인산인해를 이뤘다. 만주를 구울 때 풍기는 달달하면서도 고소한 향이 지나가는 이들을 끌어모았다. 덕분에 따로 호객 행위를 할 필요도 없었다. 손님이 어느 정도로 많았냐면, 과자를 구워내자마자 식힐 새도 없이 건넬 정도였다고 한다. 폭발적인 인기를 확인하고 나자 후쿠오카 시내 고급 백화점들도 매장을 내쳤다. 당시에는 백화점 입점이 브랜드의 프리미엄 이미지를 갖추는 가장 좋은 방법이었다. 이즈카에서 이사 온 히요코는 이렇게 하카타 명물로 거듭났고, 후쿠오카 대표 오미야게 과자로 자리매김하게 됐다.

도쿄로 상경한 촌병아리

일본 포털사이트 '야후 재팬'에서 히요코를 검색하면 연관 검색어로 '히요코 후쿠오카 도쿄 ひよ子 福岡 東京'가 뜬다. 알쏭달쏭한 연관 검색어다. 여기에 도쿄는 대체 왜 끼어 있는 걸까?

검색할 때만 해도 대수롭지 않게 넘겼던 연관 검색어인데, 뜻밖에도 도쿄에서 취재를 하던 중 실마리를 얻었다. 도쿄역 지하통로에 큼지막한 히요코 광고판이 걸려 있었던 것이다. 물론 수도인 만큼 전국 오미야게 과자를 거의 대부분 만날 수 있는 도시가 바로 도쿄다. 이시야제과는 도쿄에 매장을 냈고, 슌카도도 도쿄에 팝업스토어를 열었다. 그렇지만 이 광고판은 어딘가 이상하다. '하카타 명과' 대신 '도쿄 명과東京 名菓'라고 적혀 있다. 광고판의 병아리 만주 사진도 히요코와 쌍둥이처럼 똑같다. 어떻게 된 걸까? 유사품일까? 그런데 유사품을 이렇게 대놓고 홍보하거나 판매할 수 있는 걸까?

그런 연관 검색어가 뜬 이유가 여기에 있었다. 도쿄 명과 히요코는 유사상표가 아니었다. 놀랍게도 히요코는 후쿠오카 오미야게 과자만이 아니라 도쿄 오미야게 과자도 표방하고 있었다. 일반적으로 일본 오미야게 과자는 본거지 한 곳을 정해놓고 장사한다(시로이 고이비토가 홋카이도를 거점으로 했듯이, 우나기 파이가 시즈오카현을 거점으로 했듯이 말이다). 한 지역을 중심으로 주요 관광지 직영점이나 공항, 기차역, 고속도로 휴게소 등에서 판매한다. 다른 지역에서는 국제공항 면세점 등으로 판매처를 극히 제한하는 경우가 많으며, 온라인 판매에도 보수적이다.

그런데 ㈜히요코는 다른 길을 걸어왔다. 이름도 같고 모양도 같은 과자를 후쿠오카에서는 '하카타 명과'로, 도쿄에서는 '도쿄 명과'로 판매하고 있다. 패키지 디자인은 거의 비슷한데(삽화의 병아리 마릿수가 다른 정도), 각각 지역명을 달리 썼다. 앞서 설명했듯이, 이시야제과는 도쿄로 진출하면서 '고이비토는 두고 왔습니다'라는 광고를 내걸며 시로이 고이비토는 어디까지나 홋카이도 오미야게 과자라는 사실을 분명히 했다. 이에 비춰 볼 때, 히요코의 행보는 파격적이기까지 하다. 꼭 유사상표가 아니더라도 모양이 같고 맛이 같은 과자가 서로 다른 이름을 달고 팔리는 경우는 왕왕 있다. 경영권을 놓고 다툼을 벌이다 뛰쳐나간 이들이 분점 아닌 분점을 내는 식이다. ㈜히요코도 그런 걸까?

후쿠오카 히요코는 ㈜히요코에서, 도쿄 히요코는 ㈜도쿄히요코에서 각기 생산, 판매한다. 이들이 서로 아예 다른 회사냐면, 그렇지 않다. 두 회사 모두 이시자카 아쓰코(이름에서 보듯이 이사자카 가문 사람이다)가 사장을 역임하고 있다. 회사를 하나 따로 세운 만큼 도쿄 히요코는 후쿠오카에서 만들어 운송한 게 아니다. 도쿄 북쪽에 인접한 사이타마현 소카草加시 공장에서 생산된다. 이쯤 되면 혼란스럽다. 히요코는 대체 어느 지역 오미야게 과자인가? 궁금한 건 일본인들도 마찬가지였던지, '도쿄 명물 히요코 사블레, 실은 하카타 출신?'이라거나 '도쿄 명과설 vs 후쿠오카 명과설, 맞는 건 대체 어디?' 같은 기사가 여러 개 있다. 온라인에서도 관련 질문이나 에피소드가 상당수 눈에 띈다. 후쿠오카 토박이인데 도쿄에서 놀러온 지인이 도쿄 오미야게 과자라며 히요코를 내밀었다는 웃지 못할 이야기도 있다.

㈜히요코 4대 사장인 이시자카 히로시石坂博史는 한 인터뷰에서 도쿄 히요코가 탄생한 배경에 대해 말한 적이 있다. 그가 말하기

東京 名菓 ひょ子

東京のおみやげに最適な、

キャラメルウィッチ

東京限定

東京たまご

ごまたまご

東京 名菓 ひょ子

를, 도쿄 진출은 이시자카 시게루의 꿈이었단다. 히요코 창안자였던 그가 생전에 어린 아들(이시자카 히로카즈)에게 일본의 중심지는 역시 도쿄라며, "도쿄에 가게를 내고 싶다"는 꿈을 자주 이야기했다는 것이다.

이에 이시자카 히로카즈 3대 사장은 도쿄행을 차근차근 준비했다고 한다. 결국 1964년, 히요코는 도쿄 올림픽을 기회 삼아 도쿄로 진출한다. 젊은 나이에 사망한 부친이 못다 이룬 꿈을 아들이 대신 실현한 셈이다. 히로카즈는 사이타마현에 공장을 세우는 것으로 시작해, 도쿄 신주쿠新宿에 매장을 마련해 히요코를 선보인다. 물론 '도쿄 명과'로서. 후쿠오카에서 도쿄로 상경한 히요코는 출신지를 숨긴 채 도쿄 오미야게 과자임을 내세운다. 도쿄를 방문한 이들이 굳이 '하카타 명과'를 사 가지는 않을 것이기에. 영업 거점은 직영점을 개업한 우에노역으로 정했다. 우에노역이 도쿄 중심부와 일본 동부, 북부 지역을 연결하는 교통 요지라는 점에 주목한 선택이었다.

2년 뒤인 1966년, ㈜히요코는 도쿄 법인을 설립하며 관장하는 지역에 따라 회사를 둘로 나눈다. 원래는 ㈜히요코 내에 도쿄 판매 담당부서가 따로 있었는데, 사업 규모가 커지자 아예 분사시킨 것이다. 이로써 후쿠오카 사업은 ㈜하카타히요코가, 도쿄 사업은 ㈜도쿄히요코가 맡게 됐다.[21] 이후 도쿄역 직영점을 내는 등 도쿄

내 판매처를 50군데로 늘리며 공격적인 마케팅을 펼친다. 회사가 2개 체제로 운영됨에 따라 각각 일본 동서부를 맡도록 담당 지역을 구분했다. 요컨대 ㈜하카타히요코(현 ㈜히요코)는 후쿠오카를 비롯해 일본 서부를, ㈜도쿄히요코는 도쿄를 비롯해 일본 동부를 맡게 됐다. 이러한 행보는 사실상 히요코가 후쿠오카 오미야게 과자를 넘어 일본 전역을 타깃으로 삼고 있음을 보여준다.

도쿄 히요코는 큰 인기를 모았다. 그 역사가 어느덧 50년을 훌쩍 넘기면서, 도쿄 사람들은 자연스럽게 도쿄 오미야게 과자로 받아들이고 있단다. 어린 시절부터 기차역이나 백화점에서 '도쿄 히요코'라는 브랜드로 접해온 터라, 후쿠오카가 발상지라는 사실을 아예 모르는 이들이 많은 것이다. 사이타마현에 사는 일본인 친구 역시 히요코가 도쿄 오미야게 과자인 줄 알고 있었다. 후쿠오카에 가본 적이 없어 원조가 '하카타 명과'라는 사실을 전혀 몰랐다고 한다.

두 회사는 단지 유통망만 분리된 것이 아니다. 히요코를 비롯한 기존 제품이야 똑같이 내놓고 있지만, 전반적인 라인업이 다르다. 신제품을 각기 따로 개발하기 때문이다. 예를 들어 ㈜히요코에서는 계절 한정으로 벚꽃(봄), 녹차(여름), 밤(가을), 딸기(겨울) 히

---

21) ㈜하카타히요코는 1981년 ㈜히요코본포요시노도로 사명을 바꿨고 이후 몇 차례 합병, 영업권 이전 등의 과정을 거치며 현재의 ㈜히요코로 개칭됐다.

요코를 내놓고 있는데, 이 과자들이 ㈜도쿄히요코에는 없다. 반면, ㈜도쿄히요코가 내놓는 소금(초봄~여름), 홍차(겨울~초봄) 히요코는 ㈜히요코에서 판매하지 않는다. 홈페이지도 따로 운영한다. 때문에 소비자들도 두 회사가 한 뿌리라는 사실을 짐작하지 못한다.

이들 두 회사에서 내놓는 히요코 모양새도 겉보기엔 똑같지만 미세하게 다르다. 제조환경의 기온 및 습도 차이로 도쿄 히요코가 후쿠오카 히요코보다 좀 더 통통하게 살이 올라 있다. ㈜히요코는 히요코가 어느 지역 오미야게 과자인지 묻는 일본 매체들에게 "양쪽 다 해당된다"는 입장을 밝혔다. '히요코'가 탄생한 곳은 후쿠오카현이지만, 이 과자가 전국적으로 유명해진 건 '도쿄 히요코' 덕분이니, 두 지역 오미야게 과자로 인정해야 한다는 설명이다. 아울러 히요코의 궁극적인 목표는 일본 최고의 오미야게 과자가 되는 것이기에 어느 지역에 소속되어 있는가는 별로 중요하지 않다는 입장도 밝혔다.

이는 얼핏 그럴듯한 이유를 내세워 두 지역 모두에서 오미야게 과자로 돈을 벌어들이고 싶은 속내를 드러내는 것 같다. 그렇지만 다소 흥미로운 질문거리도 던져주는 듯하다. 하카타 명과라고 자처하는 히요코는 애초에 이즈카 출신이 아니었던가? 유명해진 곳이 아닌 태생지를 따지자면 히요코는 하카타 오미야게 과자도, 도

히요코를 만들 때 썼던 나무들 모형.
모형 앞에 히요코가 옹기종기 모여 있는 모습이 귀엽다.

쿄 오미야게 과자도 아닌 이즈카 오미야게 과자다. 만약 한 지역에서 만들어져 한 지역 안에서만 소비되어야 했다면 히요코는 광부들이 떠난 이즈카에서 사라져버렸을지도 모른다. 그렇지만 히요코는 이즈카를 떠나 후쿠오카로 향했고, 후쿠오카에서 다시 도쿄로 향해 지금에 이르렀다.

사회상이 투영된
히요코 광고

어쨌든 도쿄 히요코가 히요코의 전체적인 브랜드 가치를 높인 것
은 맞다. '큰물'에서 놀며 더 많은 사람들에게 과자를 어필할 수 있
었기 때문이다. 판매 면에서만 득을 본 것은 아니다. 지금이나 그
때나 시장이 큰 도쿄는 내로라하는 최신, 최고, 최첨단 상품들이
경쟁하는 곳이다. 도쿄에서는 도쿄 법에 따라야 하는 법. 히요코는
자연스럽게 다른 상품들 속에서 변화를 겪는다. 눈에 띄는 것은 물
론 패키지다. 패키지에 쓰인 글씨체가 바뀐다.

히요코는 1964년 도쿄 발매 이전까지 매장 간판이나 패키지에

'히게ひげ문자'를 썼다.[22] 애초에 히요코가 히게문자를 쓴 것은 '규슈'라는 지역 특색을 반영하기 위해서였다. 규슈는 역사적으로 유명한 무장들을 다수 배출하는 등 남성성이 강한 고장이었다. 하지만 귀여운 병아리 모양 만주와 남성적인 히게문자는 괴리가 컸다. 도쿄 진출을 앞둔 히요코는 고민에 빠졌다.

이 고민을 해결해준 사람이 도쿄 출신 여성 서예가 마치 슌소町春草였다. 그녀는 남성 서예가 일색이던 일본에서 여성적 감성이 돋보이는 서체로 파란을 일으킨 신예 서예가였다. ㈜히요코는 1963년 마치 슌소에게 도쿄에서 선보일 히요코 패키지의 서체 작업을 의뢰한다. ㈜히요코는 새 서체를 보자마자 마음에 들어했고, 이때 만들어진 서체가 지금까지도 쓰이고 있다. 동글동글하면서도 부리와 날개 달린 병아리가 노는 모습을 연상케 하는 이 서체는 히요코에 기가 막힐 정도로 잘 어울렸다. 이는 곧바로 히요코 패키지를 비롯해 TV 및 신문 광고, 매장 인테리어에 적용됐다.

1960년대만 해도 기업 아이덴티티(CI)나 브랜드 아이덴티티(BI) 전략이 드물었다. 히요코의 히게문자 서체처럼 상품 고유의 특성이나 개성이 상표 로고, 브랜드명 등과 동떨어진 경우가 허다했다. 이러한 상황에서 달라진 서체 하나가 히요코 브랜드 아이덴티티에

---

22) 히게는 수염을 뜻하는 단어로, 히게문자는 두꺼운 붓으로 거칠게 쓴 서체를 말한다. 삐져나오거나 갈라진 글자가 수염을 연상케 해 이렇게 부른다.

마치 순소가 디자인한 서체.
보자마자 작은 새를 연상케 한다.

미친 영향은 엄청났다. 깜찍함을 추구한 브랜드의 지향점이 비로소 상품 특성과 로고를 모두 아우르게 된 것. 이러한 통일성이 소비자로 하여금 브랜드 이미지를 뚜렷하게 각인시키도록 만들었다. 이는 업계에서 화제를 모아 다른 업체에서도 로고 디자인을 바꾸는 등 일본 오미야게 과자 패키지 디자인이 한층 예뻐지는 계기를 마련했다.

서체 변경과 함께 1963년 선보인 이미지송[23] '병아리 노래ひよこのうた'도 브랜드 아이덴티티를 쌓아올리는 데 한몫했다. ㈜히요코에서는 당시 최고로 손꼽히던 작사가, 사토 하치로サトウハチロー

에게 작업을 맡겼다. "병아리가 한 마리, 두 마리, 세 마리"라는 가사로 시작하는 밝은 동요풍의 노래는 병아리들이 삐약삐약 울면서 한가로이 산책하는 모습을 그렸다. 이 노래는 (주)히요코가 협찬하던 TV 일기예보 방송에 배경음악으로 깔리면서 많은 이들에게 친숙해졌다. 이에 더해 병아리 그림이 들어간 가사집을 만들어 유치원에 배포했다. 집에서 오미야게 과자를 주로 맛보게 될, 또 미래에 고객이 될 어린이들을 사로잡기 위해서였다. 이처럼 도쿄로 간 히요코는 실력 있는 예술가들과의 적극적인 협업을 통해 한층 아름답고 예술적인 오미야게 과자로 거듭났다.

물론 (주)히요코도 (이시야제과가 그러했듯이, 슌카도가 그러했듯이) 미디어 홍보에 나섰다. 이사자카 히로시 4대 사장은 인터뷰에서 한때는 총 매출액의 20%를 광고비로 쓸 만큼 미디어 홍보에 엄청난 열을 올렸다고 말하기도 했다. (주)히요코는 1960년 후쿠오카에서 지역 방송사의 라디오 프로그램 협찬을 시작했다. 1966년엔 도쿄 니혼TV 예능프로그램의 스폰서로 나서며 TV 화면에도 히요코를 노출시킨다. 당시 일본에서는 TV가 미디어의 중심이었다. 일본은 1960년 세계에서 세 번째로 컬러 TV 방송에 성공했고, 도쿄 올림픽을 1년 앞둔 1963년엔 TV 보급률이 91%에 달했다. 따라서 도

---

23) 상품을 홍보할 때 사용하는 배경음악으로, 가사에 상품명을 직접 언급하지 않는다는 점에서 일반 주제가나 CM송과는 다르다.

쿄 오미야게 시장에 막 발을 들여놓은 신참 히요코가 인지도를 높이는 데에는 TV만큼 좋은 수단이 없었다.

물론 협찬뿐 아니라 TV 광고에도 공을 들였다. 흥미롭게도 도쿄, 후쿠오카에서 서로 다른 광고를 제작해 방영했다. 여러 편 중에서도 도쿄 히요코가 1980년대에 설날을 맞아 방영한 애니메이션 광고가 재밌다. 도쿄의 상징인 도쿄타워를 배경으로 다정하게 몸을 맞댄 히요코 한 쌍(만주 형태 그대로인데, 남자 캐릭터가 좀 더 크다)이 등장한다. 남자 히요코가 "설날에 (예비) 며느리 데리고 돌아가겠습니다"라고 자신감 있게 말한다. 옆에는 부모에게 선물할 히요코 만주가 종이봉투에 담긴 채 놓여 있다. 여자 히요코는 "잘 부탁드립니다"라면서 수줍은 듯 뺨을 붉히며 연인에게 기댄다. 마무리는 "오미야게는 히요코다"라는 멘트와 함께 '도쿄 미야게 東京みやげ 명과 히요코'라는 문구가 화면에 뜬다.

일본은 산업화, 고도성장기를 거치면서 많은 젊은이들이 고향을 떠나 도쿄 등 대도시에서 일자리를 찾았다. 타지에 나와 사는 이들이 모처럼 고향에 돌아가 부모, 친척, 친구와 어울리며 향수를 달래는 기회가 바로 설날 같은 명절. 많은 사람이 한꺼번에 귀성길에 나서면서 엄청난 교통체증에 시달려야 했지만, 설날 부모를 찾아뵙는 건 자식의 도리였다. 가족이 한자리에 모이면 결혼적령기의 미혼 자녀는 늘 화두에 올랐다. 시골에 남은 부모에겐 도쿄에서 취업한 자녀가 하루빨리 짝을 찾아 가정을 꾸리는 게 소원이었다. 도쿄 히요코의 광고엔 이러한 시대상이 담겨 있었다(사윗감과 친정이 아닌 예비 며느리와 시댁이라는 설정도 시대상이 아닐까 싶다). 아들이 설날에 며느릿감을 데려와 인사시킨다니, 이보다 더 큰 효행이 있으랴. 쭉 늘어놓고 보니 1980년대 광고에서 엿보이는 과거 일본 설날의 풍경과 감성이 남 얘기 같지 않다.

하지만 시대가 변했다. 명절이면 일본 매스컴에는 '시댁을 꼭 가야 하나'라는 주제가 어김없이 등장한다. 명절 고부 갈등, 부부 위기도 마찬가지. 아내의 친정을 찾는 경우가 늘면서 불편함을 호소하는 사위들도 적지 않다. 귀성과 관련된 여러 설문조사를 보면 고향을 찾는 이들이 눈에 띄게 줄어드는 것을 알 수 있다. 젊은이들은 명절 때마다 가족, 친척들의 결혼 압박이 가장 큰 스트레스라고 입을 모은다. 거품경제가 꺼진 지금, 일본은 결혼하지 않는 나라가 됐다. 아니, 연애조차 안 한다. 일본의 생애미혼률[24]은 1980년 남자 2.6%, 여자 4.45%였는데, 2015년에는 남자 23.37%, 여자 14.05%로 치솟았다. 30여 년 전 도쿄 히요코의 광고 메시지는 지금 시대엔 전혀 통하지 않는, 어림없는 얘기다. 역시 남 얘기 같지 않다.

---

24) 50세까지 결혼을 한 번도 하지 않은 사람의 비율.

아쓰코 부인의
달콤하고 아늑한 과자점

다시 후쿠오카 덴진으로 돌아가자. 앞서 잠깐 언급했지만, 히요코 빌딩 1층에는 프라우 아쓰코 카야시나 매장이 있다. 히요코사의 양과자 브랜드다. 이 매장에는 바움쿠헨, 파운드케이크, 쿠키, 머랭, 과일잼 등 달콤한 먹거리가 한가득 진열돼 있다. 프리미엄 과자 브랜드답게 패키지가 멋스럽다. 리본이나 레이스도 눈에 띈다. 전통적인 이미지를 강조하는 히요코와는 대조적이다. 20~30대로 보이는 여성 4~5명이 "가와이かわいい(귀여워)!"를 연발하며 과자를 고르고 있었다. 쿠키 8개가 든 상자 하나가 1,400엔 정도. 개당

120엔 정도 하는 히요코도 그리 저렴한 오미야게 과자는 아니지만, 이곳에서 판매하는 과자들은 고급스러운 패키지만큼이나 값이 나갔다.

2층 카페로 올라갔다. 하얀 마감재와 연갈색, 원목이 어우러진 실내가 깔끔한 인상을 준다. 이왕 들어온 김에 디저트나 먹고 가자 싶어 덴진 거리가 내려다보이는 창가 자리에 앉았다. 거리 전망이라고는 하지만 도로가 좁다(일본 도시가 다 그렇듯이). 건너편은 높다란 쇼핑몰 건물에 가로막혀 갑갑했다. 니시테쓰[25] 후쿠오카역 북쪽 출구가 바로 보여 오가는 사람들 구경하는 재미는 쏠쏠했다. 평일 오후에 찬바람이 거센데도 교복 입은 학생과 젊은이들, 외국인 관광객들로 좁은 길이 꽉 차 있다.

시선을 돌려 주위를 둘러보니 남자 손님은 나 혼자뿐. 1층 과자점과는 달리 카페에는 중장년 여성들이 많았다. 과자점 주변에는 스타벅스, KFC, 맥도널드 등이 있었는데, 중장년층에겐 이런 곳들보다 비교적 조용하고 분위기도 아늑한 프라우 아쓰코 카야시나 카페가 휴식처나 만남의 장소로 나을 듯싶다.

카페 메뉴의 가격은 1층과 비슷하다. 케이크나 타르트 한 조각에 400엔에서 500엔 사이다. 커피는 500엔에서 600엔, 젤라토는

---

25) 서일본철도西日本鉄道주식회사.

400엔대다. 종업원에게 추천을 부탁했다. 바움쿠헨이 대표 과자라고 하기에 '오늘 구운 내추럴 바움쿠헨本日焼きナチュラルバームクーヘン'을 주문했다. 가격은 486엔. 바움쿠헨 3조각에 생크림, 블루베리잼이 곁들여져 나온다. 생각보다 충실한 양이다. 얇은 겹을 이룬 빵이 나이테 무늬를 그리고 있는 바움쿠헨은 은은한 단맛에 솜털처럼 부드럽다. 생크림과 새콤한 블루베리잼도 맛있다.

계산을 하면서 카페 매니저와 잠시 대화를 나눴다. 한국인 관광객들이 자주 찾아온단다. 나는 알파벳으로 적힌 브랜드명 '프라우 아쓰코 카야시나'가 무슨 뜻인지 물었다. 프라우 아쓰코는 독일어 '프라우Frau(부인)'와 (주)히요코 사장 이시자카 아쓰코의 이름을 합친 것이라 한다. 요컨대 프라우 아쓰코는 '아쓰코 부인'이라는 뜻이다. 정통 독일식 생과자를 취급하는 브랜드라서 독일어 호칭을 쓰나 보다. '카야시나Kayashina'는 한자 '菓養'의 일본어 발음을 영어로 표기한 것. 이 한자는 '삶을 키우는 과자養生菓子'라는 브랜드 콘셉트를 줄인 말이라 한다. 매니저는 메모지에 '카야시나'의 한자를 적어준 뒤 프라우 아쓰코 카야시나의 브랜드 안내 책자도 건네주었다. 책자에는 이렇게 적혀 있다. '삶을 키우는 과자라는 새로운 세계를 여성의 부드러운 감성으로 창조해나간다.'

브랜드명의 주인공이자 현 (주)히요코 및 (주)도쿄히요코 사장인 프라우 아쓰코, 이시자카 아쓰코의 인사말도 실려 있다(그녀는 인사

말 끝에 이름 대신 '프라우 아쓰코フラウアツコ'라고 서명했다). 이시자카 히로시 4대 사장의 아내인 그녀는 2009년 남편에게서 사장 자리를 물려받았다. 이시자카 히로시 전 사장은 (경영 일선에서 물러난 것이 아니라) 이사직 임기가 끝나자 회장에 취임했다. 요컨대 남편은 회장으로서 외부 활동을, 아내는 회사 경영을 도맡는 식으로 역할을 나눈 것이다. 많은 오미야게 과자회사가 그러하듯이 족벌경영으로 운영되는 ㈜히요코도 부사장인 아들에게 경영권을 물려줄 가능성이 높다.

뜻밖에도(족벌경영 체제에서는 자연스러운 일이기도 하지만) 이시자카 아쓰코는 경영에 뛰어든 지 얼마 안 됐다. 그녀는 대학을 졸업하자마자 25세에 이시자카 가문 며느리가 됐는데, 결혼 당시 ㈜히요코는 이미 어느 정도 규모를 갖춘 기업이었다. 여느 부잣집 사모님들처럼 그녀도 시부모를 모시고 살면서 남편 내조며 육아에만 전념했다고 한다. 아이들에게 그림책을 읽어주거나 학교로 야구 경기를 보러 가는 것이 일상이었다.

그렇게 40대 중반까지 지극히 평범한 전업주부였던 아쓰코는 2002년 회사의 감사를 맡으며 경영에 본격적으로 참여한다. 이후 ㈜히요코의 테마파크인 '히요코랜드ひよ子ランド'(2008년 폐장했다) 운영을 맡았다가 2006년 상무로 승진한 뒤, 1년 만에 사장으로 취임했다. 로열 패밀리가 아니었다면 불가능한 인사였다. 일본 오미

야게 제과회사에서 족벌경영이 이루어지는 건 흔한 일이지만, 그렇다고는 해도 경력도 없고 경험도 없는 이를 사장 자리에 앉히는 건 흔치 않은 일이다. 자격 논란을 우려해서인지 아쓰코 사장도 신규 브랜드를 론칭하는 등 경영에 적극적으로 임하고 있다.

그중 하나인 '프라우 아쓰코 카야시나'는 히요코 탄생 100주년인 2012년에 론칭했다. 이어 2013년에는 사블레 브랜드 '두 다무르DOUX D'AMOUR'를, 2015년에는 즉석 생과자 브랜드 '하카타 히나노야키博多ひなのやき'를 선보였다. 이들 브랜드에서는 각각 병아리 모양의 사블레와 풀빵을 판다. 히요코의 병아리 디자인 아이덴티티를 활용한 서브 브랜드다.

두 다무르는 규슈 출신의 신인 화가 다시로 도시아키田代敏朗에게 모든 상품의 패키지 디자인을 맡겨 브랜드의 예술성을 강조했다. ㈜히요코는 2013년부터 히요코 갤러리를 운영하며 신인 예술가 발굴에 열심인데, 이 브랜드의 디자인 협업도 그 연장선상에 있다. 하카타 히나노야키는 시내의 대형 복합쇼핑몰 캐널시티 하카타キャナルシティ博多와 하카타역 마잉구에 매장이 있어 두 곳 모두 찾아가봤다. 즉석에서 구워져 나온 따끈한 병아리 풀빵을 맛볼 수 있는데, 모양이 히요코만큼이나 귀엽다. 풀빵 속은 화과자 고유의 재료인 팥소, 콩소와 함께 양과자에 흔히 쓰이는 커스터드 크림도 있다. 매장 꾸밈새는 전통적이면서도 현대적인 재해석이 돋보

하카타 히나노이키 직원이 풀빵을 즉석에서 굽고 있다.
병아리 얼굴 모습을 한 빵들이 귀엽다.

이는 퓨전 스타일인데, 새하얀 노렌에 그려진 병아리 풀빵 그림이 이채롭다. 여성 사장이 론칭한 브랜드들이라 그런지, 모두 예술적인 면과 아기자기한 매력이 돋보인다.

원조 히요코의 맛에도 변화를 주고 있다. 아쓰코 사장은 히요코 탄생 100주년 기념상품 '벚꽃 히요코桜ひよ子'를 선보였다. 이름에서 알 수 있듯이 벚꽃 피는 봄에 계절상품으로 나온다. 마침 후쿠오카를 취재할 때 이 과자가 있어 사 먹어보았다. 겉보기에는 일반 히요코와 똑같지만, 한입 베어무니 맛이 미묘하게 다르다. 벚꽃을 갈아 넣었기 때문인지 살짝 분홍색을 띠는 콩소는 좀 더 향긋하다 (내 입맛엔 역시 많이 달았다). 벚꽃의 꽃밥으로 보이는 거뭇거뭇한 알갱이도 박혀 있다. 개당 160엔 정도로 일반 히요코보다는 조금 비싸다.

벚꽃 히요코가 호응을 얻자 여름에는 '녹차 히요코茶ひよ子', 가을에는 '밤 히요코栗ひよ子', 겨울에는 '딸기 히요코苺ひよ子' 등 매년 4종류의 계절상품을 내놓고 있다. 이시자카 아쓰코 사장은 인터뷰를 통해 이들 새 브랜드나 상품이 "여성 고객들에게 인기가 높다"고 밝힌 바 있다. 수긍이 간다. 기존 히요코 패키지도 어디 내놓았을 때 빠지지 않는 모양새지만, 이들 계절상품 패키지는 분홍, 초록, 갈색, 빨강 등 사계절 대표 재료의 색깔을 다채롭게 써 화사하다. 게다가 맛도 개성이 뚜렷해 여심을 사로잡을 만하다.

お土産菓子の話

오미야게 과자가
시대에 휩쓸린다면

그렇지만 히요코가 맞을 앞날이 장밋빛이기만 한 건 아니다. 후쿠오카를 비롯해 규슈 오미야게 과자 시장이 과열 양상을 보이고 있기 때문이다. 규슈는 과거 '슈가로드' 덕분에 과자 제조업이 일찍 발전할 수 있었다. 하지만 재료 수급이 원활해진 오늘날에는 다른 지역과 별 차이가 없다. 일본 각지에서 다양한 오미야게 과자가 속속 등장하는 가운데 규슈를 대표할 만한 오미야게 과자는 더 이상 나오고 있지 않다.

히요코의 트레이드마크인 병아리 모양 디자인은 100여 년 전만 해도 획기적인 아이디어였다. 둥글거나 네모난 모양 일색이던 만주들 사이에서 병아리 모양 만주는 단숨에 차별화됐다. 맛도 중요한 요소였지만, 히요코가 거둔 엄청난 성공은 병아리 형태에 기인한 바가 컸다. 그런데 유사품과 소송까지 벌인 결과, 2006년 일본 법원은 만주의 병아리 모양이 히요코만의 독창적인 디자인으로 볼 수 없다고 판결했다. 오래전부터 새 형상을 본딴 화과자가 만들어졌다는 이유에서였다. 이에 ㈜히요코는 유사품을 제재하기 어려워졌다. 더구나 기술이 발달함에 따라 히요코 못지않게 귀엽고 독특한 디자인의 만주가 계속해서 등장하고 있다. 요컨대 과거의 성공 비결만으로는 미래를 장담하기 어렵게 된 것이다.

히요코가 후쿠오카와 도쿄를 타깃으로 설정한 것도 불안 요소 중 하나다. 지역 간 왕래가 어렵던 시절에는 묘수였지만, 하카타역에서 도쿄역까지 신칸센으로 5시간이면 갈 수 있는 지금은 상황이 달라졌다. 여기서만 먹을 수 있는 것, 거기 가야만 살 수 있는 것으로서 오미야게 과자가 갖는 희소성이 퇴색됐다. 실제로 히요코의 지역성에 대한 부정적인 시선은 어렵지 않게 찾아볼 수 있다. "하카타 명물인데 도쿄 명물이라 생각하는 사람이 많아 놀랍다. 규슈 인근 지역에 도쿄 오미야게라고 들고 가면 웃음거리가 될 것"이라거나 "지방 사람이 출신지 속이는 것 같은 기분" 등의 온라인 게시글도 그렇지만, 규슈 시장에서의 선호도도 생각보다 낮다.

온라인 판매로 인해 언제든지 구매할 수 있는 과자가 됐다는 것도 이러한 결과에 영향을 끼쳤을 수 있다. ㈜히요코의 공식 온라인 쇼핑몰이나 통신판매 콜센터에서는 판매처가 지정된 ('하늘을 나는 도쿄 바나나 꿀바나나맛'을 하네다공항에서만 판매하듯이) 히요코까지도 판매하고 있다. '한정'이라는 취지가 무색할 정도다. 이러한 판매 방식에 따르는 곱지 않은 시선을 모를 리 없을 텐데, ㈜히요코는 어떤 계획을 갖고 있는 걸까? 오미야게 과자 시장의 특수성을 알면서도 도쿄로, 온라인 판매로 진출한 까닭은 무엇일까? 단순히 더 많은 매출액에 대한 욕심일까? 이시자카 아쓰코 사장이 후쿠오카 파이낸셜그룹 월보(2015년 4월호)에 기고한 글에서 실마리를 찾을 수 있다. 이 글에서 아쓰코 사장은 "일본의 먹거리 문화가 세계의 주목을 받는 지금, 유럽이나 아시아 등 해외 진출도 계획 중이다. 아울러 다양한 먹거리 영역에 도전해 사업 다각화를 진행할 생각"이라고 썼다. 지역 오미야게 과자라는 테두리에서 벗어나 세계 시장에 승부수를 던지겠다는 야심을 내비친 것이다.

이익 측면에서만 생각한다면 굳이 오미야게 과자를 고집할 이유는 없다. 이는 히요코뿐 아니라 앞서 살펴본 과자들에게도 마찬가지다. 과자 대기업 부르봉ブルボン도 니가타新潟현 가시와자키柏崎시의 작은 만주 과자점에서 시작했다.[26] 전국 각지의 공장에서 과자를 대량생산해 동네마다 있는 마트, 편의점, 드러그스토어에 공

급하면 매출은 지금보다 훨씬 높아질 것이고, 외국에서 인기가 높은 브랜드는 수출까지 가능할 터다. 하지만 '오미야게'로서의 가치는 상실할 것이다. 발상지나 지역 특산물 재료를 내세워 '○○ 명물'이라 주장한들, 편의점 진열대에서 24시간 집어들 수 있는 과자가 지금 같은 대접을 받을 수 있을까?

이야기의 시작점으로 돌아가보자. 애초에 오미야게 과자는 신사에서 신에게 바칠 목적으로 정성껏 만든 음식이었다. 아무데서나 구할 수 있는 게 아니라 더욱 귀했다. 참배객들은 신성함이 깃든 과자를 먹으면서 신의 은혜를 받는다고 여겼고, 그 은혜를 가족이나 친척, 이웃과 나누기 위해 과자를 챙겨 가 선물했다.

화성에 탐사선을 보내는 지금이야 그런 의미로 오미야게 과자를 만들고 소비하는 사람은 없다. 그래도 과자의 맛과 모양, 포장에 심혈을 기울이는 건 예나 지금이나 같다. 무엇보다 오직 여기서만 사 먹을 수 있다며 조바심을 내게 만드는 매력은 그대로 남았다. 여행지에서 사 와 선물했을 때 "거기까지 가서 뭘 일부러 사 왔어, 이 과자 우리 동네 편의점에도 팔던데" 같은 시큰둥한 반응이 나오면 실격이다. 받는 사람의 얼굴에 반가움, 설렘, 기대로 가득한

---

26) 부르봉은 1871년 창업한 노포 과자점 모가미야最上屋의 점주 아들이 양과자 제조 기술을 배워 1924년 설립한 기타니혼제과상회北日本製菓商会로 출발했다. 모가미야 본점은 지금도 영업 중이며 가시와자키와 인근의 나가오카長岡시에만 지점을 두고 있다. 부르봉은 과자, 음료, 맥주 등 식료품 생산 및 판매를 비롯해 쌀 통신판매, 라멘 자판기 사업 등을 하고 있다.

미소가 번져야 한다. 이것이야말로 오미야게 과자만이 가질 수 있는 특별함이다. 지역 명물로서의 자부심이 깃든 브랜드, 시간이 흘러도 꾸준히 사랑받는 스테디셀러…… 장사는 이익이 최고라지만, 그 이상의 가치를 추구하는 오미야게 과자는 과연 어떤 내일을 맞을까? 앞으로도 수십 년, 수백 년 명맥을 이어가게 될까, 아니면 탄광촌처럼 시대에 밀려 역사의 뒤안길로 사라지게 될까?

캐널시티 하카타에서 만난 옛 추억

캐널시티에 자리한 하카타 히나노야키 직영점이 후쿠오카 취재 일정의 마지막 장소였다. 간 김에 캐널시티 하카타를 둘러보기로 했다. 이곳을 찾은 건 20년 만이다. 대학 시절 부산항에서 배 타고 처음 일본에 갔을 때, (이동이 아닌) 여행을 시작했던 장소가 캐널시티 하카타였다. 감회가 남달랐다.

지금이야 한국에도 복합쇼핑몰이 흔하지만, 당시엔 아니었다. 한국 복합쇼핑몰의 시초로 꼽힌다는 코엑스몰이 문을 연 게 2000년이다. 일본에 들고 갔던 가이드북은 캐널시티가 후쿠오카 젊은 이들이 몰려드는 새 명소라며 꼭 가볼 것을 추천했다(캐널시티 하카타는 1996년에 문을 열었다). 건물 아래에 인공 운하(그래서 캐널시티Canal City다)가 흐르고, 광장의 분수가 음악에 맞춰 춤추는 광경에 감탄했던 기억이 난다. 특히 지브리 애니메이션 캐릭터숍을 마주하고는 '일본에 왔구나' 싶었다. 지브리 작품엔 별 관심이 없었는데도 매장 앞에 전시된 커다란 토토로 인형과 고양이 버스 조형물이 마냥 신기했다. 일본에 도착한 후 필름 카메라로 찍은 첫 기념사진도 바로 그 토토로 인형이었다.

그런데 강산이 두 번 바뀐 후라 그런지, 다시 찾은 캐널시티 하카타는 예전 감흥이 전혀 없었다. 시설은 낡고 초라해 보였다. 요즘 한국 복합쇼핑몰들이 워낙 잘 꾸며져 있어서 그렇게 느껴졌는지도 모르겠다. 분수는 여전히 화려한 조명에 둘러싸여 있었다. 하지만 예전처럼 큰 볼거리가 아닌 탓인지 오가는 사람도 없이 썰렁했다.

한 바퀴 돌고 나오려는데, 커다란 토토로가 보인다. 혹시나 싶어 종업원에게 물어보니 20년 전 사진에 담아갔던 그 캐릭터숍이 맞았다. 이렇게 반가울 수가! 내부 인테리어는 많이 달라졌고 전시용 토토로 인형도 더 커졌다. 그래도 일본에서 처음 사진 찍었던, 추억이 어린 나만의 명소가 아직 남아 있다는 사실이 반가웠다. 과자점이며 음식점이며 오래된 가게가 많은 나라답게 캐릭터숍도 노포가 되어가나 보다. 그때나 이번이나 기념품으로 뭘 사진 않았지만, 가게가 계속 번창하기를 기원했다. 언제가 될진 모르겠지만 다시 후쿠오카를 찾을 때에도 토토로가 그 자리에서 기다려주길 바라면서.

번외

❦

작지만 강한 오미야게 과자점

일본 근대 문호들이 사랑한 과자점 구야

이제까지 교토, 도쿄, 홋카이도, 시즈오카, 후쿠오카 등 일본 각지의 대표적인 오미야게 과자를 살펴봤다. 다들 작은 점포에서부터 시작해 중견기업으로 성장했는데, 여기서는 이들과 다른 길을 선택한 오미야게 과자점을 둘러보고자 한다. 공장을 설립하는 등 대량생산 체제 구축 및 판매망 확대로 수익 증대를 노리는 대신 제과장인으로서의 자부심을 지켜가는 작은 오미야게 과자점들이다.

나쓰메 소세키의 첫 작품이자 대표작인《나는 고양이로소이다》(1905~1906)에 등장하는 '구야空也'가 대표적이다. 지금은 긴자에 자리해 있지만, 《나는 고양이로소이다》가 연재되던 당시에는 긴자가 아닌 도쿄 우에노의 이케노하타池之端에 있었다. 1884년 문을 열었다가 제2차 세계대전 중 완전히 불타버렸고, 1949년 긴자에 다시 문을 열었다.

구야 과자점이 소설의 배경으로 나오는 건 아니고, 구야에서 파는 구야모치空也餅[1]라는 과자가 몇몇 장면에 등장한다. 소설은 중학교 영어교사인 진노 구샤미珍野苦沙弥의 반려묘, '나'가 주인공이다. 1인칭 화자인 고양이가 사회 엘리트에 속하는 주인과 주인의 지인들을 살피며 위선적인 언행을 조소하는 내용이다. 진노 구샤미의 집에는 메이테이迷亭, 미즈시마 간게쓰水島寒月 등 소위 '배웠다' 하는 지인들이 자주 찾아온다. 진노 구샤미가 이들을 대접한다며 차와 함께 내놓는 과자가 구야모치다. 고양이는 이들이 구야모치를 먹는 장면을 묘사할 때 '頬張る(호바루)'라는 표현을 쓰는데, 이는 음식을 입안에 한가득 넣고 꾸역꾸역 먹어대는 모양새를 가리킨다. 곱게 보지 않는 것이다.

특히 인상적인 것은 미즈시마 간게쓰가 구야모치를 씹다가 하필 앞니 빠진 자리에 진득한 떡이 들러붙는 장면이다. 원작에는 '빠진

---

[1] 구야모치는 팥소가 들어간 찹쌀떡인데, 일반적인 것과는 조금 다르다. 하얀 피는 밥알 형태가 어렴풋이 남아 몽글몽글하고, 속의 팥소도 팥알을 완전히 부수지 않은 채 본래의 식감을 살렸다.

앞니 사이에 구야모치가 들러붙어 있다欠けた前歯のうちに空也餅が着いている'고 쓰여 있다. 그 모습이 어찌나 기괴했던지 나중에 '구야모치 붙들어 매는 곳空也餅引掛所'이라는 놀림까지 받는다.

소설에서 여러 차례 언급된 이 구야모치는 지금도 먹을 수 있다. 구야에서 1년에 단 두 차례, 한 번에 200개만 만들어서 판매한다. 소세키의 작품에는 이런 일본 각지의 과자점이며 명물 과자에 대한 묘사가 자주 등장한다. 앞서 언급했듯이, 자전적 소설인 《도련님》에서는 쓰보야 과자점의 당고가 비중 있게 묘사된다. 지병으로 49세에 세상을 등진 소세키는 생전에 위염과 당뇨로 고생했다. 영국 유학시절 딸기잼에 푹 빠졌던 그는 일본으로 돌아온 뒤에도 과자 등 단 음식을 유난히 밝혔다. 카페나 레스토랑에서 쓰는 업소용 아이스크림 제조기를 집안에 들여놓았을 정도다. 설탕 중독이 얼마나 심했던지, 병세가 악화돼 요양소에 들어간 뒤에도 이 아이스크림 제조기를 몰래 반입해 의료진을 경악시켰단다.

과자를 사랑한 작가, 작품에 구야를 등장시킨 작가는 비단 나쓰메 소세키만이 아니다. 근현대 소설가 하야시 후미코林芙美子(1903~1951)[2]와 후나하시 세이이치舟橋聖一(1904~1976)[3]의 작품에는 '구야모나카空也最中'가 나온다. 이 모나카는 구야를 대표하

---

2) 일본 근대문학을 대표하는 여성 작가. 1948년 제3회 여성문학상을 수상했다. 대표작 《방랑기 放浪記》를 비롯해 《청빈의 서清貧の書》, 《밥めし》 등 여러 작품을 집필했다.

는 과자로, 1년에 두 번만 파는 구야모치와는 달리 가게 영업시간에 구입할 수 있다. 하지만 예약은 필수다(전화를 통해서만 예약할 수 있다). 그냥 가게에 찾아갔다가는 허탕칠 가능성이 높다. 하루 제조량이 8,000개(크기는 작다)에 이르는데도 일주일 전에는 예약해야 살 수 있단다. 대단한 인기다. 내로라하는 문학가들까지 언급할 정도라니 당연히 궁금했다. 가게를 방문하기 열흘 전 구야모나카를 예약했다. 계속 통화 중이어서 스무 번이 넘도록 전화를 건 끝에 어렵사리 연결됐다. 손에 넣기 참 힘든 과자였다.

구야는 긴자의 구야빌딩 1층에 있다. 작은 과자점에서 시작해 금싸라기 땅 긴자 한복판에 7층짜리 건물을 세웠다. 명성에 걸맞지 않게 소박한 외관은 7층짜리 건물을 세운 과자점이 아니라, 7층 건물 1층에 세를 낸 작은 과자점 같다는 인상을 준다. 쇼윈도도 없고, 간판도 없다. 가게 입구에 하얀 글자로 '空也もなか(구야모나카)'라 적힌 검은 노렌만 걸려 있을 뿐이다. 손님들이 알아서 찾아오는 명과 가게의 자부심이 느껴진다. 나무틀에 유리를 끼운 미닫이문 한쪽에는 관음죽이며 붉은 꽃을 피운 군자란 등 화분들이 가지런히 놓여 있다. 전형적인 일본 상점의 모습이다. 문 양옆 벽에는 'X 표시가 된 날은 모나카가 전부 품절됐습니다. 죄송하고 또

3) 《花의 생애花の生涯》가 대표작이며 마이니치예술상(1964년), 노마문예상(1967년) 등을 수상했다.

일본 문인들을 사로잡았던 구야모나카.
과자 모양은 물론 포장과 담음새도 옛 느낌을 그대로 살렸다.

감사드립니다. 구야 점주'라고 쓰인 종이와 함께 달력이 붙어 있다. 내가 찾은 날을 포함해 나흘 내내 × 표시가 되어 있었으니, 아무리 늦어도 5일 전에는 예약해야 하는 듯하다.

가게 안으로 들어갔다. 세월에 바랜 듯 투박한 분위기가 옛날 영화의 한 장면을 보는 듯하다. 밖에서 생각한 것보다 훨씬 더 좁다. 4~5명이 들어서면 꽉 찰 정도다. 구석에는 작은 의자가 놓여 있고, 꽃꽂이를 해둔 수반水盤이며 표지석, 화분이 눈에 띈다. 한쪽 벽에는 옛 점포의 모습이 담긴 판화가 걸려 있다. 계산대 역할을 하는 낡은 나무 탁자 뒤로 가림천이 내려진 좁은 문이 보였다. 그 안쪽이 과자를 만드는 공방이다. 손님들이 예약한 과자를 내주는 역할만 하는 가게라 공간 대부분은 공방이 차지하는 듯했다. 여느 과자점에서 흔히 볼 수 있는 진열대나 샘플, 모형도 없다. 낡은 목재 선반에 예약자명이 붙은 과자 상자만 차곡차곡 쌓여 있을 뿐이다.

과자 상자를 봉투에 담고 있던 종업원이 인사를 건네고는 곧바로 예약했는지 묻는다. 아마 과자 만드는 일도 겸하는 모양인지, 위생모에 위생복을 차려입고 마스크로 입까지 가렸다. 이름을 말하자 공방 안에서 또 다른 종업원이 "여기 있다"며 상자를 건네준다. 계산을 마친 후 양해를 구해 사진을 찍고 있는데, 문이 열리더니 한 남자 손님이 들어온다. 종업원은 내게 그랬던 것처럼 인사와 함께 예약 여부를 묻는다. 남자는 예약을 하지 않았는데 혹시 살 수 없냐고 물었다. 종업원이 "죄송합니다. 남은 과자가 없어요"라고 말하자 아쉬운 표정으로 발걸음을 돌리는 남자를 보며 어쩐지 뿌듯함이 일었다. 잘 알아보고 왔어야지, 맛있는 과자는 부지런한 사람이 차지하게 마련인 것을.

종업원에게 130년 전, 즉 창업 당시와 똑같은 제조법으로 모나카를 만들고 있는지 물었다. 그렇단다. 옛날 방식 그대로라 보존료, 첨가물 등을 사용하지 않는데, 때문에 과자가 변질되기 쉽다. 종업원은 빨리 먹어야 맛있다며 아무리 늦어도 일주일을 넘기면 안 된다고 한다. 친절하게도 보관법까지 일러준다. 과자가 쉬이 굳어버리기 때문에 비닐 팩으로 꽁꽁 싸서 공기 접촉을 최소화해야 한단다. 손에 넣기도 힘들지만 먹기도 여간 까탈스러운 게 아니다.

'구야'라는 가게 이름은 창업주가 1884년 모나카 장사를 시작하며 지은 것이다. 그는 헤이안시대 승려 구야空也(903~972)를 추종하는 불교 종파 '간토쿠야슈関東空也衆'의 신도였는데, 여기서 가게 이름이 유래했다고 한다. 현 점주는 야마구치 모토히코山口元彦, 4대 사장이다. 창업 당시부터 지금까지 대를 이어오며 고수하는 건 제조법만이 아니다. 판매 또한 옛 방식을 고집하고 있다. 이곳은 전국 각지에서 사람들이 예약하고 찾아올 만큼 명성이 자자하지만, 지점은 단 한 군데도 내지 않았다. 종업원도 오직 긴자의 구야에서만 구야모나카를 살 수 있다고 했다. 시대 변화를 좇아 몸집을 불리면서 판매량을 늘리기보다 불편하더라도 장인 정신과 전통을 계승하는 데 가치를 두겠다는 의지가 엿보인다(물론 비영리회사가 아닌 이상 돈벌이에 영 관심이 없는 건 아니겠지만).

어쨌든 가장 중요한 건 맛이다. 대체 어떤 모나카이기에 며칠 전에 예약을 하면서까지 사 먹는 걸까? 상자를 열자 구수한 쌀 내음이 진하게 풍긴다. 모나카의 미색 껍질에는 '空也(구야)'가 새겨져 있다. 가격(개당 110엔)에 비해 크기는 작다. 찹쌀로 빚은 껍질은 얇고 바삭하다. 은은한 단맛을 내는 팥소는 촉촉해서 혀에 닿자 녹아내리듯 금세 사라진다. 통팥 알갱이가 있어 씹는 맛도 있다. 구매에서부터 보관까지 여러모로 녹록지 않은 과자인 건 분명하지만, 직접 먹어보니 일본 소설가들이 왜 그토록 구야 과자를 좋아했는지 알 것 같다.

낭만 소도시 오타루의 백년 과자점 쇼게쓰도

홋카이도 삿포로에서 오타루까지 가는 열차는 바다를 끼고 달린다. 기차표를 예매할 때 바다가 바로 내다보이는 창가 자리를 요청했다. 눈 쌓인 해안으로 파도가 밀려와 하얗게 부서지는 광경은 아름답다 못해 초현실적이기까지 했다. 시간 가는 줄 모르고 겨울 바다를 만끽하다 보니 금세 오타루역에 도착했다.

항구도시 오타루에는 거센 해풍과 함께 굵은 눈발이 날리고 있었다. 지붕이며 길가에 높다랗게 쌓인 눈이 장관이었다. 골목에서는 동네 사람들이 커다란 제설용 삽을 들고 눈 치우기에 여념이 없었다. 눈길에 미끄러져 넘어지거나 신발이 젖을까 봐 발끝을 조심 조심 디뎌 걸어야 했다. 폭설에 이골이 난 듯 주민들은 무심한 표정으로 성큼성큼 잘도 다닌다.

오타루 방문은 두 번째다. 무얼 할까, 고민하다 오타루 운하에 다시 가보기로 했다. 예전엔 야경을 봤는데, 눈 쌓인 운하 풍경이 궁금했다. 어땠냐면, 별로였다(야경도 별로였다). 1923년에 건설된 운하는 규모가 작을뿐더러 주변의 옛 창고 건물은 특색 없이 낡고 칙칙했다. 홋카이도에서 손꼽히는 관광 명소라는데, 두 번을 봐도 그냥 그랬다. 오히려 시내 곳곳에 남아 있는 서구 양식의 근대 건축물이 볼만했다.

오타루는 메이지시대에 홋카이도 개척이 활발하게 진행되면서 발달한 항구도시다. 행정 중심지 삿포로에서 멀지 않아 물자 운송의 현관 역할을 했다. 덕분에 1880년 삿포로와 오타루 간에 철도가 놓인다. 홋카이도로서는 최초로 놓인 철도였다. 이후 오타루는 1899년 국제무역항으로 지정되면서 해운상업도시로 눈부신 번영을 누린다. 근대 건축물도 이 시기에 지어진 것이다.

당시 일본은 '탈아입구脱亜入欧' 사상에 사로잡혀 맹목적인 서양 숭배가 한창이었다. 엘리트 지식인인 다카하시 요시오高橋義雄는 심지어 《일본 인종 개량론日本人種改良論》(1884)을 발표하기도 했다. 일본인은 동아시아에서도 체구가 작기로 유명했다. 이에 다카하시

오타루 데누키코지出抜小路. 시로이 코이비토의 제조사인
이시야제과가 운하 옆에 조성한 관광상업시설로, 전망대가 있다.

1908년 설립된 오타루 운하전은 원래 은행 건물이었다.
아래는 아직까지 기계가 압진해 있다(위).
오타루 운하의 전경 (아래)

요시오는 서양인과의 동침을 장려해 혼혈 인종을 만듦으로써 일본인의 볼품없는 외모를 개량하자고 주장한 것이다. 이처럼 서양인의 외양을 욕망하며 '인종 개량'까지 생각했던 일본인들은 도시 외관도 구미를 흉내 내려 했다. 유럽과 북미 건축 양식이 유행하는 가운데 '혼혈'처럼 일본 건축 양식이 뒤섞인 건물들이 세워졌다.

　이는 무역항으로 흥한 오타루도 마찬가지였다. 서양 건축 양식이 적용된 은행, 상업용 건물 등이 곳곳에 세워졌다. 제2차 세계대전 이후 석탄 수요[4] 및 무역량 감소로 도시의 경제·산업은 쇠퇴했지만, 전성기에 축조된 이국적인 건물 상당수는 그대로 남았다. 이들은 이제 홋카이도를 찾는 일본인은 물론, 외국인 관광객까지 끌어들이는 관광자원이 됐다. 인구가 12만 명이 채 안 되는 이 작은 도시가 1년에 유치하는 관광객은 무려 800만 명에 달한다.

　외지인들이 찾아오는 일본 관광지에는 반드시 오미야게 과자가 있다. 한국인 관광객들에게도 잘 알려진 치즈케이크 및 쿠키 브랜드 '르타오LeTAO'의 근원지가 바로 오타루다. 르타오를 일본식으로 발음하면 '루타오'가 되는데, 이는 오타루 지명을 거꾸로 읽은 것과 같다. 시내 곳곳에는 르타오 외에도 '오타루 오미야게'를 내세운 작은 과자점이 참 많았다. 오타루역에서 5분 거리에 위치한

---

4) 홋카이도 미카사三笠시에 있었던 호로나이幌内탄광에서 채굴한 석탄은 오타루로 옮겨진 뒤 선박에 실려 혼슈 등으로 보내졌다.

자리한 100년 노포 '쇼게쓰도松月堂'도 그중 하나다. 1918년에 개업한 쇼게쓰도는 20세기 초 오타루 전성기의 자취를 고스란히 간직하고 있다. 눈 쌓인 자그마한 2층 목조 건물에 녹슨 함석지붕이며 창틀, 바랜 간판은 곧 애잔한 멜로 영화가 시작되기라도 할 것처럼 낭만적인 분위기를 자아낸다.

외양과는 달리 가게 안은 심플하다. 투박한 벽지, 바닥재, 조명, 집기 등은 1980년대를 연상케 한다. 한가운데에는 거대한 쇼케이스 2개가 떡하니 놓여 있다. 쇼케이스 안쪽에서 두건과 앞치마 차림의 종업원 2명이 "이랏샤이마세"라며 인사를 건넨다. 뭐가 맛있는지 물었다. 밤이 든 도라야키どら焼き와 만주를 추천한다. 각각 하나씩 샀다. 포장지에 '마롱도라야키マロンどら焼'[5]와 '구리만栗まん'[6]이라 적혀 있다.

쇼게쓰도는 판매만 할 뿐, 먹고 갈 수 있는 자리가 마련되어 있지 않다. 하지만 눈을 헤치고 왔더니 기력이 없어, 양해를 구한 뒤 간이 대기석에 앉아 과자를 맛보았다. 상냥한 종업원이 모락모락 김이 나는 말차 한 잔을 "같이 드시라"며 건네준다. 도라야키는 팥소가 조금 달았지만 쌉쌀한 말차에 잘 어울렸다. 빵은 탄력이 있어

---

5) 마롱マロン은 프랑스어 marron(밤). 도라야키는 밀가루, 달걀, 설탕 등을 넣은 반죽을 납작하게 구워 안쪽에 팥소를 넣은 화과자를 뜻한다. 밤이 들어간 도라야키라는 뜻이다.
6) 구리栗는 일본어로 '밤'을 뜻하며 만まん은 만주를 줄인 말. '밤만주'라는 뜻이다.

눈발이 흩날리는 백 년 과자점 쇼게쓰도.
낭만적인 장면이지만, 너무 춥고 배고팠던 기억이.

쫄깃하고 달걀맛이 진하다. 안에는 설탕에 조린 밤이 통째로 들어 있어 씹는 맛이 좋았다. 만주는 어린 시절 먹었던 밤만주가 떠오르는 추억의 맛이다.

그렇게 잠시 쉬고 있는데, 중년 남자 손님이 들어오더니 도라야키 한 상자를 찾아간다. 미리 예약해둔 모양이다. 쇼게쓰도 역시 (구야와 마찬가지로) 옛 방식 그대로 과자를 만드는 터라 보존료 등 첨가물을 일체 넣지 않는다. 배송을 하지 않고 점포도 이곳 하나뿐이어서 구입이 불편하다. 그럼에도 지역 주민이며 외지인은 물론, 요즘은 외국인도 많이 온다고 한다. 가게를 확장하기보다는 장인 정신을 지켜나가는 데 가치를 둘 수 있다는 점, 그런 가치를 존중해주는 문화가 형성되어 있다는 점은 언제 보든 놀랍다.

과자점에서 나와 다시 시내를 돌아다녔다. 옛 은행 건물들이 서 있는 기타노워루마치北のウォール街(북쪽의 월스트리트)의 이로나이色內 사거리에서 사카이마치堺町 방향 작은 길로 빠졌다. 길을 따라 아기자기한 상점, 공방 등이 서 있다. 다이쇼가라스칸大正硝子館 본관, 이와나가岩永 시계점 등 19세기 석조 건물들은 하나같이 아담하지만 저마다의 지붕, 처마, 창틀 장식으로 제각각의 개성을 드러내고 있다. 거뭇거뭇 때문은 벽은 오히려 오랜 세월을 보여주는 흔적으로 남아 자랑거리가 된 모습이다.

여기까지가 19세기 말부터 20세기 초까지의 오타루다. 그다음으로 향한 곳은 오타루 중앙시장小樽中央卸市場이다. 이곳에서는 20세기 중반의 오타루 풍경을 느낄 수 있다. 1956년 완공된 시장 건물은 홋카이도 최초의 주상복합건물이었던 터라 설립 당시 멀리서 견학을 올 정도로 유명했다고 한다. 세워진 지 60년이 넘은 건물은 안이나 밖이나 낡은 티가 역력하지만 활기 넘친다. 수산물, 청과, 화과자 등 파는 것도 다양하고 가격도 저렴하다. 한쪽에는 시장이 세워지던 당시의 오타루 가정집 안방을 재현해놓은 전시관이 있다. 안테나가 달린 TV에서부터 새까만 다이얼 전화기, LP판 등 1950년대 살림살이를 보는 재미가 쏠쏠하다.

시장을 보고 있자니 시장해졌다(저급한 유머인 걸 알지만 꼭 한번 써보고 싶었다). 한국에서 미리 예약한 '이세즈시伊勢鮨'를 찾아갔다. 1967년 창업해 50여 년간 2대째 영업을 이어온 생선회 및 초밥 전문점이다. 미슐랭 원스타를 기록하면서 한국인 관광객들에게도 꽤 알려진 곳이다. 가게는 관광지에서 벗어난 주택가 골목에 자리해 있다. 군더더기 없이 깔끔한 입구 옆에 작은 나무 간판 하나만 걸려 있다. 일본에서는 과자점이든 음식점이든 노포(혹은 장사 잘되는 가게)는 '나 좀 보라'는 식의 요란한 간판을 거의 쓰지 않는 듯하다. 단정하게 정돈된 나무 간판들은 오타루 특유의 고풍스럽고 낭만적인 분위기를 고스란히 전달한다.

요리사가 바로 앞에서 초밥을 만들어주는 카운터석에 앉았다.

일본 술집이나 스시집의 카운터석은 인기가 많다. 요리사와 손님의 '합'이 이뤄지는 장소이기 때문. 테이블석처럼 음식을 내주고 끝나는 게 아니다. 요리를 만드는 사람과 먹는 사람이 마주하고 주거니 받거니 대화를 나누면서 함께 짧은 이야기를 완성해가는 묘미가 있다.

이곳에서는 요리사가 초밥에 적당량의 간장을 미리 뿌려서 내준다. 초밥을 간장에 찍을 때 모양이 흐트러질 수 있기 때문. 요리사는 세심한 손길로 가자미, 숭어, 청어, 갯가재, 대게 등의 초밥을 하나씩 만들어 건네면서 해산물 이름을 말해준다. 심지어 한국어로도 가르쳐준다. 한국인 손님들이 많이 찾아오기에 단어를 검색해 외웠다고 한다. 어쨌든 간은 완벽했고 모든 재료가 신선해 초밥이 달게 느껴질 지경이었다.

요리사가 입맛에 맞는지 조심스레 물었다. 먹는 데에만 너무 집중했다 싶어 "죠힌나 아지上品な味(품격 있는 맛)"라고 대답했더니, 그는 만족스러운 얼굴로 "고맙다"면서 "손님, 죠힌나 고토바上品な言葉(품격 있는 말)를 알고 있군요"라고 화답한다. 천천히 분위기를 즐기며 초밥을 먹는 사이 카운터석이 꽉 찼다. 요리사는 초밥을 만드는 와중에도 손님들에게 꾸준히 말을 붙였는데, 다른 이들에게 나를 가리키며 "이분은 한국에서 오셨다"고 소개했다. 벳푸別府에서 왔다는 호탕한 아저씨가 "한국에 여러 번 갔었다"며 말을 건다.

매운맛을 좋아하는 터라 한국 음식은 다 맛있었다고. 내가 벳푸에 아직 가본 적이 없다고 하자 "일본 최고의 온천이 있으니 꼭 와보라"며 복 요리가 싸고 훌륭하다는 단골집까지 추천해준다. 카운터 석은 처음 만난 이들끼리도 스스럼없이 이야기를 나누게 되는 재미가 있다.

손님이 늘어나 분주해진 요리사 뒤로 벽에 걸린 액자 하나가 눈에 들어온다. '온고지신溫故知新'. 아마도 가게 모토인 모양이다. 옛 것을 알고 새것을 익히자. 흔한 문구다. 그렇지만 이날 오미야게 과자 취재를 마친 내게는 그 의미가 남다르게 다가왔다. 수십 년, 수백 년에 걸쳐 대를 이으며 전통의 맛을 지켜나가는 온고溫故. 그러면서도 시대 흐름에 맞춰 새로운 상품과 브랜드를 꾸준히 선보여 성장을 거듭하는 지신知新.

'일본 오미야게 과자는 왜 매력적일까?'라는 질문에 대한 답은, 어쩌면 가장 쉽고 기본적인 사자성어 '온고지신'에 있다는 생각이 들었다.

프라하의
도쿄바나나

오미야게 과자로 일본을 선물하다

초판 1쇄 발행 | 2018년 10월 20일

지은이　　　남원상

펴낸곳　　도서출판 따비
펴낸이　　박성경
편집　　　신수진, 차소영
디자인　　김종민

출판등록　2009년 5월 4일 제2010-000256호
주소　　　서울시 마포구 월드컵로28길 6 (성산동, 3층)
전화　　　02-326-3897
팩스　　　02-337-3897
메일　　　tabibooks@hotmail.com
인쇄·제본　영신사

ISBN 978-89-98439-54-5 03810

값 22,000원

이 도서는 한국출판문화산업진흥원의 출판콘텐츠 창작 자금 지원 사업의 일환으로 국민체육진
흥기금을 지원받아 제작되었습니다.

이 도서의 국립중앙도서관 출판예정도서목록(CIP)은 서지정보유통지원시스템 홈페이지
(http://seoji.nl.go.kr)와 국가자료공동목록시스템(http://www.nl.go.kr/kolisnet)에서 이용
하실 수 있습니다.(CIP제어번호: CIP2018030605)